国家出版基金项目
NATIONAL PUBLICATION FOUNDATION

沈德潛全集

⑦

（清）沈德潛　編著

賀嚴　整理

鳳凰出版社

分册目録

第七册

卷二

卷五　七言古

卷六

卷十

第八册

卷十二 …… 四二五

卷十四……五〇一

卷十五 …… 五三四

卷十八

卷十九　五言絶句……六六八

卷二十

唐詩别裁集

原序

有唐一代詩，凡流傳至今者，自大家、名家而外，即旁蹊曲徑，亦各有精神面目流行其間。不得謂正變盛衰不同，而變者、衰者，可盡廢也。然備一代之詩，取其宏博。而學詩者沿流討源，則必尋究其指歸。何者？人之作詩，將求詩教之本原也。唐人之詩，有優柔平中、順成和動之音，亦有志微噍殺、流僻邪散之響。由志微噍殺、流僻邪散，而欲上溯乎詩教之本原，猶南轅而之幽薊、北轅而之閩粵，不可得也。即或從事於聲之正者矣，而仍泛泛焉嘈囋叢雜之紛逐，猶笙鏞琴瑟與秦箏羌笛之類並奏竟陳，而謂韶英之可聞，亦不得也。然則分別去取，使後人心目有所準則而不惑者，唯編詩者責矣。

顧自有明以來，選古人之詩者，意見各殊。嘉隆而後，主復古者，拘於方隅；主標新者，偭而先矩。入主出奴，二百年間，迄無定論。而時賢之竟尚華辭者，復取前人所編秾纖浮艷之習，揚其餘燼以易斯人之耳目，此又與於岐趨之甚。而詩教之衰，未必不自編詩者遺之也。夫編詩者之責，能去鄭存雅。而誤用之者，轉使人去雅而群趨乎鄭。則分別去取之間，顧不重乎！尚安用意見自私、求新好異於一時，以自誤而誤人也！

德潛於束髮後即喜鈔唐人詩集，時競尚宋元，適相笑也。迄今幾三十年，風氣駸上，學者知唐爲正軌矣。第簡編紛雜，無可據依，故有志復古而未得其宗。因偕樹滋陳子，取向時所録五十餘卷，删而存之。復於唐詩全帙中，網羅佳什，補所未備。日月既久，卷帙遂定。既審其宗旨、復觀其體裁、徐諷其音節，未嘗立異，不求苟同，大約去淫濫以歸雅正。於古人所云『微而婉、和而莊』者，庶幾一合焉，此微意所存也。同志者往復是編，而因之以遞親乎風雅，如適遠道者，陸行之有車馬，水行之有舟楫。嗚呼！其或可至也哉。

康熙五十六年春正二十有六日長洲沈德潛題於黄葉夕陽村舍

重訂唐詩別裁集序

新城王阮亭尚書選《唐賢三昧集》，取司空表聖『不著一字，盡得風流』，嚴滄浪『羚羊挂角，無迹可求』之意，蓋味在鹽酸外也。而於杜少陵所云『鯨魚碧海』，韓昌黎所云『巨刃摩天』者，或未之及。

余因取杜、韓語意，定《唐詩別裁》，而新城所取，亦兼及焉。鐫版問世，已四十餘年矣。第當時採録未竟，同學陳子樹滋携至廣南鐫就，體格有遺。倘學詩者性情所喜，欲奉爲步趨，而選中偏未之及，恐不免如望洋而返也。因而增入諸家，如王、楊、盧、駱，唐初一體，老杜亦云『不廢江河萬古流』也，白傅諷諭，有補世道人心，《本傳》所云『箴時之病，補政之缺』也，張、王樂府，委折深婉，曲道人情，李青蓮後之變體也；長吉嘔心，荒陊、古奥、怨懟、悲愁，杜牧之許爲『楚《騷》之苗裔』也；又五言試帖，前選略見，今爲制科所需，檢擇佳篇，垂示準則，爲入春秋闈者導夫先路也。他如任華、盧仝之粗野，和凝《香奩詩》之褻嫚，與夫一切生梗僻澀，及貢媚獻諛之辭，概排斥焉。且前此詩人未立小傳、未録詩話，今爲補入；前此評釋亦從簡略，今較詳明。俾學者讀其詩，知其爲人。抑因評釋而窺作者之用心，今人與古人之心可如相告語矣！成詩二十卷，得詩一千九百二十八章。詩雖未備，要藉以扶掖雅正，使人知唐詩中有『鯨魚碧海』、『巨刃摩天』之觀，未必不由乎此。至於詩教之尊，可以和性情、厚人倫、匡政治、感神明，以及作詩之先審宗指、繼論體裁、繼論音節、繼論神韻，而一歸於中正和平，前《序》與《凡例》中論之已詳，不復更述。

乾隆癸未秋七月長洲沈德潛題於鮮水之清曠樓

凡例

詩至有唐，菁華極盛，體製大備。學者每從唐人詩入，以宋元流於卑靡，而漢京暨當塗典午諸家未必概能領略。從博涉後，上探其原，可也。覽唐詩全秩，芟夷煩蝟，裒成是編，爲學詩者發軔之助焉。

讀詩者心平氣和，涵泳浸漬，則意味自出。不宜自立意見，勉强求合也。况古人之言，包含無盡。後人讀之，隨其性情淺深、高下，各有會心。如好《晨風》而慈父感悟，講《鹿鳴》而兄弟同食，斯爲得之。董子雲『詩無達詁』，此物、此志也。評點箋釋，皆後人方隅之見。此本不廢評點，間存箋釋，略示軌途，俾讀者知所從入耳，識者諒諸！

朱子雲：『楚詞不皆是怨君，被後人多説成怨君。』此言最中病痛。如唐人中，少陵固多忠愛之詞，義山間作風刺之語，然必動輒牽入，即小小賦物、對境咏懷，亦必雲某詩指其事、某詩刺某人，水月鏡花，多成粘皮帶骨，亦何取耶？鈔中概爲删却。

唐人選唐詩，多不及李、杜，蜀韋縠《才調集》，收李不收杜。宋姚鉉《唐文粹》，祇收老杜《莫相疑行》《花卿歌》等十篇，真不可解也。元楊伯謙《唐音》，群推善本，亦不收李、杜。明高廷禮《正聲》，收李、杜浸廣，而未極其盛。是集以李、杜爲宗，元圃夜光、五湖原泉，彙集卷内，别於諸家選本。

五言古體發源於西京，流衍於魏、晋，頹靡於梁、陳。至唐顯慶、龍朔間，不振極矣！陳伯玉力掃俳優，直追曩哲，讀《感遇》等章，何啻在黄初間也！張曲江、李供奉繼起，風裁各異，原本阮公。唐體中能復古者，以三家爲最。

過江以後，淵明詩胸次浩然，天真絶俗，當於語言意象外求之。唐人祖述者，王右丞得其清腴、孟山人得其閑遠、儲太祝得其真樸、韋蘇州得其冲和、柳柳州得其峻潔，氣體風神，翛然埃壒之外。

蘇、李、《十九首》以後，五言所貴，大率優柔善入、婉而多風。少陵材力標舉，篇幅恢張，從横揮霍，詩品又一變矣。要其爲國、愛君、感時、傷亂，憂黎元、希稷卨，生平種種抱負，無不流露於楮墨中，詩之變、情之正者也。新寧高氏列爲大家，具有特識。

《大風》《柏梁》，七言權輿也。自時厥後，魏、宋之間，時多傑作。唐人出，而變態極焉。初唐，風調可歌，氣格未上。至王、李、高、岑四家，馳騁有餘，安詳合度，爲一體。李供奉鞭撻海岳、驅走風霆，非人力可及，爲一體。杜工部沉雄激壯、奔放險幻，如萬寶褋陳、千軍競逐，天地渾奥之氣至此盡洩，爲一體。錢、劉以降，漸趨薄弱。韓文公拔出於貞元、元和間，踔厲風發，又别爲一體。七言楷式稱大備云。

五言律，陰鏗、何遜、庾信、徐陵已開其體。唐初人研揣聲音，穩順體勢，其製大備。神龍之世，陳、杜、沈、宋如渾金璞玉，不須追琢，自饒名貴。開、寶以來，李太白之穠麗，王摩詰、孟浩然之自得，分道揚鑣，並推極勝；杜少陵獨開生面，寓從横顛倒於整密中，故應超然拔萃。終唐之世，變態雖多，無有越諸家之範圍者矣！以此求之，有餘師焉。

七言律，平叙易於徑直，雕鏤失之佻巧，比五言更難。初唐，英華乍啓，門户未開，不用意而自勝。後此，摩詰、東川春容大雅。時崔司勳、高散騎、岑補闕諸公實爲同調。而大曆十子及劉賓客、柳柳州，其紹述也。少陵胸次閎闊，議論開闢，一時盡掩諸家。而義山咏史其餘響也。外是，曲徑旁門，雅非正軌，雖有搜羅，概從其略。

五言長律，貴嚴整、貴匀稱、貴屬對工切、貴血脈動盪。唐初應制、贈送諸篇，王、楊、盧、駱、陳、杜、沈、宋、燕、許、曲江，並皆佳妙。少陵出，而瑰奇宏麗、變動開合。後此，無能爲役。元、白長律，滔滔百韵，使事亦復工穩，但流易有餘，變化不足，故寧舍旃。

五言絶句，右丞之自然、太白之高妙、蘇州之古澹，純是化機，不關人力。他如崔顥《長干曲》、金昌緒《春怨》、王建《新嫁孃》、張祜《宫詞》等篇，雖非專家，亦稱絶調。後人當於此問津。

七言絶句，貴言微旨遠、語淺情深，如清廟之瑟，一倡而三嘆，有遺音者矣。開元之時，龍標、供奉，允稱神品。外此，高、岑起激壯之音，右丞多凄惋之調，以至『蒲桃美酒』之詞、『黄河遠上』

之曲，皆擅場也。後，李庶子、劉賓客、杜司勳、李樊南、鄭都官諸家，托興幽微，克稱嗣響。

詩不可無法，亂雜而無章，非詩也。然所謂法者，行所不得不行、止所不得不止，而起伏照應、承接轉换，自神明變化於其中。若泥定此處應如何、彼處應如何，則死法矣。兹於評釋中偶示紀律，要不以一定之法繩之。試看天地間，水流自行、雲生自起，何處更著得死法？

詩貴渾渾灝灝、元氣結成，乍讀之，不見其佳，久而味之，骨幹開張、意趣洋溢，斯爲上乘。若但工於琢句、巧於著詞，全局必多不振。故有不著圈點而氣味渾成者，收之；有佳句可傳而中多敗闕者，汰之。領略此意，便可讀漢、魏人詩。

唐人詩，無論大家、名家，不能諸體兼善。如少陵絶句少唱歎之音，左司七言詘渾厚之力，劉賓客不工古詩，韓吏部不專近體，其大校也。録其所長、遺其所短，學者知所注力。

唐人達樂者已少，其樂府題不過借古人體製寫自己胸臆耳，未必盡可被之管絃也。故襍録於各體中，不另標樂府名目。

陳正字《幽州臺歌》、韓吏部《琴操》，或屬四言、或屬六言。王右丞《送友人還山》、李翰林《鳴臯歌》、韓吏部《羅池廟迎神詞》，皆屬《騷》體。因篇什甚少，附七言古中。《詩》本六籍之一，王者以之觀民風、考得失，非爲艷情發也。雖《三百》以後，《離騷》興美人之思，平子有定情之咏，然詞則托之男女，義實關乎君臣友朋。自《子夜》、《讀曲》專咏艷情，而唐末香奩體抑又甚焉，去風人遠矣。集中所載，間及夫婦男女之詞，要得好色不淫之旨，而淫哇私褻，概從闕如。

唐人詩，雖各出機杼，實憲章八代。如李陵《録》别開《陽關三疊》之先聲，王粲《七哀》爲《垂老别》《無家别》之祖武，子昂原本於阮公，左司嗣音夫彭澤。揆厥由來，精神符合。讀唐詩而不更求其所從出，猶登山不造五嶽、觀水不窮崑崙也。選唐人詩外，舊有《古詩源》選本，更當尋味焉。

重訂唐詩別裁集卷一

長洲沈德潛歸愚選

五言古詩

魏　徵字元成，鉅鹿人。初事隱太子，繼事太宗。直言極諫，參預朝政。後封鄭國公，謚文貞。

述懷《樂府》作『出關』。

中原還逐鹿，投筆事戎軒。縱横計不就，慷慨志猶存。杖策謁天子，驅馬出關門。請纓繫南越，憑軾下東藩。鬱紆陟高岫，出没望平原。古木鳴寒鳥，空山啼夜猿。既傷千里目，還驚九折裳。由來從軍行，賞存不賞亡。亡者誠已矣，徒令存者傷。

『幽州無多陽』，即『幽州白日寒』所本也。通體亦爲用兵者戒。

陳子昂

字伯玉，射洪人。文明初，舉進士，武后時擢左拾遺，聖曆初解官歸。縣令段簡以宿怨，因事收繫獄中，憂憤死。

追建安之風骨，變齊梁之綺靡，寄興無端，別有天地。

昌黎《薦士詩》云：『國朝盛文章，子昂始高蹈。』良然。

感遇詩十五首

本三十首，今存十五。

感於心、因於遇，猶《莊子》之寓言也。與感知遇意自別。

蘭若即杜若生春夏，芊蔚何青青。幽獨空林色，朱蕤冒紫莖。遲遲白日晚，裊裊秋風生。歲華盡搖落，芳意竟何成。

白日每不歸，青陽時暮矣。茫茫吾何思，林卧觀無始。衆芳委時晦，鶗鴂鳴悲耳。悲耳，悲人之耳也。語本陸機。鴻荒古已頹，誰識巢居子。

林居病時久，水木澹孤清。閑卧觀物化，悠然念無生。青春始萌達，朱火已滿盈。徂落方自此，感歎何時平。

有生必化，不如無生也。况春夏交遷，凋落旋盡，能無感歎耶！

逶迤世已久，骨鯁道斯窮。豈無感激者，時俗頹此風。灌園何其鄙，皎皎於陵中。世道不相容，嗟嗟張長公。

玄蟬號白露，兹歲已蹉跎。群物從大化，孤英將奈何。瑶臺有青鳥，遠食玉山禾。崑崙見玄鳳，豈復虞雲羅。

人生天地中，不能不隨時變遷，或遊仙庶幾可免也，此無可奈何之辭。

可憐瑶臺樹，灼灼佳人姿。碧華映朱實，攀折青春時。豈不盛光寵，榮君白玉墀。但恨紅芳歇，凋傷感所思。

深居觀元化，悱然争朵頤。群動相啖食，利害紛噬噬。便便夸毗子，榮耀更相持。務光讓天下，商賈競刀錐。已矣行採芝，萬世同一時。

此言群動紛争、互相啖食，不如採芝深山之爲樂也。安得與便便者争刀錐之末乎？

本爲貴公子，平生實愛才。感時思報國，拔劍起蒿萊。西馳丁零塞，北上單于臺。登山見千里，懷古心悠哉。誰言未忘禍，磨滅成塵埃。

吾觀龍變化，乃是至陽精。石林何冥密，幽洞無留行。古之得仙道，信與元化并。玄感非象識，誰能測沈溟。世人拘目見，酣酒笑丹經。崑崙有瑶樹，安得采其英。

吾愛鬼谷子，青溪無垢氛。囊括經世道，遺身在白雲。有體、有用，盡此十字。七雄方龍鬪，天下亂無君。浮榮不足貴，遵養晦時文。舒之彌宇宙，卷之不盈分。豈徒山木壽，空與麋鹿群。言隱居而抱經世之道，以世亂不可爲，故卷而懷之，非與麋鹿同群者等也。

翡翠巢南海，雄雌珠樹林。何知美人意，驕愛比黄金。殺身炎洲裏，委羽玉堂陰。旖旎光首飾，葳蕤爛錦衾。豈不在遐遠，虞羅忽見尋。多材信爲累，歎息此珍禽。此見多才爲累也。

朝發宜都渚，浩然思故鄉。故鄉不可見，路隔巫山陽。巫山彩雲没，高邱正微茫。佇立望已久，涕泪沾衣裳。豈兹越鄉感，憶昔楚襄王。朝雲無處所，荆國亦淪亡。『豈兹越鄉感』句，從上轉下，見荒淫足以亡國，爲世戒也。

揭來豪遊子，勢利禍之門。如何蘭膏歎，感激自生冤。衆趨明所避，時棄道猶存。此老氏之學。雲泉既已失，羅網與誰論。箕山有高節，湘水有清源。唯應白鷗鳥，可與洗心言。

聖人不利己，憂濟在元元。黄屋非堯意，瑶臺安可論。吾聞西方化，清净道彌敦。奈何窮金玉，雕刻以爲尊。雲構山林盡，瑶圖珠翠煩。鬼功尚未可，人力安能存。夸愚適增累，矜智道逾昏。

聖人有天下而不與，故卑宫室。即釋氏之學亦以無爲寂滅爲宗，奈何象教既設，徒取土木雕刻以爲尊耶！

幽居觀大運，悠悠念群生。終古代興没，豪聖莫能争。三季淪周赧，七雄滅秦嬴。復聞赤精子，提劍入咸京。炎光既無象，晋虜指五胡復縱横。堯禹道已昧，昏虐勢方行。豈無當世雄，天道與胡兵。與，猶助也。咄咄安可言，時醉而未醒。仲尼溺東夏，伯陽遁西溟。大運自古來，旅人胡歎哉。

天道如斯，孔子、老氏，亦惟居夷、出關而已。末二句轉用推開。

阮籍《咏懷》，後人每章注釋，失之於鑿，讀者隨所感觸可也。子昂《感遇》亦不當以鑿求之。

燕昭王

南登碣石館，遥望黄金臺。邱陵盡喬木，昭王安在哉。霸圖悵已矣，驅馬復歸來。

言外見無人延國士也。

燕太子

秦王日無道，太子怨亦深。一聞田光義，匕首贈千金。其事雖不立，千載爲傷心。

酬暉上人秋夜山亭有贈

皎皎白林秋，微微翠山静。禪居感時變，獨坐開軒屏。風泉夜聲雜，月露宵光冷。多謝忘機人，塵憂未能整。

送客

故人洞庭去，楊柳春風生。相送河洲晚，蒼茫别思盈。白蘋已堪把，緑芷復含榮。江南多桂樹，歸客贈生平。

言白蘋、緑芷，亦可采以贈人，而桂有堅貞之性，故欲折以相遺也。

宋之問字延清，弘農人。武后時，召與楊炯分直内教，預修《三殿珠英》，坐附張易之，左遷瀧州。未幾，逃匿張仲之家，旋發仲之與王同皎謀殺武三思事，得復官。中宗增置修文館學士，之問首膺其選。睿宗立，以易之、三思黨，徙欽州，先天中賜死。不以人廢言，故薄其行而仍録其詩。

題老松樹

歲晚東巖下，周顧何凄惻。日落西山陰，衆草起寒色。中有喬松樹，使我長歎息。百尺無寸枝，一生自孤直。

别之望後獨宿藍田山莊

脊令有舊曲，調苦不成歌。自歎兄弟少，常嗟離别多。爾尋北京路，予卧南山阿。泉晚更幽咽，雲秋尚嵯峨。藥闌聽蟬噪，書幌見禽過。愁至願甘寢，其如鄉夢何。

見南山夕陽召監師不至

夕陽黯晴暮，山翠互明滅。此中意無限，要與開士説。徒鬱仲舉思，詎回道林轍。孤興欲待誰，待此湖上月。

薛稷 字嗣通，蒲州人。舉進士，武后時爲鳳閣舍人。睿宗即位後，以翊贊功封晋國公，加少保。《紀事》云：『稷畫師閻立本，書師褚河南，與從兄曜，俱以文翰得名。』

秋日還京陝西十里作

驅車越陝郊，比顧臨大河。隔河見鄉邑，秋風水增波。西登咸陽塗，日暮憂思多。傅巖既紆山，歸期覺神變。

西日下山隱，北風乘夕流。燕雀感昏旦，簷楹呼匹儔。鴻鵠雖自遠，哀音非所求。貴人棄疵賤，下士嘗殷憂。衆情累外物，恕己忘内脩。學道人每坐此病。感歎長如此，使我心悠悠。

江南有丹橘，經冬猶緑林。豈伊地氣暖，自有歲寒心。可以薦嘉客，奈何阻重深。運命惟所遇，循環不可尋。徒言樹桃李，此木豈無陰。衆人不知，徒取目前之色，足以悦人而已。

抱影吟中夜，誰聞此歎息。美人適異方，庭樹含幽色。白雲愁不見，滄海飛無翼。鳳凰一朝來，竹花斯可食。

漢上有游女，求思安可得。袖中一書札，欲寄雙飛翼。冥冥愁不見，耿耿徒緘憶。紫蘭秀空蹊，皓露奪幽色。馨香歲欲晚，感歎情何極。白雲在南山，日暮長太息。言欲就白雲歸卧，則又不能恝然於君，所以長太息也。首句『游女』指君，猶《楚辭》思美人意。

奉和聖製幸晉陽宫

隋季失天策，萬方罹凶殘。皇祖稱義旗，三靈皆獲安。聖朝將申錫，王業成艱難。盜移未改命，歷在終履端。彼汾惟帝鄉，雄都信鬱盤。三月朔巡狩，群后陪清鑾。霸迹在沛庭，舊儀睹漢官。唐風思何深，舜典敷更寬。户蒙枌榆復，邑争牛酒歡。緬惟翦商後，豈獸微禹歎。三后既在天，萬年斯不刊。尊祖實我皇，天文皆仰觀。

登荆州城望江

滔滔大江水，天地相終始。經閲幾世人，復歎誰家子。東望何悠悠，西來晝夜流。歲月既如此，爲心那不愁。

與『大江流日夜』同感。

叙懷

弱歲讀群史，抗節追古人。被褐有懷玉，佩印從負薪。志合豈兄弟，道行無賤貧。孤根亦何賴，感激此爲鄰。

言志同不妨道路各異，道行，貧賤亦樂也。

崔顥

顥，汴州人。開元進士，官司勳員外郎。

殷璠云：『顥，少年爲詩，屬情浮艷。晚節忽變常調，風骨凛然。』

古遊俠呈軍中諸將

少年負膽氣，好勇復知機。仗劍出門去，孤城逢合圍。殺人遼水上，走馬漁陽歸。錯落金鎖甲，蒙茸貂鼠衣。還家且行獵，弓矢速如飛。地迥鷹犬疾，草深狐兔肥。腰間帶兩綬，轉盼生光輝。顧謂今日戰，何如隨建威？耿弇爲建威將軍。

王　維

字摩詰，河東人。開元九年，擢進士第一，官給事中。陷兩都，爲賊所得，服藥佯瘖。賊平，定罪，以《凝碧池詩》聞於行在，特宥之。官至尚書右丞。

殷璠云：『維詩詞秀調雅、意新理愜，在泉成珠、着壁成繪，一句一字，皆出常境。』

意太深、氣太渾、色太濃，詩家一病，故曰『穆如清風』，右丞詩每從不着力處得之。

贈劉藍田

籬中犬迎吠，出屋候柴扉。歲晏輸井稅，山村人夜歸。晚田始家食，餘布成我衣。詎肯無公事，煩君問是非。

春夜竹亭贈錢少府歸藍田

夜静群動息，時聞隔林犬。却憶山中時，人家澗西遠。羨君明發去，采蕨輕軒冕。

五言用長易、用短難。右丞工於用短。

贈張五弟諲

吾弟東山時，心尚一何遠。日高猶自卧，鐘動始能飯。領上髮未梳，牀頭書不卷。清川興悠悠，空林對偃蹇。青苔石上净，細草松下軟。窗外鳥聲閑，階前虎心善。徒然萬象多，澹爾太虚緬。一知與物平，自顧爲人淺。對君忽自得，浮念不煩遣。

藍田山石門精舍

落日山水好，漾舟信歸風。玩奇不覺遠，因以緣源窮。遥愛雲木秀，初疑路不同。安知清流轉，偶與前山通。與『舟行若窮，忽又無際』同一游山妙境。捨舟理輕策，果然愜所適。老僧四五人，逍遥蔭松柏。朝梵林未曙，夜禪山更寂。道心及牧童，世事問樵客。暝宿長林下，焚香卧瑶席。澗芳襲人衣，山月映石壁。再尋畏迷誤，明發更登歷。笑謝桃源人，花紅復來覿。

青溪

言入黄花川，每逐青溪水。隨山將萬轉，趣途無百里。聲喧亂石中，色静深松裏。漾漾汎菱荇，澄澄映葭葦。我心素已閑，清川澹如此。請留盤石上，垂釣將已矣。

渭川田家

斜光照墟落，窮巷牛羊歸。野老念牧童，倚杖候荆扉。雉雊麥苗秀，蠶眠桑葉稀。田夫荷鋤至，相見語依依。即此羨閒逸，悵然吟式微。吟式微，言欲歸也。無感傷世衰意。

春中田園作

屋上春鳩鳴，村邊杏花白。持斧伐遠揚，荷鋤覘泉脈。歸燕識故巢，舊人看新曆。臨觴忽不御，惆悵遠行客。

謁璿上人并序

上人，外人内天，不定不亂。捨法而淵泊，無心而雲動。色空無礙，不物物也。嘿語無際，不言言也。故吾徒得神交焉。玄關大啓，德海群泳。時雨既降，春物具美。序於詩者，人百其言。

少年不足言，識道年已長。事往安可悔，餘生幸能養。誓從斷臂血，不獲嬰世網。浮名寄纓佩，空性無羈鞅。夙從大導師，焚香此瞻仰。頹然居一室，覆載紛萬象。高柳早鶯啼，長廊春雨響。牀下阮家屐，窗前筇竹杖。方將見身雲，陋彼示天壤。一心在法要，願以無生奬。

飯覆釜山僧

晚知清净理，日與人群疏。將候遠山僧，先期埽敝廬。果從雲峰裏，顧我蓬蒿居。藉草飯松屑，焚香看道書。然燈晝欲盡，鳴磬夜方初。一悟寂爲樂，此生閑有餘。思歸何必深，身世猶空虛。

送宇文太守赴宣城

遼落雲外山，迢遥舟中賞。鐃吹發西江，秋空多清響。地迥古城蕪，月明寒朝廣。時賽敬亭神，復解罟師網。何處寄相思，南風摇五兩。

送别

下馬飲君酒，問君何所之。君言不得意，歸卧南山陲。但去莫復問，白雲無盡時。白雲無盡，足以自樂，勿言不得意也。

齊州送祖三

相逢方一笑，相送還成泣。祖帳已傷離，荒城復愁入。天寒遠山净，日暮長河急。解纜君已遥，望君猶佇立。著此二語，下『望君』句愈覺黯然。

送綦毋潛落第還鄉

聖代無隱者，英靈盡來歸。遂令東山客，不得顧採薇。既至金門遠，孰云吾道非。江淮渡寒食，京洛縫春衣。置酒長安道，同心與我違。行當浮桂棹，未幾拂荆扉。遠樹帶行客，孤城當落暉。吾謀適不用，勿謂知音稀。

反復曲折，使落第人絶無怨尤。

觀別者

青青楊柳陌，陌上別離人。愛子遊燕趙，高堂有老親。不行無可養，行去百憂新。切切委兄弟，依依向四鄰。都門帳飲畢，從此謝親賓。將作都門之遊故設供帳以餞之。揮泪逐前侶，含悽動征輪。車徒望不見，時見起行塵。余亦辭家久，看之泪滿巾。

只寫别者之情，『觀』字只末二句一點自足。

別弟縉後登青龍寺望藍田山

陌上新別離，蒼茫四郊晦。登山不見君，故山復雲外。遠樹蔽行人，長天隱秋塞。心悲宦遊子，何處飛征蓋。

新晴晚望

新晴原野曠，極目無氛垢。郭門臨渡頭，村樹連溪口。白水明田外，碧峰出山後。農月無閒人，傾家事南畝。

早入滎陽界

汎舟入滎澤，兹邑乃雄藩。河曲閭閻隘，川中烟火繁。因人見風俗，入境聞方言。秋晚田疇盛，朝光市井喧。漁商波上客，鷄犬岸傍村。前路白雲外，孤帆安可論。

宿鄭州

朝與周人辭，暮投鄭人宿。他鄉絶儔侶，孤客親僮僕。宛洛望不見，秋霖晦平陸。田父草際歸，村童雨中牧。主人東皋上，時稼遶茆屋。蟲思機杼悲，雀喧禾黍熟。明當渡京水，昨晚猶金谷。此去欲何言，窮邊狥微禄。

『孤客親僮僕，雀喧禾黍熟』，此種句子，後人衍之，可成數言。

奉寄韋太守陟

荒城自蕭索，萬里山河空。天高秋日迥，嘹唳聞歸鴻。寒塘映衰草，高館落疏桐。臨此歲方晏，顧景問悲翁。《汉樂府》有《思悲翁曲》。故人不可見，寂寞平林東。

偶然作二首

楚國有狂夫，茫然無心想。散髮不冠帶，行歌南陌上。孔子與之言，仁義莫能奬。只寫狂夫行徑，然傾倒至矣。未嘗肯問天，不怨天。何事須擊壤。復笑採薇人，胡爲乃長往。

田舍有老翁，垂白衡門裏。有時農事閑，斗酒呼鄰里。喧聒茆簷下，或哭或復起。短褐不爲薄，園葵固足美。勤則長子孫，不曾向城市。五帝與三王，古來稱天子。干戈將揖讓，畢竟何者是。田野口角如生。得意苟爲樂，野田安足鄙。且當放懷去，行行没餘齒。

西施咏

艷色天下重，西施寧久微。朝爲越溪女，暮作吴宫妃。賤日豈殊衆，貴來方悟稀。邀人傅脂粉，不自著羅衣。君寵益嬌態，君憐無是非。當時浣紗伴，莫得同車歸。持謝鄰家子，傚顰安可希。寫盡炎凉人眼界。不爲題縛，乃臻斯詣。入後人手，徵引故實而已。

夏日南亭懷辛大

山光忽西落，池月漸東上。散髮乘夜凉，開軒卧閑敞。荷風送香氣，竹露滴清響。欲取鳴琴彈，恨無知音賞。感此懷故人，中宵勞夢想。

荷風、竹露，佳景，亦佳句也。外又有『微雲淡河漢，疏雨滴梧桐』句，一時歎爲清絶。

萬山潭

垂釣坐磐石，水清心益閑。魚行潭樹下，猨掛島藤間。游女昔解佩，傳聞於此山。求之不可得，沿月棹歌還。

不必刻深，風骨自異。

宿楊子津寄潤州長山劉隱士

所思在夢寐，欲往大江深。日夕望京口，烟波愁我心。心馳茆山洞，目極楓樹林。不見少微隱，星霜勞夜吟。

晚泊潯陽望香爐峰別本亦作律詩，然終是古格。

挂席幾千里，名山都未逢。泊舟潯陽郭，始見香爐峰。嘗讀遠公傳，永懷塵外蹤。東林精舍近，日暮空聞鐘。

此天籟也！已近遠公精舍，而但聞鐘聲，寫『望』字意，悠然神遠。

採樵作

採樵入深山，山深水重疊。橋崩卧查擁，路險垂藤接。日落伴將稀，山風拂薜衣。長歌負輕策，平野望烟歸。

『橋崩』十字寫出奇險之狀。

劉眘虛

眘虛，江東人，夏縣令。與賀知章、包融、張旭，爲『吴中四友』。

暮秋揚子江寄孟浩然

木葉紛紛下，東南日烟霜。林山相晚暮，天海空青蒼。暝色況復久，秋聲亦何長。孤舟兼微月，獨夜仍越鄉。寒笛對京口，故人在襄陽。咏思勞今夕，江漢遥相望。

前寫暮秋江景，寄浩然意於末四語一點，無限深情。

寄閻防

青冥南山口，君與緇錫鄰。深路入古寺，亂花隨暮春。紛紛對寂寞，往往落衣巾。松色照空水，經聲時有人。晚心復南望，山遠情獨親。應以修往業，亦惟立此身。深林度空夜，烟月資清真。莫歎文明日，彌年徒隱淪。

時防在終南豐德寺讀書，故詩中所云皆山寺中景。「烟月資清真」，言性本清真，而烟月又資之也。清絶、高絶！

王昌齡

字少伯，江寧人。第進士，又中宏詞科。官汜水尉，以不矜細行貶龍標尉。

塞上曲二首

蟬鳴桑樹間，八月蕭關道。出塞入塞寒，處處黄蘆草。從來幽并客，皆共沙塵老。莫學遊俠兒，矜誇紫騮好。

飲馬渡秋水，水寒風似刀。平沙日未没，黯黯見臨洮。昔日長城戰，咸言意氣高。黄塵足今古，白骨亂蓬蒿。

失題

奸雄乃得志，遂使群心摇。赤風蕩中原，烈火無遺巢。一人計不用，萬里空蕭條。豈指張曲江欲誅安禄山事耶！

少年行

西陵俠少年，送客短長亭。青槐夾兩道，白馬如流星。聞有羽書急，單于寇井陘。氣高輕赴難，誰顧燕山銘。少伯塞上詩多能傳出義勇。

秋興

日暮西北堂，凉風洗修竹。著書在南窗，門館常肅肅。苔草延古意，視聽轉幽獨。或問余所營，刈黍就寒谷。

聽彈《風入松》闋贈楊補闕

商風入我絃，夜竹深有露。絃悲與林寂，清景不可度。寥落幽居心，颼飀青松樹。松風吹草白，溪水寒日暮。聲意去復還，九變待一顧。空山多雨雪，獨立君始悟。

絃外之音、味外之旨，可想不可説。

同從弟銷南齋玩月憶山陰崔少府

高卧南齋時，開帷月初吐。清輝淡水木，演漾在窗户。苒苒幾盈虚，澄澄變今古。美人清江畔，是夜越唫苦。千里其何如，微風吹蘭杜。

高人對月時，每有盈虚今古之感。

江上聞笛

横笛怨江月，扁舟何處尋。聲長楚山外，曲繞胡關深。相去萬餘里，遥傳此夜心。寥寥浦溆寒，響盡唯空林。不知誰家子，復奏邯鄲音。水客皆擁棹，空霜遂盈襟。羸馬望北走，遷人悲越吟。何當邊草白，旌節隴城陰。

儲光義

光義，兖州人。開元進士，官太祝，轉監察御史。受安禄山僞官，賊平後貶死。

太祝詩學陶而得其真樸，與王右丞分道揚鑣。

樵父詞

山北饒朽木，山南多枯枝。枯枝作采薪，爨室私自知。詰朝礪斧尋，視暮行歌歸。先雪隱薜荔，迎暄臥茆茨。清澗日濯足，喬林時曝衣。終年登險阻，不復憂安危。蕩漾與神遊，莫知是與非。

山中之險阻異世途之險阻也，故登而不危。

牧童詞

不言牧田遠，不道牧陂深。所念牛馴擾，不亂牧童心。圓笠覆我首，長蓑披我襟。方將憂暑雨，亦以懼寒陰。大牛隱層坂，小牛穿近林。同類相鼓舞，觸物成謳吟。取樂須臾間，寧問聲與音。

與《無羊》之詩同，總言牧童性情，歸於忘機也。

釣魚灣

垂釣緑灣春，春深杏花亂。潭清疑水淺，荷動知魚散。日暮待情人，維舟緑楊岸。

待情人，候同志也，見釣者意不在魚。

題太玄觀

門外車馬喧，門裏宫殿清。行即翳若木，坐即吹玉笙。所喧既非我，真道其冥冥。

肅肅穆穆，無遊仙凡語。

喫茗粥作

當晝暑氣盛，鳥雀静不飛。念君高梧陰，復解山中衣。數片遠雲度，曾不蔽炎暉。淹留膳茶粥，共我飯蕨薇。敝廬既不遠，日暮徐徐歸。

使過彈箏峽作

鳥雀知天雪，群飛復群鳴。原田無遺粟，日暮滿空城。達士憂世務，鄙夫念王程。晨過彈箏峽，馬足凌兢行。雙壁隱靈曜，莫能知晦明。皚皚堅冰白，漫漫陰雲平。始信古人言，苦節不可貞。

田家即事

蒲葉日已長，杏花日以滋。老農要看此，貴不違天時。迎晨起飯牛，雙駕耕東菑。蚯蚓土中出，田烏隨我飛。群合亂啄噪，嗷嗷如道飢。我心多惻隱，顧此兩傷悲。撥食與田烏，日暮空筐歸。親戚更相誚，我心終不移。

愛物之心勝於愛己，田父中不易有此人。

田家雜興四首

春至鶬鶊鳴，薄言向田墅。不能自力作，黽勉娶鄰女。既念生子孫，方思廣田圃。閑時相顧笑，喜悅好禾黍。夜夜登嘯臺，南望洞庭渚。百草被霜露，秋山響砧杵。却羨故年時，中情無所取。

所羨者，故年之收穫，不必別有所取也。

衆人恥貧賤，相與尚膏腴。我情既浩蕩，所樂在畋漁。山澤時晦冥，歸家暫閒居。滿園種葵藿，繞屋樹桑榆。禽雀知我閑，翔集依我廬。所願在優遊，州縣莫相呼。日與南山老，兀然傾一壺。

貧士養情性，不復知憂樂。去家行賣畚，留滯南陽郭。秋至黍苗黄，無人可刈獲。孺子朝未飯，把竿逐鳥雀。忽見梁將軍，乘車出宛洛。虛指浮华，非真有梁将军其人。意氣軼道路，光輝滿墟落。安知負薪者，咥咥笑輕薄。

楚山有高士，梁國有遺老。築室既相鄰，同田復同道。糗備常共飯，兒孫每更抱。忘此耕耨勞，愧彼風雨好。老农极知足安分语。蟪蛄鳴空澤，鶗鴂傷秋草。日夕寒風來，衣裳苦不早。『既念生子孫，方思廣園圃』、『糗備常共飯，兒孫每更抱』，此種真樸，右丞田家詩中未能道著。

陶　翰

翰，潤州人。開元中爲禮部員外郎。

殷璠評翰詩云：『既多興象，復備風骨。三百年以前，方可論其體裁。』

出蕭關懷古

驅馬擊長劍，行役至蕭關。悠悠五原上，永眺關河前。北虜三十萬，此中常控弦。秦城亘宇宙，漢帝理旌旃。刁斗鳴不息，羽書日夜傳。五軍計莫就，三策議空全。大漠横萬里，蕭條絶人烟。孤城當瀚海，落日照祁連。愴然苦寒奏，懷哉式微篇。更悲秦樓月，夜夜出胡天。《武帝紀》：『元光二年，韓安國爲護軍將軍，李廣爲驍騎將軍，公孫賀爲輕騎將軍，王恢爲將屯將軍，李息爲材官將軍，屯馬邑谷中。單于覺之，走出。』故曰『計莫就』。嚴尤曰：『匈奴爲害，周、秦、漢未有得上策者也。周得中策，漢得下策，秦無策焉。』

雖屬對偶，尚有氣骨。

宿天竺寺

松柏亂巖口，山西微徑通。天開一峰見，宮闕生虛空。正殿倚霞壁，千樓標石叢。夜來猿鳥靜，鐘梵寒雲中。岑翠映湖月，泉聲亂溪風。心超諸境外，了與懸解同。無繫着也。明發氣候改，起視長崖東。湖色濃蕩漾，海光漸曈曨。葛仙葛洪迹尚在，許氏許邁道猶崇。獨往古來事，幽期懷二公。

邱　爲

爲，嘉興人。官右庶子。年八十餘，母尚無恙，給禄之半，以旌異之。

題農廬舍

東風何時至，已緑湖上山。湖上春既早，田家日不閑。溝塍流水處，耒耜平蕪間。薄暮飯牛罷，歸來還閉關。

山行尋隱者不遇

絶頂一茆茨，直上三十里。扣關無僮僕，窺室唯盈几。既非巾柴車，應是釣秋水。蹉跎不相見，黽勉空仰止。草色新雨中，松聲晚窗裏。雖無賓主意，頗得清静理。興盡方下山，何必見之子。

李　頎

頎，東川人。開元中進士，官新鄉尉。

寄鏡湖朱處士

澂霽晚流闊，微風吹緑蘋。鱗鱗遠峰見，淡淡平湖春。芳草日堪把，白雲心所親。何時可爲樂，夢裏東山人。

送暨道士還玉清觀

仙官有名籍，度世吴江濆。大道本無我，青春長與君。中洲俄已到，至理得而聞。明主降黄屋，時人看白雲。空山何窈窕，三秀日氛氲。遂此留書客，超遥烟駕分。『大道』二語，渾然元化。

題綦毋校書所居

常稱挂冠吏，昨日歸滄洲。行客暮帆遠，主人庭樹秋。豈伊問天命，但欲爲山游。萬物我何有，白雲空自幽。蕭條江海上，日夕見丹邱。生事本漁釣，賞心隨去留。惜哉曠微月，欲濟無輕舟。倏忽令人老，相思河水流。

登首陽山謁夷齊廟

古人已不見，喬木竟誰過。寂寞首陽山，白雲空復多。蒼苔歸地骨，皓首采薇歌。畢命無怨色，成仁其若何。我來入遺廟，時候微清和。落日吊山鬼，迴風吹女蘿。二語中精靈如在。石門正西豁，引領望黄河。千里一飛鳥，孤光東逝波。驅車層城路，惆悵此巖阿。

謁夷齊廟，何容復下讚語耶！淡淡著筆，風骨最高。

東京寄萬楚

蔓落久無用，自謂。隱身甘采薇。仍聞薄宦者，指萬楚。還事田家衣。潁水日夜流，故人相見稀。春山不可望，黄鳥東南飛。濯足豈長往，一尊聊可依。了然潭上月，適我胸中機。在昔同門友，如今出處非。優遊白虎殿，偃息青瑣闈。且有薦君表，當看携手歸。寄書不待面，蘭茝空芳菲。

後半，言同門之友仕於朝者，當薦君而出，則不能復依蘭茝，空見其芳菲而已。

賈　至

字幼鄰，洛陽人。擢明經第，爲單父尉。明皇幸蜀，拜中書舍人，知制誥。撰肅宗册文，命往奉册，累封信都縣伯，以散騎常侍卒，謚曰文。

自蜀奉册命往朔方，途中呈韋左相、文部房尚書、門下崔侍郎

胡羯亂中夏，鑾輿忽南巡。衣冠陷戎寇，狼狽隨風塵。豳公韋見素秉大節，臨難不顧身。激昂白刃前，濺血下沾巾。尚書房琯抱忠義，歷險披荆榛。扈從出劍門，登翼岷江濱。時望挹侍郎，公才標縉紳。亭亭崑山玉，皎皎無淄磷。顧惟乏經濟，扞牧陪從臣。永願雪會稽，仗劍清咸秦。太皇時内禪，神器付嗣君。新命集舊邦，至德被遠人。捧册自南服，奉内禪册文。奉詔趋北軍。往朔方。覲謁心載馳，違離難重陳。策馬出蜀山，畏途上緣雲。飲啄叢篁間，棲息虎豹群。崎嶇凌危棧，惴慄驚心神。峭壁上嵚岑，大江下沄沄。皇風扇八極，異類懷深仁。元凶誘黠虜，肘腋生妖氛。明主信英武，威聲赫四鄰。誓師自朔方，旗幟何繽紛。鐵騎照白日，旄頭拂秋旻。將來蕩滄溟，寧止蹴崑崙。古來有屯難，否泰常相因。夏康纘禹迹，以中興望肅宗。代祖復漢

勳。于役各勤王，驅馳拱紫宸。豈惟太公望，呈韋、房、崔三人。往昔逢周文。誰謂三傑才，功業獨殊倫。感此慰行邁，無爲歌苦辛。

直叙時事，煌煌大文。

寓言

春草紛碧色，佳人曠無期。悠哉千里心，欲採商山芝。歎息良會晚，如何桃李時。懷君晴川上，佇立夏雲滋。

常　建

建，開元十五年進士，官盱眙尉。

塞上曲

翩翩雲中使，來問太原卒。百戰苦不歸，刀頭怨秋月。望其還而不遂。塞雲隨陣落，寒日傍城没。城下有寡妻，哀哀哭枯骨。

昭君墓

漢宫豈不死，異域傷獨没。萬里馱黄金，蛾眉爲枯骨。回車夜出塞，立馬背不發。共恨丹青人，墳上哭明月。

弔王將軍墓

嫖姚北伐時，以霍去病比之。深入强千里。戰餘落日黄，軍敗鼓聲死。嘗聞漢飛將，以李廣比之。可奪單于壘。今與山鬼鄰，殘兵哭遼水。

『强千里』，謂過於千里也，《木蘭詩》『賞賜百千强』可證。

哭枯骨、哭明月、哭遼水，長於寫哭。

宿王昌齡隱居

清溪深不測，隱處惟孤雲。松際露微月，清光猶爲君。茆亭宿花影，藥院滋苔紋。余亦謝時去，言欲與偕隐。西山鸞鶴群。

清澈之筆，中有靈悟。

江上琴興

江上調玉琴，一絃清一心。泠泠七絃遍，萬木澄幽陰。能令江月白，又令江水深。始知枯桐枝，可以徽黄金。

言能使無情者俱有情也。只寫琴理，不形容琴聲，龍標《江上聞笛》詩亦然。

送李十一尉臨溪

泠泠花下琴，君唱度江吟。天際一帆影，預懸離别心。以言神仙尉，因致瑶華音。回軫撫商調，越溪澄碧林。

潭州留别

賢達不相識，偶然交已深。宿帆謁郡佐，悵别依禪林。湘水流入海，楚雲千里心。望君松杉夜，山月清猿吟。

西山

一身爲輕舟，落日西山際。常隨去帆影，遠接長天勢。物象歸餘清，林巒分夕麗。亭亭碧流暗，日入孤霞繼。洲渚遠陰映，湖雲尚明霽。林昏楚色來，岸遠荆門閉。至夜轉清迥，蕭蕭北風厲。沙邊雁鷺泊，宿處蒹葭蔽。圓月逗前浦，孤琴又摇曳。泠然夜遂深，白露沾人袂。

步驟謝公。

此夜泊西山之作。『一身爲輕舟』，言獨身泛舟，身猶舟也。

高適

字達夫，滄州人。舉有道科，哥舒翰表爲書記。翰兵敗，奔赴行在，遷侍御史，歷遷西川節度使。代宗時，封渤海縣侯，卒謚曰忠。有唐詩人之達者，適一人而已。

適五十學詩，每一篇出，爲時稱頌。

登隴

隴頭遠行客，隴上分流水。流水無盡期，行人未云已。淺才通一命，孤劍边萬里。豈不思故鄉，從來感知己。

觀『淺才通一命』句，應是哥舒翰表爲參軍，掌書記時作。感知、忘家，語簡意足。

薊中作

策馬自沙漠，長驅登塞垣。邊城何蕭條，白日黃雲昏。一到征戰處，每愁胡馬翻。豈無安邊書，諸將已承恩。惆悵孫吴事，歸來獨閉門。

言諸將不知防邊，雖有策，無可陳也。乃不云天子僭賞，而云主將承恩，令人言外思之，可悟立言之體。

岑　參

參，南陽人。天寶中進士，官至監察御史。杜甫薦之，累遷侍御史，出爲嘉州刺史。

參詩能作奇語，尤長於邊塞。

澧頭送蔣侯

君住澧水北，我家澧水西。兩村辨喬木，五里聞鳴雞。飲酒溪雨過，彈琴山月低。徒開蔣生徑，爾去誰相攜。

至大梁却寄匡城主人

一從棄魚釣，十載干明王。無由謁天階，却欲歸滄浪。仲秋至東郡，遂見天雨霜。昨日夢故山，蕙草色已黄。平明辭鐵邱，薄暮游大梁。仲秋蕭條景，拔刺飛鵝鶬。四郊陰氣閉，萬里無晶光。長風吹白茆，野火燒枯桑。故人南燕吏，籍籍名流芳。聊以玉壺贈，置之君子堂。

『長風吹白茆』二語，殷璠稱爲『逸才』。又『馬走碎石中，四蹄皆血流』，亦爲警絶。

暮秋山行

疲馬卧長坂，夕陽下通津。山風吹空林，颯颯如有人。蒼旻霽凉雨，石路無飛塵。千念集暮節，萬籟悲蕭辰。鵾鳩昨夜鳴，蕙草色已陳。况在遠行客，自然多苦辛。

因假歸白閣草堂

雷聲傍太白，雨在八九峰。東望白閣雲，半入紫閣松。勝概紛滿目，衡門趣彌濃。幸有數畝田，得延二仲蹤。早聞達士語，偶與心相通。誤狥一微官，還山媿塵容。釣竿不復把，野碓無人春。惆悵飛鳥盡，南溪聞夜鐘。

與高適、薛據同登慈恩寺浮圖

塔勢如湧出，突兀。孤高聳天宮。登臨出世界，磴道盤虛空。突兀壓神州，峥嶸如鬼工。四角礙白日，七層摩蒼穹。下窺指高鳥，俯聽聞驚風。連山若波濤，奔走似朝東。青松夾馳道，宮觀何玲瓏。秋色從西來，蒼然滿關中。五陵北原上，萬古青濛濛。净理了可悟，勝因夙所宗。誓將挂冠去，覺道猶言覺路資無窮。

《登慈恩塔》詩，少陵下應推此作，高達夫、儲太祝，皆不及也。薛據詩失傳無可考。

送祁樂歸河東

祁樂後來秀，挺身出河東。往年詣驪山，獻賦温泉宮。天子不召見，揮鞭遂從戎。前月還長安，囊中金已空。有時忽乘興，畫出江上峰。牀頭蒼梧雲，簾下天台松。忽如高堂上，颯颯生清風。五月火雲屯，氣燒天地紅。鳥且不敢飛，子行如轉蓬。少華與首陽，黄河流於山。隔河勢争雄。新月河上出，清光滿關中。置酒灞亭别，高歌披心胸。君到故山時，爲我謝老翁。

崔　曙

曙，宋州人。開元二十六年進士，以《試明堂火珠》詩得名，詩云『曙後一星孤』。

山下晚晴

寥寥遠天静，谿路何空濛。斜光照疏雨，秋氣生白虹。雲盡山色暝，蕭條西北風。故林歸宿處，一葉下梧桐。

潁陽東谿懷古在河南登封縣。

靈谿氛霧歇，皎鏡清心顔。空色不映水，秋聲多在山。世人久疏曠，萬物皆自閑。白鷗寒更浴，孤雲晴未還。昔時讓王者，此地閉玄關。無以躡高步，凄凉岑壑間。讓王，指許由，《莊子》有《讓王篇》。

早發交崖山還太室作太室，在嵩山，與少室相望。

東林氣微白，寒鳥急高翔。吾亦自兹去，北山歸草堂。杪冬正三五，日月遥相望。肅肅過潁上，朧朧辨夕陽。川冰生積雪，野火出枯桑。獨往路難盡，窮陰人易傷。

包　融

送國子張主簿

湖岸纜初解，鶯啼別離處。遥見舟中人，時時一回顧。坐悲芳歲晚，花落青軒樹。春夢隨我心，悠揚逐君去。

薛　據

據，荆南人。官太子思議郎。

冬夜寓居寄儲太祝

自爲雒陽客，夫子吾知音。愛義能下士，時人無此心。感激欲涕。奈何離居夜，巢鳥飛空林。愁坐至月上，復聞南鄰砧。

重訂唐詩别裁集卷二

長洲沈德潛歸愚選

李白

李白字太白，凉武昭王九世孫，蜀人，亦云山東人。天才奇特，遊長安，賀知章見其文，曰：『謫仙人也。』言於明皇，召對金鑾殿，詔供奉翰林。帝在沉香亭，賞名花，召賦《清平調》三章，帝愛其才。因醉，命高力士脱韡，力士耻之，摘詩中語激楊貴妃，妃譖於帝，賜金放還。安禄山反，永王璘辟爲府僚佐。璘起兵，白逃回。璘敗，當誅。先是，嘗救郭子儀，至是，子儀請解官以贖。詔長流夜郎，赦還，客當塗令李陽冰所。代宗立，以左拾遺召，而白已卒矣。葬當塗之青山。

太白詩縱横馳驟，獨《古風》二卷，不矜才、不使氣，原本阮公，風格俊上。伯玉《感遇詩》後有嗣音矣。

古風十五首

大雅久不作，吾衰竟誰陳。王風委蔓草，戰國多荆榛。龍虎相啖食，兵戈逮狂秦。正聲何微茫，哀怨起騷人。揚馬激頽波，開流蕩無垠。廢興雖萬變，憲章亦已淪。自從建安來，綺麗不足珍。聖代復元古，垂衣貴清真。群才屬休明，乘運共躍鱗。文質相炳煥，衆星羅秋旻。我志在删述，垂暉映千春。希聖如有立，絶筆於獲麟。

昌黎云：『齊梁及陳隋，衆作等蟬噪。』太白則云：『自從建安來，綺麗不足珍。』是從來作豪傑語。不足珍，謂建安以後也，《謝朓樓餞别》云『蓬萊文章建安骨』一語可證。

蟾蜍薄太清，蝕此瑶臺月。圓光虧中天，金魄遂淪没。螮蝀入紫微，大明夸朝暉。浮雲隔兩曜，萬象昏陰霏。蕭蕭長門宫，昔是今已非。桂蠹花不實，天霜下嚴威。沈歎終永夕，感我涕沾衣。

意指武惠妃有寵、王皇后見廢而作，通體皆作隱語，而『蕭蕭長門宫』二句若晦若顯，布置最佳。

秦皇埽六合，虎視何雄哉。飛劍決浮雲，諸侯盡西來。明斷自天啓，大略駕群才。收兵鑄金人，函谷正東開。銘功會稽嶺，騁望瑯琊臺。刑徒七十萬，起土驪山隈。尚採不死藥，茫然使心哀。連弩射海魚，長鯨正崔嵬。額鼻象五岳，揚波噴雲雷。鬐鬣蔽青天，何由睹蓬萊。徐市載秦女，樓船幾時回。但見三泉下，金棺葬寒灰。既期不死，而又築高陵，自相矛盾矣。

莊周夢蝴蝶，蝴蝶爲莊周。一體更變易，萬事良悠悠。乃知蓬萊水，與下『青門』二句。復作清淺流。青門種瓜人，舊日東陵侯。富貴固如此，營營何所求。

言一體尚有變易，而富貴能長保耶？

齊有倜儻生，魯連特高妙。明月出海底，一朝開光曜。卻秦振英聲，後世仰末照。意輕千金贈，顧向平原笑。吾亦澹蕩人，拂衣可同調。

松柏本孤直，難爲桃李顏。昭昭嚴子陵，垂釣滄波間。身將客星隱，心與白雲閑。長揖萬乘君，還歸富春山。清風灑六合，邈然不可攀。使我長歎息，冥棲巖石間。不著議論，永古一體。

君平既棄世，世亦棄君平。觀變窮太易，探元化群生。寂寞綴道論，空簾閉幽情。騶虞不虚來，鸑鷟有時鳴。安知天漢上，白日懸高名。海客去已久，誰人測沈溟。

言人之不泯，如騶虞、鸑鷟必然見知，即世人不知，天上猶懸其名也。『天漢』二句，用海渚人乘槎至織女宫意。

天津三月時，千門桃與李。朝爲斷腸花，暮逐東流水。前水復後水，古今相續流。新人非舊人，年年橋上游。雞鳴海色動，謁帝羅公侯。月落西上陽，餘輝半城樓。衣冠照雲日，朝下散皇州。鞍馬如飛龍，黄金絡馬頭。行人皆辟易，志氣横嵩丘。入門上高堂，列鼎錯珍羞。香風引趙舞，清管隨齊謳。七十紫鴛鴦，雙雙戲庭幽。行樂争晝夜，自言度千秋。功成身不退，自古多愆尤。黄犬空歎息，緑珠成釁讐。何如鴟夷子，散髮棹扁舟。

歷言權貴豪侈、沉溺不返，而有李斯、石崇之禍，不如范蠡扁舟歸去之爲得也。前用興起。

鄭客西入關，行行未能已。白馬華山君，相逢平原里。璧遺鎬池君，明年祖龍死。秦人相謂曰，吾屬可去矣。一往桃花源，千春隔流水。

羽檄如流星，虎符合專城。喧呼救邊急，群鳥皆夜鳴。白日耀紫微，三公運權衡。天地皆得一，澹然四海清。借問此何爲，言天下清平，不應有用兵之事，故因問之。答言楚徵兵。渡瀘及五月，將赴雲南征。炎月出師而又當炎方，能無敗乎？怯卒非戰士，炎方難遠行。長號别嚴親，日月慘光晶。泣盡繼以血，心摧兩無聲。困獸當猛虎，窮魚餌奔鯨。千去不一回，投軀豈全生。如何舞干戚，一使有苗平。如何，作何如解。古人每有之。

『干羽』改『干戚』，本淵明『刑天舞干戚』句。◯時徵兵討雲南而大敗，楊國忠掩敗爲功，詩應作於是時。

胡關饒風沙，蕭索竟終古。木落秋草黄，登高望戎虜。荒城空大漠，邊邑無遺堵。白骨横千霜，嵯峨蔽榛莽。借問誰凌虐，天驕毒威武。赫怒我聖皇，勞師事鼙鼓。陽和變殺氣，發卒騷中土。三十六萬人，哀哀泪如雨。且悲就行役，安得營農圃。不見征戍兒，豈知關山苦。李牧今不在，邊人飼豺虎。

天寶中，上使王忠嗣攻吐蕃石堡城，忠嗣言堅守難攻。董延光自請攻之，不克。復命哥舒翰攻而拔之，獲吐蕃四百人，而唐兵死亡略盡。其後世爲讎敵矣。詩爲開邊垂戒，與前一首同。

登高望四海，天地何漫漫。霜被群物秋，風飄大荒寒。榮華東流水，萬事皆波瀾。白日掩徂輝，浮雲無定端。梧桐巢燕雀，枳棘棲鵷鸞。且復歸去來，劍歌行路難。

『白日』二語，喻讒邪惑主。『梧桐』二語，喻小人得志，君子失所。

醜女來傚顰，還家驚四鄰。壽陵失故步，笑殺邯鄲人。一曲斐然子，雕蟲喪天真。棘荆造沐猴，三年費精神。功成無所用，楚楚且華身。大雅思文王，頌聲久崩淪。安得郢中質，成風一運斤。

譏世之文章無補風教，而因追思大雅也。

八荒馳驚飆，萬物盡凋落。浮雲蔽頹陽，洪波振大壑。龍鳳脱網罟，飄飖將安托。去去乘白駒，空山咏場藿。

『浮雲』二語，隱指亂世景象。

桃花開東園，含笑誇白日。偶蒙東風榮，生此艷陽質。豈無佳人色，但恐花不實。宛轉龍火飛，苍龍房心，心为火，故曰龍火。零落早相失。詎知南山松，獨立自蕭瑟。

擬古四首

長繩難繫日，自古共悲辛。黄金高北斗，不惜買陽春。石火無留光，還如世中人。言時光与人命同一短促。即事已如夢，後來我誰身。提壺莫辭貧，取酒會四鄰。仙人殊恍惚，未若酒中真。

月色不可掃，客愁不可道。玉露生秋衣，流螢飛百草。日月終銷燬，天地同枯槁。蟪蛄啼青松，安見此樹老。金丹寧誤俗，昧者難精討。爾非千歲翁，多恨去世早。飲酒入玉壺，藏身以爲寶。

言天地終歸枯槁，況乎人生？正當及時行樂。

涉江弄秋水，愛此荷花鮮。攀荷弄其珠，蕩漾不成圓。佳期彩雲重，欲贈隔遠天。相思無由見，悵望涼風前。

去去復去去，辭君還憶君。漢水既殊流，楚山亦此分。人生難稱意，豈得長爲群。越燕喜海日，燕鴻思朔雲。別久容華晚，琅玕不能飯。日落知天昏，夢長覺道遠。望夫登高山，化石竟不返。

祠微旨遠，怨而不怒。

沐浴子樂府不另分一格，雜入五言、七言中。長短句入七言。

沐芳莫彈冠，浴蘭莫振衣。處世忌太潔，至人貴藏輝。滄浪有釣叟，吾與爾同歸。

言立身忌太潔，不如老氏之和光同塵也。暗用《楚辭》意。

子夜吳歌子夜，晋女子名。

長安一片月，萬户搗衣聲。秋風吹不盡，總是玉關情。何日平胡虜，良人罷遠征。

不言朝家之黷武，而言胡虜之未平，立言温厚。

關山月

明月出天山，蒼茫雲海間。長風幾萬里，吹度玉門關。漢下白登道，胡窺青海灣。由來征戰地，不見有人還。戍客望邊邑，思歸多苦顏。高樓當此夜，歎息未應閑。

短歌行

白日何短短，百年苦易滿。蒼穹浩茫茫，萬劫太極長。麻姑垂兩鬢，一半已成霜。天公見玉女，大笑億千場。吾欲攬六龍，迴車掛扶桑。北斗酌美酒，勸龍各一觴。富貴非所願，與人駐顏光。

妾薄命

漢帝寵阿嬌，貯之黄金屋。咳唾落九天，隨風生珠玉。形容盡態，妙於語言。寵極愛還歇，妒深情却疏。長門一步地，不肯暫回車。雨落不上天，水覆難再收。君情與妾意，各自東西流。昔日芙蓉花，今成斷根草。以色事他人，能得幾時好。

古朗月行

小時不識月，呼作白玉盤。又疑瑶臺鏡，飛在青雲端。仙人垂兩足，桂樹何團團。白兔搗藥成，問言誰與餐。蟾蜍蝕圓影，大明夜已殘。暗指貴妃能惑主聽。羿昔落九烏，天人清且安。陰精此淪惑，去去不足觀。憂來其如何，淒愴摧心肝。

與《古風》中《蟾蜍薄太清》篇同意，但《古風》指武惠妃，此指楊貴妃，各有主意也。

長干行

妾髮初覆額，折花門前劇。郎騎竹馬來，繞牀弄青梅。同居長干里，兩小無嫌猜。十四爲君婦，羞顏未嘗開。低頭向暗壁，千換不一回。十五始展眉，願同塵與灰。常存抱柱信，豈上望夫臺。十六君遠行，瞿塘灎澦堆。五月不可觸，猿聲天上哀。門前送行迹，一一生緑苔。苔深不能掃，落葉秋風早。八月蝴蝶黄，雙飛西園草。『蝴蝶』二句即所見以感興。感此傷妾心，坐愁紅顔老。早晚下三巴，預將書報家。相迎不道遠，直至長風沙。長風沙，在舒州。金陵至舒州七百餘里，言相迎之遠也。

贈盧司户

秋色無遠近，出門盡寒山。白雲遥相識，待我蒼梧間。借問盧耽鶴，西飛幾時還。

沙邱城下寄杜甫

我來竟何事，高卧沙邱城。城邊有古樹，日夕連秋聲。魯酒不可醉，齊歌空復情。思君若汶水，浩蕩寄南征。

沙邱，在萊州。汶水，出沂水，在青州境。地相接，故欲因水以寄情也。

送楊山人歸嵩山

我有萬古宅，嵩陽玉女峰。長留一片月，挂在東溪松。爾去掇仙草，菖蒲花紫茸。歲晚或相訪，青天騎白龍。

金鄉送韋八之西京

客自長安來，還歸長安去。狂風吹我心，西掛咸陽樹。此情不可道，此别何時遇。望望不見君，連山起烟霧。

即『瞻望弗及，實勞我心』意，説來自遠。

下終南山過斛斯山人宿置酒

暮從碧山下，山月隨人歸。卻顧所來徑，蒼蒼横翠微。相携及田家，童稚開荆扉。緑竹入幽徑，青蘿拂行衣。歡言得所憩，美酒聊共揮。長歌吟松風，曲盡河星稀。我醉君復樂，陶然共忘機。

太白山水詩亦帶仙氣。

寄東魯二子

吴地桑葉緑，吴蠶已三眠。我家寄東魯，誰種龜陰田。春事已不及，江行復茫然。南風吹歸心，飛墮酒樓前。樓東一株桃，枝葉拂青烟。此樹我所種，別我向三年。桃今與樓齊，我行尚未旋。嬌女字平陽，折花倚桃邊。折花不見我，泪下如流泉。小兒名伯禽，與姊亦齊肩。雙行桃樹下，撫背復誰憐。念此失次第，肝腸日憂煎。裂素寫遠意，因之汶陽川。

家常語，瑣瑣屑屑，彌見其真，得《東山》詩意。

秋日魯郡堯祠亭上宴別杜補闕范侍御

我覺秋興逸，誰云秋興悲。山將落日去，水與晴空宜。魯酒白玉壺，送行駐金羈。歇鞍憩古木，解帶挂横枝。歌鼓川上亭，曲度神飈吹。雲歸碧海夕，雁没青天時。相失各萬里，茫然空爾思。

經下邳圯橋懷張子房

子房未虎嘯，破産不爲家。滄海得壯士，椎秦博浪沙。報韓雖不成，天地皆振動。潛匿遊下邳，豈曰非智勇。我來圯橋上，懷古欽英風。唯見碧流水，曾無黄石公。歎息此人去，蕭條徐泗空。

爲子房生色。智勇二字，可補《世家》贊語。

望鸚鵡洲懷禰衡

魏帝營八極，蟻觀一禰衡。黄祖斗筲人，殺之受惡名。吴江《賦鸚鵡》，落筆超群英。鏘鏘振金玉，句句欲飛鳴。鷙鶚啄孤鳳，千春傷我情。五岳起方寸，隱然詎可平。才高竟何施，寡識冒天刑。至今芳洲上，蘭蕙不忍生。

曹操送之劉表，劉表送之黄祖，祖乃殺之。固三人之不能容物，而衡之恃才漫罵，有以自取也。嚴儀卿亦云『才高識寡』，與太白意同。

月下獨酌

花間一壺酒，獨酌無相親。舉杯邀明月，對影成三人。月既不解飲，影徒隨我身。暫伴月將影，行樂須及春。我歌月裴回，我舞影零亂。醒時同交歡，醉後各分散。永結無情游，相期邈雲漢。

脱口而去，純乎天籟，此種詩人不易學。

春日醉起言志

處世若大夢，胡爲勞其生。所以終日醉，頹然卧前楹。覺來盼庭前，一鳥花間鳴。借問此何時，春風語流鶯。感之欲歎息，對酒還自傾。浩歌待明月，曲盡已忘情。

望終南山寄紫閣隱者

出門見南山，引領意無限。秀色難爲名，蒼翠日在眼。有時白雲起，天際自舒卷。心中與之然，托興每不淺。何當造幽人，滅迹棲絶巘。

因白雲舒卷，念彼幽人。偕隱之思，與之俱遠。

送裴十八圖南歸嵩山

君思潁水緑，忽復歸嵩岑。歸時莫洗耳，爲我洗其心。洗心得真情，洗耳徒買名。謝公終一起，相與濟蒼生。

言真能洗心，則出處皆宜，不專以忘世爲高也。借洗耳引洗心，無貶巢父意。

登黄山凌歊臺送族弟溧陽尉濟充泛舟赴華陰得齊字

鸞乃鳳之族，翺翔紫雲霓。文章輝五色，雙在瓊樹棲。一朝各飛去，鳳與鸞俱啼。炎赫五月中，朱曦爍河堤。爾從泛舟役，使我心魂凄。秦地無碧草，南雲喧鼓鼙。君王減玉膳，早起思鳴鷄。漕引救關輔，疲人免塗泥。宰相作霖雨，農夫得耕犁。静者伏草間，群才滿金閨。空手無壯士，窮居使人低。送君登黄山，長嘯倚天梯。小舟若鳧雁，大舟若鯨鯢。開帆散長風，舒卷與雲齊。日入牛渚晦，蒼然夕烟迷。相思定何許，杳在洛陽西。說轉漕處見關係軍國，此一篇主意。末寫送行，亦不草草。

上三峽巫峽、西陵峽、歸峽，並稱三峽。

巫山夾青天，巴水流若兹。巴水忽可盡，青天無到時。三朝上黄牛，三暮行太遲。三朝又三暮，不覺鬢成絲。

古謡云：『朝見黄牛，暮見黄牛。三朝三暮，黄牛如故。』亦峽名。

聽蜀僧濬彈琴

蜀僧抱緑綺，西下峨眉峰。爲我一揮手，如聽萬壑松。客心洗流水，餘響入霜鐘。不覺碧山暮，秋雲暗幾重。

杜甫

字子美，襄陽人。審言之孫，閑之子。舉進士不第。天寶末，獻《三大禮賦》，授京兆府兵曹參軍。禄山亂，肅宗即位靈武。甫自京師西謁行在，拜右拾遺。房琯兵敗，貶官，甫救之，出爲華州司功參軍，客秦州。流落劍南，嚴武表爲參謀工部員外郎。武卒，遊東蜀，往依高適，適旅卒。自是數遭寇亂，以舟爲居。耒陽聶令迎歸署中，一夕而卒，年五十九。孫嗣業自耒陽迎柩，歸葬於偃師縣首陽山之前。

聖人言詩，自興觀群怨，歸本於事父、事君。少陵身際亂離，負薪拾橡，而忠愛之意，惓惓不忘，得聖人之旨矣。前人論少陵詩者多矣，至嚴滄浪則云：『憲章漢魏，而取材於六朝。至其自得之妙，先輩所謂「集大成」者也。』孫器之比之『周公禮樂，後世莫能擬議』，斯爲篤論。

少陵詩陽開陰闔，雷動風飛，任舉一句一節，無不見此老面目。在盛唐中，允推大家。

少陵五言長篇，意本連屬。而學問博、力量大，轉接無痕，莫測端倪，轉似不連屬者。千古以來讓渠獨步！

唐人詩原本《離騷》《文選》，老杜獨能驅策經史，不第以詩人目之。

奉贈韋左丞丈二十二韻

紈袴不餓死，儒冠多誤身。丈人試静聽，賤子請具陳。甫昔少年日，早充觀國賓。讀書破萬卷，下筆如有神。賦料揚雄敵，詩看子建親。二句古人。李邕求識面，王翰願卜鄰。二句時人。自謂頗挺出，立登要路津。致君堯舜上，再使風俗淳。少年抱負。此意竟蕭條，行歌非隱淪。騎驢三十載，旅食京華春。朝扣富兒門，暮隨肥馬塵。殘杯與冷炙，到處潛悲辛。主上頃見徵，欻然欲求伸。青冥却垂翅，蹭蹬無縱鱗。天寶二載，詔天下有一藝者詣轂下。李林甫謂『野無遺賢』，皆下之。甚媿丈人厚，甚知丈人真。每於百寮上，猥誦佳句新。竊效貢公喜，難甘原憲貧。焉能心怏怏，祇是走踆踆。今欲東入海，即將西去秦。尚憐終南山，回首清渭濱。有三宿出晝意。常擬報一飯，况懷辭大臣。白鷗没浩蕩，萬里誰能馴。感知與潔身並行不悖。

抱負如此，終遭阻抑。然其去也無怨懟之詞，有遲遲我行之意，可謂温柔敦厚矣。

遊龍門奉先寺

已從招提游，更宿招提境。陰壑生虚籟，月林散清影。天闕象緯逼，雲卧衣裳冷。欲覺聞晨鐘，令人發深省。伊闕，名龍門，非導河積石所至之龍門也。本有『天闕』，不應改『天闚』。

望嶽

岱宗夫如何，齊魯青未了。造化鍾神秀，陰陽割昏曉。盪胸生曾雲，决眥入歸鳥。會當凌絕頂，一覽衆山小。

『齊魯青未了』五字，已盡太山。

贈衛八處士

人生不相見，動如參與商。今夕復何夕，共此燈燭光。少壯能幾時，鬢髮各已蒼。訪舊半爲鬼，驚呼熱中腸。焉知二十載，重上君子堂。昔別君未婚，兒女忽成行。怡然敬父執，問我來何方。問答未及已，兒女羅酒漿。夜雨剪春韭，新炊間黄粱。主稱會面難，一舉累十觴。十觴亦不醉，感子故意長。明日隔山嶽，世事兩茫茫。

同諸公登慈恩寺塔原注：時高適、薛據先有作。

高標跨蒼穹，烈風無時休。自非曠士懷，登兹翻百憂。伏後段。方知象教力，足可追冥搜。仰穿龍蛇窟，始出枝撑幽。七星在北户，河漢聲西流。四句仰望。羲和鞭白日，少昊行清秋。秦山忽破碎，涇渭不可求。四句俯視。俯視但一氣，焉能辨皇州。回首叫虞舜，蒼梧雲正愁。惜哉瑶池飲，日晏崑崙丘。黄鵠去不息，哀鳴何所投。君看隨陽雁，各有稻粱謀。

後半『回首』以下，胸中鬱鬱硉硉，不敢顯言，故托隱語出之。已上皆實境也。錢牧齋謂『通體皆屬比語』，恐穿鑿無味。

前出塞九首

朱長孺云：明皇季年，哥舒翰貪功于吐蕃，安禄山構禍于契丹，于是徵調半天下。《前出塞》爲哥舒發，《後出塞》爲禄山發。今按，詩前九章多從軍愁苦之詞，後五章防强臣跋扈之漸，長孺所分也。

戚戚去故里，悠悠赴交河。公家有程期，亡命嬰禍羅。君已富土境，開邊一何多。主意。棄絶父母恩，吞聲行負戈。

出門日已遠，不受徒旅欺。骨肉恩豈斷，男兒死無時。走馬脱轡頭，手中挑青絲。捷下萬仞岡，俯身試搴旗。

磨刀嗚咽水，水赤刃傷手。欲輕腸斷聲，心緒亂已久。丈夫誓許國，憤惋復何有。功名圖麒麟，戰骨當速朽。

嗚咽水，即隴頭流水。

送徒既有長，遠戍亦有身。生死向前去，不勞吏怒嗔。路逢相識人，附書與六親。哀哉兩決絶，不復同苦辛。

迢迢萬餘里，領我赴三軍。軍中異苦樂，主將寧盡聞。隔河見胡騎，倏忽數百群。我始爲奴僕，幾時樹功勳。

輓弓當挽强，用箭當用長。射人先射馬，擒賊先擒王。前四語即寓不多殺傷意，所謂節制之師。殺人亦無限，立國自有疆。苟能制侵陵，豈在多殺傷。諸本『殺人亦有限』，惟文待詔作『無限』。以開合語出之，較有味。文云古本皆然，從之。

驅馬天雨雪，軍行入高山。逕危抱寒石，指落曾冰間。已去漢月遠，何時築城還。浮雲暮南征，可望不可攀。

單于寇我壘，百里風塵昏。雄劍四五動，彼軍爲我奔。擄其名王歸，繫頸授轅門。潛身備行列，一勝何足論。末二語，有大樹將軍意度。

從軍十年餘，能無分寸功。衆人貴苟得，欲語羞雷同。中原有鬭争，況在狄與戎。丈夫四方志，安可辭固窮。不願苟得，不辭固窮，軍伍中乃有此節概。合九章成一章法。

後出塞五首

男兒生世間，及壯當封侯。戰伐有功業，焉能守舊丘。召募赴薊門，軍動不可留。千金買馬鞍，百金裝刀頭。閭里送我行，親戚擁道周。斑白居上列，酒酣進庶羞。少年別有贈，含笑看吴鉤。

朝進東門營，暮上河陽橋。落日照大旗，馬鳴風蕭蕭。平沙列萬幕，部伍各見招。中天懸明月，令嚴夜寂寥。悲笳數聲動，壯士慘不驕。借問大將誰，恐是霍嫖姚。

寫軍容之盛、軍令之嚴，如干、莫出匣，寒光相向。霍去病勤遠開邊，故以爲比。

古人重守邊，今人重高勳。豈知英雄主，出師亘長雲。六合已一家，四夷且孤軍。遂使貔虎士，奮身勇所聞。拔劍擊大荒，日收胡馬群。誓開玄冥北，持以奉吾君。玄冥北豈可開乎？重高勳之侈心，必至於此。

獻凱日繼踵，兩蕃靜無虞。奚、契丹，吐蕃爲西蕃。漁陽豪俠地，擊鼓吹笙竽。雲帆轉遼海，粳稻來東吴。越羅與楚練，照耀輿臺軀。主將位益崇，氣驕凌上都。邊人不敢議，議者死路衢。

濫賞以結軍心，嚴刑以箝衆口，雖欲不亂，其可得乎！

我本良家子，出師亦多門。將驕益愁思，身貴不足論。躍馬二十年，恐孤明主恩。坐見幽州騎，長驅河洛昏。中夜間道歸，故里但空村。惡名倖脱免，窮老無兒孫。

連下章，禄山叛逆，隱躍言下。

此章顯言。

自京赴奉先縣咏懷五百字天寶十四載十月，上幸華清宫。十一月，禄山反。詩應作於將反時。

杜陵有布衣，老大意轉拙。許身一何愚，竊比稷與契。居然成濩落，白首甘契闊。蓋棺事則已，此志常覬豁。窮年憂黎元，『憂黎元』至『放歌愁絶』，反反覆覆、淋漓顛倒，正古人不可及處。歎息腸内熱。取笑同學翁，浩歌彌激烈。非無江海志，蕭灑送日月。生逢堯舜君，不忍便永訣。當今廊廟具，構厦豈云缺。葵藿傾太陽，物性固莫奪。顧惟螻蟻輩，但自求其穴。胡爲慕大鯨，輒擬偃溟渤。以兹悟生理，獨耻事干謁。兀兀遂至今，忍爲塵埃没。終愧巢與由，未能易其節。沉飲聊自適，放歌破愁絶。以下自京赴奉先途中所見。歲暮百草零，疾風高岡裂。天衢陰峥嶸，客子中夜發。霜嚴衣帶斷，指直不得結。凌晨過驪山，御榻在嵽嵲。時明皇在華清宫。蚩尤塞寒空，蹴踏崖谷滑。瑶池氣鬱律，羽林相摩戛。君臣留歡娱，樂動殷樛嶱。賜浴皆長纓，與宴非短褐。儀衛之盛、賜予之濫、内戚之奢，從行路所經傳出。胸中鬱結，言外隐憂。彤廷所分帛，本自寒女出。鞭撻其夫家，《周禮》：『出夫家之征。』聚斂貢城闕。聖人筐篚〔一〕恩，實欲邦國活。臣如忽至理，君豈棄此物。多士盈朝廷，仁者宜戰慄。況聞内金盤，盡在衛霍室。中堂舞神仙，

〔一〕筐篚，仇兆鰲《杜詩詳注》作『筐篚』。

烟霧散〔一〕玉質。暖客貂鼠裘，悲管逐清瑟。勸客駝蹄羹，霜橙壓香橘。朱門酒肉臭，路有凍死骨。榮枯咫尺異，惆悵難再述。北轅就涇渭，此叙途次遇冰之險，將至奉先。官渡又改轍。群冰從西下，極目高崪兀。疑是崆峒來，恐觸天柱折。河梁幸未坼，枝撐聲窸窣。行旅相攀援，川廣不可越。老妻寄異縣，十口隔風雪。誰能久不顧，庶往共飢渴。潘岳云『誰與同歲寒』，此云『庶往共飢渴』，千古情至語。入門聞號咷，幼子飢已卒。吾寧舍一哀，里巷亦嗚咽。所愧爲人父，無食致夭折。豈知秋禾登，即年豐啼饑意。貧窶有倉卒。生常免租税，名不隸征伐。撫迹猶酸辛，平人固騷屑。默思失業徒，因念遠戍卒。憂端齊終南，澒洞不可掇。結與許稷契、憂黎元意相應。

首叙抱負，次述道途所經，末述到家情事。身際困窮，心憂天下，自是希稷契人語。此詩及《北征》，因長篇畫分段落。

述懷

去年潼關破，妻子隔絶久。今夏草木長，脱身得西走。麻鞋見天子，衣袖露兩肘。朝廷愍生還，親故傷老醜。涕泪授拾遺，流離主恩厚。柴門雖得去，未忍即開口。寄書問三川，不知家在

〔一〕 散，仇本作蒙。

否。比聞同罹禍，殺戮到雞狗。山中漏茆屋，誰復依户牖。摧頽蒼松根，地冷骨未朽。幾人全性命，盡室豈相偶。嶔岑猛虎場，鬱結回我首。自寄一封書，今已十月後。反畏消息來，妙在反接，若云『不見消息來』，意淺薄矣。寸心亦何有。漢運初中興，生平老耽酒。沉思歡會處，恐作窮獨叟。

彭衙行

憶昔避賊初，北走經險艱。通篇追叙，故用『憶昔』二字領起。夜深彭衙道，月照白水山。盡室久徒步，逢人多厚顔。參差谷鳥吟，不見遊子還。癡女饑咬我，啼畏虎狼聞。懷中掩其口，反側聲愈嗔。小兒强解事，故索苦李餐。一旬半雷雨，泥濘相牽攀。既無禦雨備，徑滑衣又寒。有時經契闊，竟日數里間。野果充糇糧，卑枝成屋椽。早行石上水，暮宿天邊烟。少留同家窪，欲出蘆子關。故人有孫宰，高義薄曾雲。延客已曛黑，張燈啓重門。暖湯濯我足，剪紙招我魂。從此出妻孥，相視涕闌干。衆雛爛熳睡，喚起沾盤飧。誓將與夫子，永結爲弟昆。遂空所坐堂，安居奉我懽。誰肯艱難際，豁達露心肝。别來歲月周，胡羯仍稱患。何當有翅翎，飛去墮爾前。末四句收出本意。

北征公時家鄜州，在鳳翔東北，故云北征。

皇帝二載秋，閏八月初吉。杜子將北征，蒼茫問家室。維時遭艱虞，朝野少暇日。顧慚恩私被，詔許歸蓬蓽。拜辭詣闕下，怵惕久未出。雖乏諫諍姿，恐君有遺失。君誠中興主，經緯固密勿。東胡反未已，臣甫憤所切。揮涕戀行在，道途猶恍惚。乾坤含瘡痍，憂虞何時畢。下叙途中所經。

靡靡逾阡陌，人烟眇蕭瑟。所遇多被傷，呻吟更流血。回首鳳翔縣，旌旗晚明滅。前登寒山重，屢得飲馬窟。邠郊入地底，涇水中蕩潏。猛虎立我前，蒼崖吼時裂。以下所見佳景。菊垂今秋花，石戴古車轍。青雲動高興，幽事亦可悦。山果多瑣細，羅生雜橡栗。或紅如丹砂，或黑如點漆。雨露之所濡，甘苦齊結實。緬思桃源内，益歎身世拙。坡陀望鄜畤，巖谷互出没。我行已水濱，我僕猶木末。一幅旅行名畫。鴟鳥鳴黄桑，以下所見慘景。野鼠拱亂穴。夜深經戰場，寒月照白骨。潼關百萬師，往者散何卒。遂令半秦民，殘害爲異物。况我墮胡塵，及歸盡華髮。叙到家。經年至茆屋，妻子衣百結。慟哭松聲回，悲泉共幽咽。平生所嬌兒，顔色白勝雪。見耶背面啼，垢膩脚不襪。牀前兩小女，補綻才過膝。海圖折波濤，舊綉移曲折。天吴及紫鳳，顛倒在裋褐。到家後叙瑣屑事，從《東山詩》『有敦瓜苦，烝在栗薪』悟出。老夫情懷惡，嘔泄卧數日。那無囊中帛，救汝寒凛慄。粉黛亦解苞，衾裯稍羅列。瘦妻面復光，癡女頭自櫛。學母無不爲，曉妝隨手抹。移時施朱鉛，狼藉畫眉闊。生還對童稚，似欲忘飢渴。問事競挽鬢，誰能即嗔喝。翻思在賊愁，甘受雜亂聒。新歸且慰意，生理焉得説。

至尊尚蒙塵，敍到家後悲喜交集，詞尚未了，忽入至尊蒙塵，直起突接，他人無此筆力。幾日休練卒。仰觀天色改，坐覺妖氛豁。陰風西北來，慘淡隨回鶻。其王願助順，其俗善馳突。送兵五千人，驅馬一萬匹。此輩少爲貴，言借兵回紇，後有隱憂。四方服勇決。所用皆鷹騰，破敵過箭疾。聖心頗虚佇，時議氣欲奪。虚佇，謂帝望回紇；氣奪，謂群議沮喪。伊洛指掌收，西京不足拔。官軍請深入，時李泌請建寧與李光弼犄角，直取范陽，惜不能用。公所見略同。蓄鋭伺俱發。此舉開青徐，旋瞻略恒碣。昊天積霜露，正氣有肅殺。禍轉亡胡歲，勢成擒胡月。胡命其能久，皇綱未宜絶。

憶昨狼狽初，事與古先别。奸臣竟葅醢，同惡隨蕩析。不聞夏殷衰，中自誅褒妲。歸美于君，立言得體。褒妲，應妹妲，偶然誤筆耳。周漢獲再興，宣光果明哲。桓桓陳將軍，元禮。仗鉞奮忠烈。微爾人盡非，于今國猶活。凄凉大同殿，寂寞白獸闥。都人望翠華，佳氣向金闕。園陵固有神，掃灑數不缺。煌煌太宗業，樹立甚宏達。皇帝起，太宗結，收得正大。

漢魏以來，未有此體，少陵特爲開出，是詩家第一篇大文。公之忠愛謀略，亦於此見。

玉華宫貞觀時建。

溪回松風長，蒼鼠竄古瓦。不知何王殿，遺構絶壁下。陰房鬼火青，壞道哀湍瀉。萬籟真笙竽，秋色正蕭灑。美人爲黄土，况乃粉黛假。當時侍金輿，故物獨石馬。憂來藉草坐，浩歌泪盈把。冉冉征途間，誰是長年者。凄凉如見。

唐初所建，而曰『不知何王殿』，妙於語言。

九成宫本隋仁壽宫，太宗修之，以避暑。

蒼山入百里，崖斷如杵臼。曾宫憑風回，岌嶪土囊口。立神扶棟梁，鑿翠開户牖。其陽産靈芝，其陰宿牛斗。紛披長松倒，揭巘怪石走。哀猿啼一聲，客泪迸林藪。荒哉隋家帝，製此今頹朽。向使國不亡，焉爲巨唐有。有殷鍳不遠意。雖無新增修，尚置官居守。巡非瑶水遠，迹是雕墻後。我行屬時危，仰望嗟歎久。天王守太白，駐馬更搔首。鳳翔有太白山，謂肅宗次鳳翔也。

羌村三首

峥嶸赤雲西，日脚下平地。柴門鳥雀噪，歸客千里至。妻孥怪我在，驚定還拭泪。先驚後悲，真極！世亂遭飄蕩，生還偶然遂。鄰人滿墻頭，感歎亦歔欷。夜闌更秉燭，相對如夢寐。不再添一語，高絶！

字字鏤出肺肝，又似尋常人所能道者。變風之義與！漢京之音與！

晚歲迫偷生，還家少歡趣。嬌兒不離厀，畏我復却去。憶昔好追凉，故繞池邊樹。蕭蕭北風勁，撫事煎百慮。與『昔我往矣，楊柳依依』四語同意。賴知禾黍收，已覺糟牀注。如今足斟酌，且用慰遲暮。

群雞正亂叫，客至雞鬥爭。驅雞上樹木，始聞扣柴荆。父老四五人，問我久遠行。問，存問也。手中各有携，傾榼濁復清。苦辭酒味薄，黍地無人耕。兵革既未息，兒童盡東征。荒亂景從父老口中傳出。請爲父老歌，艱難媿深情。歌罷仰天歎，四座泪縱横。

『酒味薄』四句，以父老語入詩。『艱難』句，少陵歌也。

示從孫濟

平明跨驢出，未知適誰門。權門多噂香〔一〕，且復尋諸孫。諸孫貧無事，宅舍如荒村。堂前自生竹，堂後自生萱。萱草秋已死，竹枝霜不蕃。淘米少汲水，汲多井水渾。刈葵莫放手，放手傷葵根。『淘米』四語，有水原木本意。隨事比興，古樂府往往有之。阿翁懶惰久，覺兒行步奔。

〔一〕 香：《全唐詩》、各種杜詩版本均做『喈』。

所來爲宗族，亦不爲盤飧。小人利口實，薄俗難具論。勿受外嫌猜，同姓古所敦。

義鶻行

陰崖有蒼鷹，養子黑柏顛。白蛇登其巢，吞噬恣朝餐。雄飛遠求食，雌者鳴辛酸。力强不可制，黄口無半存。其父從西歸，翻身入長烟。斯須領健鶻，痛憤寄所宣。斗上捩孤影，噭哮來九天。修鱗脱遠枝，巨顙坼老拳。高空得蹭蹬，短草辭蜿蜒。折尾能一掉，飽腸皆已穿。生雖滅衆雛，死亦垂千年。言蛇雖滅衆雛，而旋死於義鶻，可垂千年之戒！物情有報復，快意貴目前。兹實鷙鳥最，急難心炯然。功成失所往，用舍何其賢。魯仲連呼之欲出。近經潏水湄，此事樵夫傳。飄蕭覺素髮，凜欲衝儒冠。人生許與分，只在顧盼間。聶政流亞。聊爲《義鶻行》，用激壯士肝。

新安吏以下六詩，皆言相州師潰後事。

客行新安道，喧呼聞點兵。借問新安吏，縣小更無丁。猶言幾無丁。府帖昨夜下，次選中男行。中男絶短小，何以守王城。肥男有母送，瘦男獨伶俜。白水暮東流，行者。青山猶哭聲。行者。〔一〕莫自使眼枯，收汝淚縱横。眼枯却見骨，天地終無情。我軍取相州，日夕望其平。豈意

〔一〕《杜詩偶評》作『送者』，此处當刊刻之誤。

賊難料，歸軍星散營。就糧近故壘，練卒依舊京。掘壕不到水，牧馬役亦輕。況乃王師順，撫養甚分明。送行勿泣血，僕射如父兄。謂郭子儀。

諸咏身所見聞事，運以古樂府神理。驚心動魄，疑鬼疑神，千古而下，何人更能措手！

潼關吏

士卒何草草，築城潼關道。大城鐵不如，小城萬丈餘。借問潼關吏，脩關還備胡。要我下馬行，爲我指山隅。連雲列戰格，即戰柵。飛鳥不能逾。胡來但自守，豈復憂西都。丈人視要處，窄狹容單車。艱難奮長戟，千古用一夫。哀哉桃林戰，百萬化爲魚。請囑防關將，慎勿學哥舒。

見宜守不宜輕敵。潼關之敗，由哥舒之出戰，實由楊國忠之促戰。少陵戒後之守關者，故云非專歸罪哥舒也。

石壕吏

暮投石壕村，有吏夜捉人。老翁逾墻走，老婦出門看。村、人、看，係元、真、寒古韵，非叶也。吏呼一何怒，婦啼一何苦。聽婦前致詞，三男鄴城戍。一男附書至，二男新戰死。存者且偷生，死者長已矣。室中更無人，惟有乳下孫。孫有母未去，〔一〕出入無完裙。老嫗力雖衰，請從吏夜歸。急應河陽役，時兵潰後守河陽。猶得備晨炊。夜久語聲絶，如聞泣幽咽。天明登前途，獨與老翁别。

婦隨吏去，老翁自歸，少陵與之别也。

新婚别

兔絲附蓬麻，引蔓故不長。起結皆興。嫁女與征夫，不如棄路旁。結髮爲君妻，席不暖君牀。暮婚晨告别，無乃太匆忙。君行雖不遠，守邊赴河陽。妾身未分明，何以拜姑嫜。父母養我時，日夜令我藏。生女有所歸，雞狗亦得將。君今往死地，『君今往死地』以下，層層轉換。發乎情，止乎禮義，得《國風》之旨矣！沉痛迫中腸。誓欲隨君去，形勢反蒼黄。勿爲新婚念，努力事戎行。婦人在軍中，兵氣恐不揚。用《李陵傳》中意。自嗟貧家女，久致羅襦裳。羅襦不復施，對君洗紅妝。即『誰適爲容』意。仰視百鳥飛，大小必雙翔。人事多錯迕，與君永相望。

與《東山》『零雨』之詩並讀，時之盛衰可知矣。文中子欲删漢以後續經，此種詩何不可續。

〔一〕《全唐詩》作『有孫母未去』。

垂老别

四郊未寧静，垂老不得安。子孫陣亡盡，焉用身獨完。投杖出門去，同行爲辛酸。幸有牙齒存，所悲骨髓乾。男兒既介冑，長揖别上官。老妻卧路啼，歲暮衣裳單。孰知是死别，且復傷其寒。此去必不歸，還聞勸加餐。『孰知』四語，互相慰藉，實皆永訣之詞，而又滅去問答痕迹。土門壁甚堅，杏園度亦難。勢異鄴城下，縱死時猶寬。人生有離合，豈擇衰盛端。憶昔少壯日，遲迴竟長歎。萬國盡征戍，烽火被岡巒。積屍草木腥，流血川原丹。何鄉爲樂土，安敢尚盤桓。棄絶蓬室居，塌然摧肺肝。結有敵愾勤王意。

孰知，即熟知，古同用。

魏公子救趙，令獨子無兄弟者歸養。今子孫亡盡，垂老從戎，時事亦可傷已！

無家别

寂寞天寶後，園廬但蒿藜。我里百餘家，世亂各東西。存者無消息，死者爲塵泥。賤子因陣敗，歸來尋舊蹊。久行見空巷，日瘦氣慘凄。但對狐與狸，豎毛怒我啼。四鄰何所有，一二老寡妻。宿鳥戀本枝，比體。安辭且窮棲。方春獨荷鋤，日暮還灌畦。縣吏知我至，召令習鼓鞞。雖從本州役，内顧無所携。無妻。近行止一身，遠去終轉迷。家鄉既蕩盡，遠近理亦齊。轉作曠達語，彌見沉痛。永痛長病母，五年委沟谿。無母。生我不得力，終身兩酸嘶。人生無家别，何以爲蒸藜。

上章以忠結，此章以孝結，想見老杜胸次。

佳人

絶代有佳人，幽居在空谷。自云良家子，零落依草木。關中昔喪亂，兄弟遭殺戮。官高何足論，不得收骨肉。世情惡衰歇，萬事隨轉燭。夫婿輕薄兒，新人美如玉。合昏尚知時，鴛鴦不獨宿。但見新人笑，那聞舊人哭。在山泉水清，出山泉水濁。侍婢賣珠迴，牽蘿補茆屋。摘花不插髮，采柏動盈掬。天寒翠袖薄，日暮倚修竹。

『在山』二句，自寫貞潔也。或以在山比新人，出山比舊人，終覺未安。結句不着議論，而清潔貞正意，隱然言外，是爲詩品。

夢李白二首

此白從夜郎放還，在匡山、江夏之間。

死别已吞聲，生别常惻惻。江南瘴厲地，逐客無消息。故人入我夢，明我長相憶。恐非平生魂，路遠不可測。魂來楓林青，魂返關塞黑。點綴《楚詞》，恍恍惚惚，使讀者惘然如夢。君今在羅網，何以有羽翼。落月滿屋梁，猶疑照顔色。水深波浪闊，無使蛟龍得。

結出『魑魅喜人過』意。

浮雲終日行，遊子久不至。三夜頻夢君，情親見君意。告歸常局促，苦道來不易。四句如聞夢中之言。江湖多風波，舟楫恐失墜。出門搔白首，苦〔一〕負平生志。冠蓋滿京華，斯人獨顦顇。孰云網恢恢，將老身反累。千秋萬歲名，寂寞身後事。

萬丈潭

青溪合冥寞，神物有顯晦。龍依積水蟠，窟壓萬丈内。跼步凌垠堮，側身下烟靄。前臨洪濤寬，五平。却立蒼石大。山危一徑盡，崖絶兩壁對。削成根虛無，倒影垂澹瀩。冥冥不測，幽險可畏。黑如灣澴底，清見光炯碎。孤雲倒來深，飛鳥不在外。極形潭之深廣。高蘿成帷幄，寒木累旌旆。遠川曲通流，嵌竇潛洩瀨。造幽無人境，發興自我輩。告歸遺恨多，將老斯遊最。閉藏修鱗蟄，出入巨石礙。五仄。何當暑天過，快意風雨會。

鐵堂峽 一路自秦州赴同谷縣紀行。

山風吹遊子，縹緲乘險絶。硤形藏堂隍，壁色立積鐵。徑摩穹蒼蟠，石與厚地裂。修纖無垠

〔一〕苦：《全唐詩》及《杜詩詳注》等均作『若』。

竹，嵌空太始雪。倭遲哀壑底，徒旅慘不悦。水寒長冰横，我馬骨正折。生涯抵弧矢，盗賊殊未滅。飄蓬逾三年，回首肝肺熱。

青陽峽

塞外苦厭山，南行道彌惡。岡巒相經亘，雲水氣參錯。林迥硤角來，天窄壁面削。磎西五里石，奮怒向我落。仰看日車側，俯恐坤軸弱。魑魅嘯有風，霜霰浩漠漠。昨憶逾隴坂，高秋視吴岳。借他山以形其突兀。東笑蓮華卑，北知崆峒薄。超然侔壯觀，已謂殷寥廓。突兀猶趁人，及兹歎冥寞。

《朱子語録》云：『杜詩初年甚精細，晚年曠逸不可當。如自秦州入蜀詩，分明如畫，乃其少時作也。』

寒峽

行邁日悄悄，山谷勢多端。雲門轉絶岸，積阻霾天寒。寒峽不可度，我實衣裳單。况當仲冬交，泝沿增波瀾。野人尋烟語，行子傍水餐。此生免荷殳，未敢辭路難。

石龕

熊羆咆我東，虎豹號我西。我後鬼長嘯，我前狨又啼。起勢突兀，若移在中間，只鋪排常語句法，本魏武《北上行》。天寒昏無日，山遠道路迷。驅車石龕下，仲冬見虹蜺。非時。伐竹者誰子，悲謌上雲梯。爲官采美箭，五歲供梁齊。苦云直簳盡，無以充提携。奈何漁陽騎，史思明餘黨。颯颯驚蒸黎。

飛仙閣即棧道。

土門山行窄，微徑緣秋毫。棧雲闌干峻，梯石結構牢。萬壑欹疏松，積陰帶奔濤。寒日外澹泊，長風中怒號。歇鞍在地底，始覺所歷高。往來雜坐卧，人馬同疲勞。浮生有定分，饑飽豈可逃。歎息謂妻子，我何隨汝曹。

桔柏渡

青冥寒江渡，架竹爲長橋。竿濕烟漠漠，江永風蕭蕭。連笮動裊娜，征衣颯飄颻。急流鴇鷁散，絶岸黿鼉驕。西轅自兹異，東逝不可要。高通荆門路，闊會滄海潮。孤光隱顧盼，遊子悵寂寥。無以洗心胸，前登但山椒。

水會渡

山行有常程，中夜尚未安。微月没已久，崖傾路何難。大江動我前，洶若溟渤寬。篙師暗理楫，歌笑輕波瀾。霜濃木石滑，風急手足寒。入舟已千憂，陟巘仍萬盤。迥眺積水外，眺水外之星。下乾字險。始知衆星乾。遠遊令人瘦，哀疾慚加餐。

龍門閣

清江下龍門，絶壁無尺土。長風駕高浪，浩浩自太古。危途中縈盤，仰望垂綫縷。滑石欹誰鑿，浮梁裊相拄。目眩隕雜花，頭風吹過雨。百年不敢料，一墜那得取。飽聞經瞿塘，足見度大庾。終身歷艱險，恐懼從此數。從此數起。

劍門

惟天有設險，劍門天下壯。連山抱西南，石角皆北向。兩崖崇墉倚，刻畫城郭狀。一夫怒臨關，百萬未可傍。珠玉走中原，岷峨氣淒愴。三皇五帝前，雞犬各相放。後王尚柔遠，職貢道已喪。至今英雄人，高視見霸王。并吞與割據，公孫述之類。極力不相讓。吾將罪真宰，意欲鏟疊嶂。恐此復偶然，恐後此復有竊據。臨風默惆悵。

自秦州至成都諸詩，奥險清削、雄奇荒幻，無所不备。山川、詩人兩相觸發，所以獨絶古今也。以後五古俱橫厲頹墮，故所收從略。

遭田父泥飲美嚴中丞

武爲京兆尹，兼御中丞，故詩中稱尹。

步屧隨春風，村郫自花柳。田翁逼社日，邀我嘗春酒。酒酣誇新尹，畜眼未見有。回頭指大男，渠是弓弩手。名在飛騎籍，長番歲時久。前日放營農，辛苦救衰朽。差科死則已，誓不舉家走。今年大作社，拾遺能住否。叫婦開大瓶，盆中爲吾取。感此氣揚揚，須知風化首。語多雖雜亂，説尹終在口。朝來偶然出，自卯將及酉。久客惜人情，如何拒鄰叟。高聲索果栗，欲起時被肘。指揮過無禮，未覺村野醜。月出遮我留，仍嗔問升斗。

傳出豐厚村樸景象，而美中丞意自見。若專美鄭公，便是後人應酬之作。

述古

市人日中集，於利競錐刀。置膏烈火上，哀哀自煎熬。農人望歲稔，相率除蓬蒿。所務穀爲本，邪贏無乃勞。舜舉十六相，身尊道何高。秦時任商鞅，法令如牛毛。東坡謂此希稷契人語。

望嶽

南嶽配朱鳥，秩禮自百王。歘吸領地靈，鴻洞半炎方。邦家用祀典，在德非馨香。巡狩何寂寥，有虞今則亡。洎吾隘世網，行邁越瀟湘。渴日絶壁出，漾舟清光旁。祝融五峰尊，峰峰次低昂。紫蓋獨不朝，争長嶫相望。恭聞魏夫人，群仙夾翱翔。有時五峰氣，散風如飛霜。牽迫限修途，未暇杖崇岡。歸來覬命駕，沐浴休玉堂。三歎問府主，曷以贊我皇。牲璧忍衰俗，神其思降祥。

南岳，亦名岣嶁山。

渴日，如渴虹、渴雨之渴。

衡山七十二峰，最大者五，芙蓉、紫蓋、石廪、天柱，祝融爲最高。

魏夫人，即紫虚元君南岳夫人。

府主，洞府之主，謂岳神也。靈光縹緲，氣象肅穆。漢人《練時日》《帝臨》諸章，是此詩原本。

送重表姪王砅評事使南海

砅，音傳。郭璞《江賦》云『砅崖鼓作』，又音厲。

我之曾老姑，爾之高祖母。傳志體作詩，真大手筆！爾祖未顯時，歸爲尚書婦。隋朝大業末，房杜俱交友。長者來在門，荒年自糊口。家貧無供給，客位但箕帚。俄頃羞頗珍，寂寥人散後。入怪鬢髮空，吁嗟爲之久。自陳剪髻鬟，市鬻充杯酒。上云天下亂，宜與英俊厚。向竊窺數公，經綸亦俱有。次問最少年，虬髯十八九。子等成大名，皆因此人手。下云風雲合，龍虎一吟吼。風雲龍虎，從婦人眼中看出。願展丈夫雄，得辭兒女醜。秦王時在坐，真氣驚户牖。倒補『秦王』二句，史公能有此筆法。及乎貞觀初，尚書踐台斗。夫人常肩輿，上殿稱萬壽。六宫師柔順，法則化妃后。至尊均叔嫂，盛事垂不朽。鳳雛無凡毛，五色非爾曹。『鳳雛』句接入評事；『非爾曹』猶言得非也。往者胡作逆，乾坤沸嗸嗸。吾客左馮翊，爾家同遁逃。争奪至徒步，塊獨委蓬蒿。逗留熱爾腸，十里卻呼號。自下所騎馬，右持腰間刀。左牽紫游繮，『左』『右』字，參差變化。飛走使我高。苟活到今日，寸心銘佩牢。亂離又聚散，宿昔恨滔滔。水花笑白首，春草亂青袍。廷評近要津，下叙使南海。節制收英髦。北驅漢陽傳，南泛上瀧舠。家聲肯墜地，利器當秋毫。番禺親賢領，籌運神功操。大夫出盧宋，寶貝休脂膏。洞主降接武，海胡舶萬艘。我欲就丹砂，因交趾有丹砂，故以遊仙意作結，亦送人一體。跋涉覺身勞。安能陷糞土，有志乘鯨鰲。或驂鸞騰天，聊作鶴鳴皋。

盧奂、宋璟，爲廣府節度使。出者，出其上也。牧齋謂，大曆四年，李勉除廣州刺史，兼嶺南節度。有善政，耆老以爲可繼盧奂、宋璟、李朝隱之徒。所謂『親賢』『大夫』，亦謂勉也。

爾祖，指王珪。老姑，謂珪之妻，非珪母也。注詩家見『剪髻鬟』句，認爲珪母，後人因以珪母李氏非杜，駁之，議論紛如而起。看來剪髻鬟事，詩中活用，母可剪、婦亦可剪也。定爲珪妻，則

『尚書踐台斗』以下，初無齟齬矣。惟珪始事建成，建成亡後，太宗始召用之，初非舊時相識。起手一段，似乎不合。不知人情好爲夸大，或王氏子孫諱事建成一節，飾爲此言，而少陵遂因之耶。闕疑可也。

重訂唐詩別裁集卷三

長洲沈德潛歸愚選

張謂

字正言，河南人。天寶二年進士，大曆中至禮部侍郎。

讀《後漢·逸人傳》

子陵没已久，讀史思其賢。誰謂潁陽人，千秋如比肩。嘗聞漢皇帝，曾是曠周旋。名位苟無心，對君猶可眠。東過富春渚，樂此佳山川。夜卧松下月，朝看江上烟。釣時如有待，釣罷應忘筌。生事在林壑，悠悠經暮年。於今七里瀨，遺迹尚依然。高臺竟寂寞，流水空潺湲。

心存名位，便爲勢所壓，必不能視天子猶故人也。巢、由、隨、光，只是不爲名位所縛。

王季友

季友，鄴城人。家貧賣屨。李勉引爲賓客。杜少陵詩『鄴城客子王季友』，即其人。

山中贈十四秘書兄

出山秋雲曙，山木已再春。食我山中藥，不憶山中人。山中誰余密，白髮日相親。雀鼠晝夜無，知我厨廩貧。有情盡捐棄，土石爲同身。依依舍北松，不厭吾南鄰。夫子質千尋，天澤枝葉新。余以不材壽，非智免斧斤。

元道州云『忘情學草木』，二公詩每有契合處。

元結

字次山，瀼州人。天寶十二年進士。肅宗朝，官水部郎，佐荆南節度使，又參山南東道。代宗立，丐侍親樊上，授道州刺史，進容管經略使。所至，立教愛民。著有《元子十篇》。次山詩自寫胸次，不欲規橅古人，而奇響逸趣，在唐人中另辟門仭。前人譬諸古鐘磬，不諧里耳，信然。

春陵行有序

癸巳歲，漫叟授道州刺史。道州舊四萬餘户，經賊以來，不滿四千，大半不勝賦税。到官未五十日，承諸使徵求符牒二百餘封，皆曰失其限者，遂至貶削。於戲！若悉應其命，則州縣破亂，刺史欲焉逃罪？若不應命，又即獲罪戾，必不免也。吾將守官，静以安人，待罪而已。此州是春陵故地，故作《春陵行》，以達下情。

軍國多所需，切責在有司。有司臨郡縣，刑法競欲施。供給豈不憂，徵斂又可悲。州小經亂亡，遺人實困疲。大鄉無十家，大族命單羸。朝餐是草根，暮食乃木皮。出言氣欲絶，意速行走遲。追呼尚不忍，况乃鞭撲之。郵亭傳急符，來往迹相追。更無寬大恩，但有迫促期。欲令鬻兒女，言發恐亂隨。悉使索其家，而又無生資。聽彼道路言，怨傷誰復知。去冬山賊來，殺奪幾無遺。所願見王官，撫養以惠慈。奈何重驅逐，不使存活爲。安人天子命，符節我所持。州縣忽亂亡，得罪復是誰。逋緩違詔令，蒙責固其宜。前賢重守分，惡以禍福移。亦云貴守官，不愛能適時。顧惟孱弱者，正直當不虧。何人采《國風》，吾欲獻此辭。

杜老所謂『爲萬物吐氣，天下少安可待』者也。千載以下，讀其詩，想見其爲人。

賊退示官吏有序。

癸卯歲，西原賊入道州。焚燒殺掠，幾盡而去。明年，賊又攻永，破郡，不犯此州邊鄙而退。豈力能制敵與？憤語以諧出之。蓋蒙其傷憐而已。諸使何爲忍苦徵斂？故作詩一篇，以示官吏。

昔年逢太平，山林二十年。泉源在庭户，洞壑當門前。井稅有常期，日晏猶得眠。忽然遭世變，數歲親戎旃。今來典斯郡，山夷又紛然。城小賊不屠，人貧傷可憐。是以陷鄰境，此州獨見全。使臣將王命，豈不如賊焉。痛自切責，不嫌直遂。今被徵斂者，迫之如火煎。誰能絶人命，以作時世賢。思欲委符節，引竿自刺船。將家就魚麥，歸老江湖邊。

招孟武昌有序。

漫叟作《退谷銘》，指曰：『干進之客，不能遊之。』作《杯湖銘》，指曰：『爲人厭者，勿泛杯湖。』孟士源嘗黜官，無情干進。在武昌，不爲人厭，可遊退谷、可泛杯湖，故作詩招之。

風霜枯萬物，退谷如春時。窮冬涸江海，杯湖澄清漪。湖盡到谷口，單船近階除。湖中更何好，坐見大江水。欹石爲水涯，半山在湖里。谷口更何好，絶壑流寒泉。松桂蔭茆舍，白雲生坐邊。武昌不干進，武昌人不厭。退谷正可遊，杯湖任來泛。湖上有水鳥，見人不飛鳴。谷口有山獸，往往隨人行。莫將車馬來，令我鳥獸驚。

與瀼溪鄰里

昔年苦逆亂，舉族來南奔。日行幾十里，愛君此山村。峰谷呀回映，誰家無泉源。修竹多夾路，扁舟皆到門。瀼溪中曲濱，其陽有閑園。鄰里昔贈我，許之及子孫。我嘗有匱乏，鄰里能相分。我嘗有不安，鄰里能相存。斯人轉貧弱，力役非無冤。終以瀼濱訟，無令天下論。

桃花源，乃設言瀼溪，真太古也！而忽使之貧弱，能毋爲之訟冤乎？

喻瀼谿鄉舊游

往年在瀼濱，瀼人皆忘情。今來游瀼鄉，瀼人見我驚。我心與瀼人，豈有辱與榮。瀼人異其心，應爲我冠纓。昔賢惡如此，所以辭公卿。貧窮老鄉里，自休還力耕。況曾經逆亂，日夜聞戰争。尤愛一谿水，而能存讓名。終當來其濱，飲啄全此生。何等胸次，惜不令熱官一讀之！

大回中

樊水欲東流，大江又北來。樊山當其南，此中爲大回。回中魚好游，回中多釣舟。漫欲作漁人，終焉無所求。

賤士吟

南風發天和，和氣天下流。能使萬物榮，不能變羈愁。十字，孟郊亦能道之。爲愁亦何爾，自請説此由。諂競實多路，苟邪皆共求。嘗聞古君子，指以爲深羞。正方終莫可，江海有滄洲。

農臣怨

農臣何所怨，乃欲干人主。不識天地心，徒然怨風雨。將論草木患，欲説昆蟲苦。巡迴宫闕傍，其意無由吐。一朝哭都市，泪盡歸田畝。謡頌若采之，此言當可取。

貧婦詞

誰知苦貧夫，家有愁怨妻。請君聽其詞，能不爲酸凄。所憐抱中兒，不如山下麑。空念庭前地，化爲人吏蹊。出門望山澤，回頭心復迷。何時見府主，長跪向之啼。只恐府主不應，啼亦何益！

壽翁興

借問多壽翁，何方自修育。惟云順所然，忘情學草木。始知世上術，勞苦化金玉。不見充所求，空聞恣耽欲。清和存王母，潛濩無亂黷。誰正好長生，此言堪佩服。

順天地之自然，自能多壽。『忘情』五字，洵爲養生主也。

隱侯公詩『寧爲心好道，直由意無窮』，與『不見充所求』二語，可以互證。

沈千運

千運，吴興人。元次山序其詩，謂『獨挺於流俗之中，强攘於己溺之後』，推服者深。

感懷弟妹

今日春氣暖，東風杏花坼。筋力久不如，却羨磵中石。神仙杳難準，中壽稀滿百。近世多夭傷，喜見鬢髮白。杖藜竹樹間，宛宛行舊迹。豈知林園主，却是林園客。達人有此曠懷，千古憒憒，無人吐出。兄弟可存半，空爲亡者惜。冥冥無再期，哀哀望松柏。骨肉能幾人，年大自疏隔。

性情誰免此，與我不相易。唯念得爾輩，時看慰朝夕。平生兹已矣，此念盡非適。

山中作

棲隱非別事，所願離風塵。不辭城邑游，禮樂拘束人。邇來歸山林，庶事皆吾身。何者爲形骸，誰是知與仁。寂寞了閒事，而後知天真。咳吐矜崇華，迂俯相屈伸。極狀拘束意。何如巢與由，天子不得臣。

贈史修文

故人阻千里，會面非別期。握手於此地，當歡返成悲。念離宛猶昨，俄已經數期。疇昔皆少年，別來鬢如絲。不道舊姓名，相逢知是誰。曩遊盡騫翥，與君仍布衣。豈曰無其才，命理應有時。別路漸欲少，不覺生涕洟。

孟雲卿

雲卿，平昌人。第進士，爲校書郎。少陵詩『孟子論文更不疑』，即指雲卿。

古樂府輓歌

草草閭巷喧，塗車儼成位。冥冥何所須，盡我生人意。北邙路非遥，此别終天地。臨穴頻撫棺，至哀反無泪。入骨語。爾形未衰老，爾息猶童稚。骨肉安可離，皇天若容易。房帷即靈帳，庭宇爲哀次。薤露歌若斯，人生盡如寄。

傷情

爲長心易憂，早孤意常傷。出門先躊躇，入户亦徬徨。此生一何苦，前事安可忘。兄弟先我没，孤幼盈我旁。舊居近東南，河水新爲梁。松柏今在兹，安忍思故鄉。四時與日月，萬物各有常。秋風已一起，草木無不霜。行行當自勉，不忍再思量。

趙徵明

見《篋中集》。名與里居未詳。

沈千運以下諸詩，生趣獨造，與元次山相近，故次山收入《篋中集》。

輓歌詞

寒日蒿上明，凄凄郭東路。素車誰家子，丹旐引將去。原下荆棘叢，叢邊有新墓。人間痛傷別，此是長別處。曠野多蕭條，青松白楊樹。

思歸

爲別未幾日，一日如三秋。猶疑望可見，日日上高樓。惟見分手處，白蘋滿芳洲。寸心寧死別，不忍生離憂。

回軍跛者

既老又不全，始得離邊城。一枝假枯木，步步向南行。去時日一百，來時月一程。常恐道路旁，掩棄狐兔塋。所願死鄉里，到日不願生。少陵每如此用筆，『友〔一〕畏消息來』一種是也。聞此哀怨詞，念念不忍聽。惜無異人術，倏忽具爾形。

吴筠

字真節。舉進士不第，爲道士。明皇徵至京，待詔翰林。後堅求還山，卒於越中。

遊廬山五老峰

彭蠡隱深翠，滄波照芙蓉。日初金光滿，景落黛色濃。雲外聽猿鳥，烟中見杉松。自然符幽情，瀟灑愜所從。整策務探討，嬉遊任從容。玉膏正滴瀝，瑶草多芊茸。羽人栖層崖，道合乃一逢。揮手欲輕舉，爲爾扣瓊鐘。空香清人心，正氣信有宗。永用謝物累，吾將乘鸞龍。

〔一〕友，刻寫之誤，應爲『反』。

劉長卿

字文房，河間人。開元末進士，至德中，官鄂岳觀察使。吴仲孺奏貶，後終隨州刺史。

中唐詩漸秀漸平，近體句意日新，而古體頓減渾厚之氣矣。權德輿推文房爲『五言長城』，亦謂其近體也。

從軍行二首

黄沙一萬里，白首無人憐。報國劍已折，歸鄉身幸全。單于古臺下，邊色寒蒼然。

草枯秋塞上，望見漁陽郭。胡馬嘶一聲，漢兵泪雙落。誰爲吮瘡者，此事今人薄。

送丘爲赴上都

帝鄉何處是，岐路空垂泣。楚思暮愁多，川程帶潮入。潮歸人不歸，獨向空塘立。工於用短。

浮石瀨

秋月照瀟湘，月明聞盪槳。石橫晚瀨急，水落寒沙廣。衆嶺猿嘯重，空江人語響。清暉朝復暮，如待扁舟賞。

初至洞庭懷灞陵別業

長安邈千里，日夕懷雙闕。已是洞庭人，猶看灞陵月。誰堪去鄉意，親戚想天末。昨夜夢中歸，烟波覺來闊。江皋見芳草，孤客心欲絶。豈訝青春來，但傷經時別。長天不可望，鳥與浮雲没。

此貶官巴蜀尉時有懷故鄉也。

宿懷仁縣南湖寄東海荀處士

向夕斂微雨，晴開湖上天。離人正惆悵，新月愁嬋娟。佇立白沙曲，相思滄海邊。浮雲自來去，此意誰能傳。一水不相見，千峰隨客船。寒塘起孤雁，夜色分藍田。時復一回首，憶君如眼前。

錢　起字仲文，吴興人。天寶十年，賜進士第一人，授秘書郎，終考功郎中。時與韓翃、李端輩十人，號『十才子』，形於圖畫。又與郎士元齊名，人爲之語曰：『前有沈宋，後有錢郎。』仲文五言古仿佛右丞，而清秀彌甚。然右丞所以高出者，能冲和、能渾厚也。

酬王維春夜竹亭贈别

山月隨客來，主人興不淺。今宵竹林下，誰覺花源遠。惆悵曙鶯啼，孤雲還絶巘。

早渡伊川見舊作

鶡雞鳴曙霜，秋水寒旅涉。漁人昔鄰舍，相見具舟楫。出浦興未盡，向山心更愜。村落通白雲，茆茨隱紅葉。東皋滿時稼，歸客欣復業。

東皋早春寄郎四校書

禄微賴學稼，歲起歸衡茆。窮達戀明主，耕桑亦近郊。夜來霽山雪，陽氣動林梢。萌蕙暖初吐，春鳩鳴欲巢。蓬萊時入夢，知子憶貧交。

耕桑，近於窮矣。而亦近郊，見中心不忘君也。語厚而不腐。

藍田溪與漁者宿

獨遊屢忘歸，况此隱淪處。濯髮清泠泉，月明不能去。更憐垂綸叟，静若沙上鷺。一論白雲心，千里滄洲趣。蘆中野火盡，浦口秋山曙。歎息分枝禽，何時更相遇。

杪秋南山西峰題準上人蘭若

向山看霽色，步步豁幽性。反照亂流明，寒空千嶂浄。石門有餘好，霞殘月欲映。上詣遠公廬，孤峰懸一徑。雲裏隔窗火，松間下山磬。客到兩忘言，猿心與禪定。

遊輞川至南山寄谷口王十六

山色不厭遠，我行隨趣深。尋山之趣，盡此十字。迹幽青蘿逕，思絶孤霞岑。獨鶴引過浦，鳴猿呼入林。褰裳百泉裏，一步一清心。王子在何處，隔雲雞犬音。折麻定延佇，乘月期招尋。

劉灣

未詳。

出塞曲

將軍在重圍，音信絶不通。羽書如流星，飛入甘泉宫。倚是并州兒，少年心膽雄。一朝隨召募，百戰争王公。去年桑乾北，今年桑乾東。死是征人死，功是將軍功。汗馬牧秋月，疲卒卧霜風。仍聞左賢王，更欲圍雲中。

韋應物

應物，京兆長安人。少以三衛郎事明皇，後折節讀書，屢仕爲滁州刺史，改江州，内擢左司郎中，復出爲蘇州刺史。貞元中尚存，按其年，百餘歲矣。爲郎時似近豪俠，至後鮮食寡欲，焚香掃地而坐，詩品高潔。朱子謂其無一字造作，氣象近道，真可傳人也。而新舊《唐書》俱不爲之立傳，何耶？

擬古七首

辭君遠行邁，飲此長恨端。已謂道里遠，如何中險艱。流水赴大壑，孤雲還暮山。無情尚有歸，行子何獨難。驅車背鄉國，朔風卷行迹。嚴冬霜斷肌，日入不遑息。憂歡客髮變，寒暑人事易。中心君詎知，冰玉徒貞白。

綺樓何氛氳，朝日正杲杲。四壁含清風，丹霞射其牖。玉顔上哀囀，絶耳非世有。但感離恨情，不知誰家婦。孤雲忽無色，邊馬爲回首。歌聲所感也。曲絶碧天高，餘聲散秋草。徘徊帷中意，獨夜不堪守。思逐朔風翔，一去千里道。

連上首，疑是逐臣戀主之詞。

嘉樹藹初緑，蘼蕪吐幽芳。君子不在賞，寄之雲路長。路長信難越，惜此芳時歇。孤鳥去不還，緘情向天末。

此懷友之詞。

月滿秋夜長，驚鳥號北林。天河横未落，斗柄當西南。寒蛩悲洞房，好鳥無遺音。商飈一夕至，獨宿懷重衾。舊交目千里，隔我浮與沉。人生豈草木，寒暑移此心。

侵、覃同韵，本《燕燕》及《株林》之詩。

春至林木變，洞房夕含清。單居誰能裁，好鳥對我鳴。良人久燕趙，新愛移平生。别時雙鴛綺，留此千恨情。碧草生舊迹，緑琴歇芳聲。思將魂夢歡，反側寐不成。攬衣迷所次，起望空前庭。孤影中自惻，不知雙涕零。

疑其得新忘故，欲夢魂以相就。而夢既不成，則又披衣顧影，不覺泪之沾衣也。應亦寄託之詞。

有客天一方，寄我孤桐琴。迢迢萬里隔，托此傳幽音。冰霜中自結，龍鳳相與吟。絃以明直道，漆以固交深。

白日淇上没，空閨生遠愁。寸心不可限，淇水長悠悠。芳樹正妍鬱，春禽自相求。徘徊東西厢，孤妾誰與儔。年華逐絲泪，一落俱不收。

與前意寄託相同。

諸咏胎源於《古詩十九首》，須領取意言之外。

與友生野飲效陶體

携酒花林下，前有千載墳。於時不共酌，奈此泉下人。始自玩芳物，行當念徂春。聊舒遠世蹤，坐望還山雲。且遂一歡笑，焉知賤與貧。

南塘泛舟會元六昆季

端居倦時燠，輕舟泛回塘。微風飄襟散，横吹繞林長。雲淡水容夕，雨微荷氣凉。一寫悁勤意，寧用訴華觴。

郡齋雨中與諸文士燕集

兵衛森畫戟，燕寢凝清香。海上風雨至，逍遥池閣凉。煩痾近消散，嘉賓復滿堂。自慚居處崇，未睹斯民康。理會是非遣，性達形迹忘。鮮肥屬時禁，蔬果幸見嘗。俯飲一杯酒，仰聆金玉章。神歡體自輕，意欲凌風翔。吴中盛文史，群彦今汪洋。方知大藩地，豈曰財賦彊。

初發揚子寄元校書

凄凄去親愛，泛泛入烟霧。歸棹洛陽人，殘鐘廣陵樹。今朝此爲别，何處還相遇。世事波上舟，沿洄安得住。

寫離情不可過於凄惋，含蓄不盡，愈見情深，此種可以爲法。

淮上即事寄廣陵親故

前舟已渺渺，欲渡誰相待。秋山起暮鐘，楚雨連滄海。風波離思滿，宿昔容鬓改。獨鳥下東南，廣陵何處在。

聽嘉陵江水聲寄深上人

鑿崖泄奔湍，稱古神禹迹。夜喧山門店，獨宿不安席。水性自云静，石中本無聲。如何兩相激，雷轉空山驚。貽之道門舊，了此物我情。

兩静相遇則動生，天地化機，忽然寫出。

同德寺雨後寄元侍御李博士

川上風雨來，須臾滿城闕。岧嶢青蓮界，蕭條孤興發。前山遽已净，陰靄夜來歇。喬木生夏凉，流雲吐華月。嚴城自有限，一水非難越。相望曙河遠，高齋坐超忽。

寺居獨夜寄崔主簿

幽人寂不寐，木葉紛紛落。寒雨暗深更，流螢度高閣。坐使青燈曉，還傷夏衣薄。寧知歲方晏，離居更蕭索。

園林晏起寄昭應韓明府盧主簿

田家已耕作，井屋起晨烟。園林鳴好鳥，閒居猶獨眠。不覺朝已晏，起來望青天。真樸處最近陶公。四體一舒散，情性亦忻然。還復茆簷下，對酒思數賢。束帶理官府，簡牘盈目前。當念中林賞，覽物遍山川。上非遇明世，庶以道自全。

新秋夜寄諸弟

兩地俱秋夕，相望共星河。高梧一葉下，空齋歸思多。方用憂人瘼，況自抱微痾。無將別來近，顔鬢已蹉跎。

寄恒璨

心絶去來緣，迹順人間事。獨尋秋草徑，夜宿寒山寺。今日郡齋閑，思問楞伽字。

寄全椒山中道士

今朝郡齋冷，忽念山中客。澗底束荆薪，歸來煮白石。欲持一瓢酒，遠慰風雨夕。落葉滿空山，何處尋行迹。

化工筆！與淵明『采菊東籬下，悠然見南山』，妙處不關語言意思。

示全眞元常

余辭郡符去，爾爲外事牽。寧知風雪夜，復此對牀眠。始話南池飲，更咏西樓篇。無將一會易，歲月坐推遷。

贈上方僧

見月出東山，上方高處禪。空林無宿火，獨夜汲寒泉。不下藍溪寺，今年三十年。

送李十四山東遊即李太白。

聖朝有遺逸，披膽謁至尊。豈是貿榮寵，誓將救元元。權豪非所便，高力士之類。書奏寢禁門。高歌長安酒，忠憤不可吞。欻來客河洛，日與静者論。濟世翻小事，丹砂駐精魂。已學道，濟世又小事矣。太白學仙，原在不遇之後。東遊無復繫，梁楚多大藩。高論動侯伯，疏懷脱塵喧。送君都門野，飲我林中尊。立馬望東道，白雲滿梁園。踟蹰欲何贈，空是平生言。

左司在開元時已爲侍衛，至德宗時猶存。而集中有送太白詩，無與少陵贈答，豈兩人本不相識耶？

送令狐岫宰恩陽

大雪天地閉，群山夜來晴。居家猶苦寒，子有千里行。行行安得辭，荷此蒲璧榮。賢豪争追攀，飲餞出西京。樽酒豈不歡，暮春自有程。離人起視日，僕御促前征。逶遲歲已窮，當造巴子城。和氣被草木，江水日夜清。從來知善政，離别慰友生。

答暢校書當

偶然棄官去，投迹在田中。日出照茆屋，園林養愚蒙。雖云無一資，樽酌會不空。且欣百穀成，仰歎造化功。出入與民伍，作事靡不同。時伐南澗竹，夜還灃水東。貧蹇自成退，豈爲高人蹤。覽君金玉篇，彩色發我容。日日欲爲報，方春已徂冬。

寄裴處士

春風駐遊騎，晚景澹山暉。一問清泠子，獨掩荒園扉。草木雨餘長，里閭人到稀。陶公。方從廣陵宴，花落未言歸。

有所思

借問堤上柳，青青爲誰春。空遊昨日地，不見昨日人。黯然消魂繚繞萬家井，往來車馬塵。莫道無相識，要非心所親。

暮相思

朝出自不還，暮歸花盡發。豈無終日會，惜此花間月。空館忽相思，微鐘坐來歇。

夕次盱眙縣

落帆逗淮鎮，停舫臨孤驛。浩浩風起波，冥冥日沉夕。人歸山郭暗，雁下蘆洲白。獨夜憶秦關，聽鐘未眠客。

出還

昔出喜還家，今還獨傷意。入室掩無光，銜哀寫虛位。凄悽動幽幔，寂寂驚寒吹。幼女復何知，時來庭下戲。因幼女之戲，而己之哀倍深。咨嗟日復老，錯莫身如寄。家人勸我餐，對案空垂泪。

比安仁《悼亡》較真。

對芳樹 亦悼亡作。

迢迢芳園樹，列映清池曲。對此傷人心，還如故時緑。風條灑餘靄，露葉承新旭。佳人不可攀，下有往來躅。

月夜 亦悼亡作。

皓月流春城，華露積芳草。坐念綺窗空，翻傷清景好。清景終若斯，傷多人自老。

龍門遊眺

鑿山導伊流，中斷若天闢。都門遥相望，佳氣生朝夕。素懷出塵意，適有携手客。精舍遶層阿，千龕鄰峭壁。緣雲路猶緬，憩澗鐘已寂。花樹發烟華，淙流散石脈。長嘯招遠風，臨潭漱金碧。日落望都城，人間何役役。

觀田家

微雨衆卉新，一雷驚蟄始。田家幾日閑，耕種從此起。丁壯俱在野，場圃亦就理。歸來景常晏，飲犢西澗水。饑劬不自苦，膏澤且爲喜。倉廩無宿儲，徭役猶未已。方慚不耕者，禄食出閭里。

韋詩至處，每在澹然無意，所謂天籟也。

春遊南亭

川明氣已變，巖寒雲尚擁。南亭草心緑，春塘泉脈動。景煦聽禽響，雨餘看柳重。逍遥池館華，益媿專城寵。

人知作詩在句中鍊字，而不知鍊在韵脚。篇中擁字、動字、重字，妙處全在韵脚也。他詩可以類推。

遊溪

野水烟鶴唳，楚天雲雨空。玩舟清景晚，垂釣緑蒲中。落花飄旅衣，歸流澹清風。緣源不可極，遠樹但青葱。

遊開元精舍

夏衣始輕體，遊步愛僧居。果園新雨後，香臺照日初。緑陰生晝静，孤花表春餘。符竹方爲累，形迹一來疏。

『綠陰』二語，寫初夏景入神。『表』字尤見作意。

東郊

吏舍跼終年，出郊曠清曙。楊柳散和風，青山澹吾慮。依叢適自憩，緣澗還復去。微雨靄芳原，春鳩鳴何處。樂幽心屢止，遵事迹猶遽。終罷斯結廬，慕陶真可庶。

神静師院

青苔幽巷徧，新林露氣微。經聲在深竹，高齋獨掩扉。憩樹愛嵐嶺，聽禽悅朝暉。方耽静中趣，自與塵事違。

藍嶺精舍

石壁精舍高，排雲聊直上。佳游愜始願，忘險得前賞。崖傾景方晦，谷轉川如掌。綠林含蕭條，飛閣起弘敞。道人上方至，深夜還獨往。日落群山陰，天秋百泉響。所嗟累已成，安得長偃仰。

人謂左司學陶，而風格時近小謝。

澄秀上座院

繚繞西南隅，鳥聲轉幽静。秀公今不在，獨禮高僧影。林下器未收，何人適煮茗。

幽居

貴賤雖異等，出門皆有營。獨無外物牽，遂此幽居情。微雨夜來過，不知春草生。中有元化。青山忽已曙，鳥雀繞舍鳴。時與道人偶，或隨樵者行。自當安蹇劣，誰謂薄世榮。

每過閶闔門，持誦首二句，爲之啞然。

秋夜

暗窗涼葉動，秋天寢席單。憂人半夜起，明月在林端。一與清景遇，每憶平生歡。情深人知之。如何方惻愴，披衣露更寒。

種藥

好讀神農書，多識藥草名。持縑購山客，移蒔羅衆英。不改幽澗色，宛如此地生。汲井既蒙澤，插楥亦扶傾。陰穎夕房斂，陽條夏花明。悦玩從兹始，日夕繞庭行。州民自寡訟，養閒非政成。

采玉行

官府徵白丁，言采藍谿玉。絶嶺夜無家，深榛雨中宿。獨婦餉糧還，哀哀舍南哭。

苦語，却以簡出之。

李端

端，趙州人。大曆中進士，官杭州司馬。

古别離

水國葉黄時，洞庭霜落夜。行舟問商賈，宿在楓林下。此地送君還，茫茫似夢間。後期知幾日，前路轉多山。巫峽通湘浦，迢迢隔雲雨。天晴見海檣，日落聞津鼓。人老自多愁，水深難急流。清宵歌一曲，白首對汀洲。

蕪城

昔人登此地，丘壟已前悲。今日又非昔，春風能幾時。風吹城上樹，草没城邊路。城里月明時，精靈自來去。

明遠賦意，能以數言該括。

留別柳仲庸

惆悵流水時，蕭條背城路。離人出古亭，嘶馬入寒樹。江海正風波，相逢在何處。

劉禹錫

字夢得，彭城人。始附王叔文，擢度支員外郎。憲宗立，叔文敗，夢得貶連州。後召還，出刺播州，易連州，易夔州、和州。入爲主客郎，進集賢學士，又出刺蘇州。會昌時，檢校禮部尚書。

客有爲余話登天壇遇雨之狀因以賦之

清晨登天壇，半路逢陰晦。疾行穿雨過，却立視雲背。白日照其上，風雷走於内，滉瀁雪海翻，槎牙玉山碎。蛟龍露鬐鬣，神鬼含變態。萬狀互生滅，百音以繁會。俯觀群動静，始覺天宇大。山頂自晶明，人間已霶霈。豁然重昏斂，涣若春冰潰。反照入松門，瀑流飛縞帶。遥光泛物色，餘韵吟天籟。洞府撞仙鐘，村墟起夕靄。却見山下侣，已如迷世代。問我何處來，我來雲雨外。

插田歌并序。

連州城下，俯接村墟。偶登郡樓，適有所感，遂書其事，爲俚歌，以俟采詩者。

岡頭花草齊，燕子東西飛。田塍望如綫，白水光參差。農婦白紵裙，農夫綠簑衣。齊唱田中歌，嚶嚀如竹枝。但聞怨響音，不辨俚語詞。時時一大笑，此必相嘲嗤。水平苗漠漠，烟火生墟落。黄犬往復還，赤雞鳴且啄。路傍誰家郎，烏帽衫袖長。自言上計吏，年幼離帝鄉。田夫語計吏，君家儂定記。一來長安道，眼大不相覷。計吏笑致辭，長安真大處。省門高軻峨，儂入無度數。昨來補衛士，唯用筒竹布。君看二三年，我作官人去。

前狀插田唱歌，如聞其聲；後狀計吏問答，如繪其形。

白居易字樂天，下邽人。貞元中擢進士，拔萃，官集賢校理，入爲翰林學士，遷左拾遺。母喪，歸，還拜左贊善。以言事貶江州司馬，後入爲中書舍人。匄外遷爲杭州刺史，又爲蘇州刺史。文宗立，召遷刑部侍郎。太和中，以朝多黨禍，移病還。開成中起，改太子少傅。會昌初，以刑部尚書致仕。卒年七十五。

樂天晚稱『香山居士』，與胡杲等九人讌集，有年至百三十餘者，人爲繪圖，稱『香山九老』。

樂天忠君愛國，遇事托諷，與少陵相同。特以平易近人，變少陵之沉雄渾厚。不襲其貌，而得其神也。集中可采者多，兹取其大有關係者。外間嫗解之説，不可爲據。

賀雨詩

皇帝嗣寶曆，元和三年冬。自冬及春暮，不雨旱爞爞。上心念下民，懼歲成灾凶。遂下罪己詔，殷勤告萬邦。帝曰予一人，繼天承祖宗。憂勤不遑寧，夙夜心忡忡。元年誅劉闢，一舉靖巴邛。二年戮李錡，不戰安江東。顧惟眇眇德，遽有巍巍功。或者天降沴，無乃儆予躬。上思答天戒，下思致時邕。莫如率其身，慈和與儉恭。乃命罷進獻，乃命賑飢窮。宥死降五刑，已責寬三農。責音債，用晋悼公事，謂止逋也。宫女出宣徽，厩馬減飛龍。庶政靡不舉，皆出自宸衷。奔騰道路人，傴僂田野翁。懽呼相告報，感泣涕霑胸。順人人心悦，先天天意從。詔下纔七日，和氣生冲融。凝爲油油雲，散作習習風。晝夜三日雨，凄凄復濛濛。萬心春熙熙，百穀青芃芃。人變愁爲喜，歲易儉爲豐。乃知王者心，憂樂與衆同。皇天及后土，所感無不通。冠珮何鏘鏘，將相及王公。蹈舞呼萬歲，列賀明庭中。小臣誠愚陋，職忝金鑾宫。稽首再三拜，一言獻天聰。君以明爲聖，臣以直爲忠。敢賀有其始，亦願有其終。結寓規戒。

先叙遇灾修省，次寫天人感應，而以箴規保治作結。忠愛之意，油然藹然。

寄唐生名衢。

賈誼哭時事，阮籍哭路岐。唐生今亦哭，異代同其悲。唐生者何人，五十寒且飢。不悲口無食，不悲身無衣。所悲忠與義，悲甚則哭之。太尉擊賊日，段太尉以笏擊朱泚。尚書叱盗時。顔尚書叱李希烈。大夫死凶寇，陸大夫爲亂兵所害。諫議謫蠻夷。陽諫議左遷道州。每見如此事，聲發涕輒隨。往往聞其風，俗士猶或非。憐君頭半白，其志竟不衰。我亦不才徒，鬱鬱何所爲。不能發聲哭，轉作樂府詩。篇篇無空文，句句必盡規。切過虞人箴，痛甚騷人詞。非求宫律高，不務文字奇。白傳作詩，總是此旨。惟歌生民病，願得天子知。未得天子知，甘受時人嗤。藥良氣味苦，琴淡音聲希。不懼權豪怒，亦任親朋譏。人竟無奈何，呼作狂男兒。每逢群動息，或遇雲霧披。但自高聲歌，庶幾天聽卑。歌哭雖異名，所感則同歸。寄君三十章，與君爲哭詞。

歌以代哭，一篇本旨。

李都尉古劍

古劍寒黯黯，鑄來幾千秋。白光納日月，紫氣排斗牛。有客借一觀，愛之不敢求。湛然玉匣中，秋水澄不流。至寶有本性，精剛無與儔。可使寸寸折，不能繞指柔。願快直士心，將斷佞臣頭。不願報小怨，夜半刺私讎。勸君慎所用，無作神兵羞。

秦中吟十首

貞元、元和之際，予在長安。聞見之間，有足悲者，因直歌其事，命爲《秦中吟》。

議婚

天下無正聲，悦耳即爲娱。人間無正色，悦目即爲姝。顔色非相遠，貧富則有殊。貧爲時所棄，富爲時所趨。紅樓富家女，金縷綉羅襦。見人不斂手，嬌癡二八初。母兄未開口，言嫁不須臾。緑窗貧家女，寂寞二十餘。荆釵不直錢，衣上無真珠。幾回人欲聘，臨日又躊躇。主人會良媒，置酒滿玉壺。四座且勿飲，聽余歌兩途。富家女易嫁，嫁蚤輕其夫。貧家女難嫁，嫁晚孝於姑。聞君欲娶婦，娶婦意何如。

重賦

厚地植桑麻，所用濟生民。生民理布帛，所求活一身。身外充正賦，上以奉君親。國家定兩税，本意在愛人。厥初防其淫，明敕内外臣。税外加一物，皆以枉法論。奈何歲月久，貪吏得因循。役我以求寵，斂索無冬春。織絹未成疋，繰絲未盈斤。里胥逼我納，不許暫逡巡。歲暮天地閉，陰風生破村。夜深烟火盡，霰雪白紛紛。幼者形不蔽，老者體無温。悲啼與寒氣，並入鼻中辛。昨日輸殘税，因窺官庫門。繒帛如山積，絲絮如雲屯。號爲羡餘物，隨月獻至尊。奪我身上暖，買爾眼前恩。進入瓊林庫，歲久化爲塵。

唐時已有進羡餘者，言下慨然。

傷宅

誰家起甲第，朱門大道邊。豐屋中櫛比，高墻外迴環。纍纍六七堂，簷宇相連延。一堂費百萬，鬱鬱起青烟。洞房温且清，寒暑不能干。高亭虚且迥，坐卧見南山。繞廊紫藤架，夾砌紅藥闌。攀枝摘櫻桃，帶花移牡丹。主人此中坐，十載爲大官。厨有臭敗肉，庫有貫朽錢。誰能將我語，問爾骨肉間。豈無貧賤者，忍不救飢寒。如何奉一身，直欲保千年。不見馬家宅，今作奉誠園。

北平王子暢，暢子繼祖。暢爲宦官竇文場所譖，暢懼，進安邑里宅，改爲奉誠園。此德宗之寡恩，而白傅借以警驕侈者。

傷友

陋巷孤寒士，出門甚棲栖。雖云志氣高，豈免顔色低。平生同袍友，通籍在金閨。曩者膠漆契，邇來雲雨暌。正逢下朝歸，軒騎五門西。是時天久陰，三日雨凄凄。蹇驢避路立，肥馬當風嘶。回頭望相識，占道上沙堤。昔年洛陽社，貧賤相提攜。今日長安道，對面隔雲泥。近日多如此，非君獨慘凄。死生不變者，惟聞任與黎。

自注：任公叔，黎逢。

『是時天久陰』六語，一經點染，便覺不堪。

合致仕

七十而致仕，禮法有明文。何乃貪榮貴，斯言如不聞。可憐八九十，齒墮雙眸昏。朝露貪名利，夕陽憂子孫。掛冠顧翠緌，懸車惜朱輪。金章腰不勝，傴僂入君門。誰不愛富貴，誰不戀君恩。年高須告老，名遂合退身。少時共嗤笑，晚歲多因循。賢哉漢二疏，彼獨是何人。寂寞東門路，無人繼去塵。

『朝露』二語，耐人尋味，豈淺易人所能。

立碑

勛德既下衰，文章亦陵夷。但見山中石，立作路旁碑。銘勛悉太公，叙德皆仲尼。復以多爲貴，千言直萬貲。爲文彼何人，想見下筆時。但欲愚者悦，不思賢者嗤。豈獨賢者嗤，仍傳後代疑。古石蒼苔字，安知是媿詞。我聞望江縣，麴令撫孤嫠。自注：麴令，名信陵。在官有仁政，名不聞京師。身殁欲歸葬，百姓遮路岐。攀轅不得去，留葬此江湄。至今道其名，男女皆涕垂。無人立碑碣，惟有邑人知。

麴信陵，吴縣西洞庭山人。

輕肥

意氣驕滿路，鞍馬光照塵。借問何爲者，人稱是内臣。朱紱皆大夫，紫綬悉將軍。誇赴中軍宴，走馬疾如雲。罇罍溢九醖，水陸羅八珍。果擘洞庭橘，鱠切天池鱗。食飽心自若，酒酣氣益振。是歲江南旱，衢州人食人。

五絃

清歌且停唱，紅袂亦停舞。趙叟抱五絃，宛轉當胸撫。大聲粗若散，颯颯風和雨。小聲細欲絶，切切鬼神語。又如鵲報喜，轉作猿啼苦。十指無定音，顛倒宫商羽。坐客聞此聲，形神若無主。行客聞此聲，駐足不能舉。嗟嗟俗人耳，好今不好古。所以北窗琴，日日生塵土。

歌舞

秦中歲云暮，大雪滿皇州。雪中退朝者，朱紫盡公侯。貴有風雪興，富無飢寒憂。所營惟第宅，所務在追遊。朱門車馬客，紅燭歌舞樓。歡酣促密坐，醉暖脱重裘。秋官爲主人，廷尉居上頭。日中爲樂飲，夜半不能休。豈知閿鄉獄，中有凍死囚。

買花

帝城春欲暮，喧喧車馬度。共道牡丹時，相隨買花去。貴賤無常價，酬直看花數。灼灼百朵紅，戔戔五束素。上張帳幄庇，旁織笆籬護。水灑復泥封，遷來色如故。家家習爲俗，人人迷不悟。有一田舍翁，偶來買花處。低頭獨長歎，此歎無人諭。一叢深色花，十户中人賦。

連上三章，諷意俱於末二語結出。

樂天《和答微之詩序》云：『每下筆時，輒相顧，共患其意太切而理太周。蓋理太周，則詞繁；意太切，則言激。與足下爲文，所長在此，所病亦在此。』玩此數言，白傅已自定其詩。杜牧之譏之，直是隔壁語耳。

感鶴

鶴有不群者，飛飛在野田。飢不啄腐鼠，渴不飲盜泉。貞姿自耿介，雜鳥何翩翾。同遊不同志，如此十餘年。一興嗜慾念，遂爲矰繳牽。委質小池内，争食群雞前。不唯懷稻粱，兼亦競腥羶。不唯戀主人，兼亦狎烏鳶。物心不可知，天性有時遷。一飽尚如此，况乘大夫軒。

有以峻潔持身，而一念之誤遂喪生平者，故作詩諷之。

元微之晚節亦蹈此患。

慈烏夜啼

慈烏失其母，啞啞吐哀音。晝夜不飛去，經年守故林。夜夜夜半啼，聞者爲沾襟。聲中如告訴，未盡反哺心。百鳥豈無母，爾獨哀怨深。應是母慈重，使爾悲不任。昔有吴起者，母殁喪不臨。嗟哉斯徒輩，其心不如禽。慈烏復慈烏，鳥中之曾參。

仁孝之人，其言藹然。

和大觜烏

烏者種有二，名同性不同。觜小者慈孝，觜大者貪庸。觜大命又長，生來十餘冬。物老顔色變，頭毛白茸茸。飛來庭樹立，初但驚兒童。老巫生奸計，與烏意潛通。云是非凡鳥，遥見起敬恭。千歲乃一出，喜賀主人翁。祥瑞来白日，神靈占知風。陰作北斗使，能爲人吉凶。此鳥所止家，家産日夜豐。上以致壽考，下可宜田農。主人富家子，身老心童蒙。隨巫拜復祝，婦姑亦相從。殺雞薦其肉，敬若禋六宗。烏喜張大觜，飛接在虚空。烏既飽羶腥，巫亦饗甘醲。烏巫互相利，不復兩西東。日日營巢窟，稍稍近房櫳。雖生八九子，誰辨其雌雄。群雛又長成，衆觜逞殘凶，探巢吞鷇卵，入簇啄蠶蟲。豈無乘秋隼，羈絆委高墉。但食烏殘肉，無施搏擊功。此比諫官之不言者。亦有能言鸚，翅碧觜距紅。暫曾説烏罪，囚閉在深籠。此比言而被罪者。青青窗前柳，鬱鬱井上桐。貪烏占棲息，慈烏獨不容。慈烏爾奚爲，来往何憧憧。曉去先晨鼓，暮歸後昏鐘。辛苦塵土間，飛啄禾黍叢。得食將母哺，飢腸不自充。主人憎慈烏，命子削彈弓。絃續會稽竹，丸鑄荆山銅。慈烏求母食，飛下爾庭中。數粒未食口，一丸已中胸。仰天號一聲，似欲訴蒼穹。反哺日未足，非是惜微躬，誰能持此冤，一爲問化工。胡然大嘴烏，竟得天年終。

烏之残惡、巫之奸計、主人之昏愚，三者合而慈烏自不能容身矣！大觜烏何代無之？要在主人之明，分别種類。

凶宅

長安多大宅，列在街西東。往往朱門内，房廊相對空。梟鳴松桂枝，狐藏蘭菊叢。蒼苔黄葉地，日暮多旋風。前主爲將相，得罪竄巴庸。後主爲公卿，寢疾殁其中。連延四五主，殃禍叠相重。自從十年来，不利主人翁。風雨壞簷隙，蛇鼠穿墻墉。人疑不敢買，日毁土木功。嗟嗟俗人心，甚矣其愚蒙。但恐灾將至，不思禍所從。我今題此詩，欲悟迷者胸。凡爲大官人，年禄多高崇。權重持難久，位高勢易窮。驕者物之盈，老者數之終。四者如寇盜，日夜来相攻。假使居吉土，孰能保其躬。因小以明大，借家可諭邦。叶。周秦宅崤函，其宅非不同。一興八百年，一死望夷宫。寄語家與國，人凶非宅凶。

大聲疾呼，可破聾聵，集中惜未議及葬師。

重訂唐詩别裁集卷四

長洲沈德潛歸愚選

韓　愈

字退之，昌黎人。三歲而孤，兄會、嫂鄭鞠之。長，擢進士第，歷官監察御史。上疏極論宫市，德宗怒，貶陽山令。元和中，歷官太子右庶子。裴度宣慰淮西，奏愈行軍司馬。淮西平，遷刑部侍郎。憲官迎佛骨入禁内，上表力諫，帝怒，將抵以死。大臣皆爲愈言，乃貶潮州刺史，尋改袁州。召拜國子祭酒，轉兵部侍郎。王廷凑亂，召愈宣諭，極論順逆利害。廷凑畏服之。歸，轉吏部侍郎。後以李逢吉、李紳交搆，遺患於愈，罷爲兵部侍郎，後復爲吏部侍郎。卒年五十七，贈禮部尚書，謚曰文。

善使才者，當留其不盡，昌黎詩不免好盡。要之，意歸於正，規模宏闊，骨格整頓，原本《雅》《頌》，而不規規於風人也。品爲大家，誰曰不宜。昌黎四言，唐人中無與儷者，《平淮西碑》尤爲立極。因碑以文爲主，系之以詩，恐體例不合，故祇録《元和聖德詩》。

元和聖德詩并序。唐人四言绝少佳者，不能另立一體，故附五言體中。

臣愈頓首再拜言。臣伏見皇帝陛下即位以來，誅流奸臣，朝廷清明，無有欺蔽。外斬楊惠琳、劉闢，以收夏蜀。東定青、徐積年之叛。海内怖駭，不敢違越。郊天告廟，神靈歡喜。風雨晦明，無不從順。太平之期，適當今日。臣蒙被恩澤，日與群臣序立紫宸殿下，親望穆穆之光。而其職業，又在以經籍教導國子，誠宜率先作歌詩以稱道盛德，不可以詞語淺薄，不足以自效爲解。輒依古作四言《元和聖德詩》一篇，凡千有二十四字，指事實録，具載明天子文武神聖。以警動百姓耳目，傳示無極。其詩曰：

皇帝即阼，物無違拒。曰暘而暘，曰雨而雨。維是元年，有盗在夏。欲覆其州，以踵近武。楊惠琳據城叛詔，發兵討之。皇帝曰嘻，豈不在我。負鄙爲奸，縱則不可。出師征之，其衆十旅。軍其城下，告以福禍，腹敗枝披，不敢保聚。擲首陴外，降幡夜豎。夏州兵馬使張承全斬惠琳，傳首以獻。疆外之險，莫過蜀土。入本事。韋臯去鎮，劉闢守後。血人于牙，不肯吐口。開庫啗士，曰隨所取。誘啖士卒之詞。汝張汝弓，汝伐汝鼓。汝爲表書，求我帥汝。事始上聞，在列咸怒。皇帝曰然，嗟遠士女。苟附而安，則且付與。讀命于庭，出節少府。憲宗欲以恩撫之，命爲劍南西川節度使。朝發京師，夕至其部。闢喜謂黨，汝振而伍。蜀可全有，此不當受。萬牛臠炙，萬甕行酒。以錦纏股，以紅帕首。有恇其凶，有餌其誘。其出穰穰，隊以萬數。遂劫東川，遂

據城阻。皇帝曰嗟，其又可許。此豈可許，命高崇文進討。爰命崇文，分卒禁籞。有安其駈，無
暴我野。日行三十，徐壁其右。闢黨聚謀，鹿頭是守。崇文奉詔，進退規矩。戰不貪殺，擒不濫
數。四方節度，整兵頓馬。上章乞討，俟命起坐。皇帝曰嘻，無汝煩苦。荆并洎梁，在國門户。
出師三千，各選爾醜。四軍齊作，殷其如阜。兵，謂不必四方之兵，惟荆南節度使裴均、河東節度
使嚴綬、山南節度使嚴礪足以誅之也。或拔其角，或脱其距。長駈洋洋，無有齟齬。八月壬午，
闢棄城走。載妻與妾，包裹稚乳。是日崇文，入處其宇。分散逐捕，搜原剔藪。闢窮見窘，無他
自處。俯視大江，不見洲渚。遂自顛倒，若杵投臼。取之江中，枷脰械手。婦女纍纍，啼哭拜叩。
来獻闕下，以告廟社。周示城市，咸使觀睹。解脱攣索，夾以砧斧。婉婉弱子，赤立傴僂。牽頭
曳足，先斷腰膂。次及其徒，體骸撑住。末乃取闢，駭汗如寫。揮刀紛紜，争刌膾脯。一段危言
其詞，借以悚惕藩鎮也。優賞將吏，枎珪綴組。帛堆其家，粟塞其庾。哀憐陣没，廩給孤寡。贈
官封墓，周匝宏溥。經戰伐地，寬免租薄。施令酬功，急疾如火。天地中間，莫不順序。此言一
時藩鎮，無不畏威懷德。幽恒青魏，東盡海浦。南至徐蔡，區外雜虜。怛威赧德，踧踖蹈舞。掉
棄兵革，私習簋簠。来請来觀，十百其耦。皇帝曰吁，伯父叔舅。各安尔位，訓厥甿畮。正月元
日，初見宗祖。一段祭告天地祖宗。躬執百禮，登降拜俯。薦于新宫，順宗之宫。視瞻梁梠。戚
見容色，淚落入俎。侍祠之臣，助我惻楚。乃以上辛，於郊用牡。除于國南，鱗筍毛簴。盧幕周
施，開揭磊砢。獸盾騰拏，圓壇帖妥。天兵四羅，旂常婀娜。駕龍十二，魚魚雅雅。宵昇于邱，圓

邛。奠璧獻斝。衆樂驚作，轟豗融洽。紫焰噓呵，高靈下墮。群星從坐，錯落侈哆。日君月妃，煥赫婐妮。瀆鬼濛鴻，嶽祇嶪峩。飫沃羶薌，産祥降嘏。鳳皇應奏，舒翼自拊。赤鱗黄龍，逶陀結糾。卿士庶人，黄童白叟。踊躍歡呀，失喜噎歐。乾清坤夷，境落褰舉。帝車迴来，日正當午。幸丹鳳門，大赦天下。一段大赦施惠。滌濯剗磢，磨滅瑕垢。續功臣嗣，拔賢任耇。孩養無告，仁滂施厚。皇帝神聖，以下頌揚帝德。通達今古。聽聰視明，一似堯禹。生知法式，動得理所。斥遣浮華，好此綈紵。敕戒四方，侈則有咎。天錫皇帝，多麥與黍。無召水旱，耗于雀鼠。億載萬年，有富無窶。皇帝正直，別白善否。擅命而狂，既翦既去。盡逐群奸，靡有遺侶。天錫皇帝，龐臣碩輔。博問遐觀，以置左右。億載萬年，無敢予侮。皇帝大孝，慈祥悌友。怡怡愉愉，奉太皇后。浹于族親，濡及九有。天錫皇帝，與天齊壽。登兹太平，無怠永久。頌繼以規。億載萬年，爲父爲母。博士臣愈，職是訓詁。作爲歌詩，以配吉甫。

典重峭奥，體則二《雅》、三《頌》，辭則古賦、秦碑，盛唐中昌黎獨擅。

秋懷詩二首

離離挂空悲，慼慼抱虚警。露泫秋樹高，蟲弔寒夜永。斂退就新儒，趨營悼前猛。歸愚識夷塗，汲古得脩綆。名浮猶有耻，味薄真自幸。庶幾遺悔尤，即此是幽屏。

此即今是昨非之意。連下章，頗近謝公。

今晨不成起，端坐盡日景。蟲鳴室幽幽，月吐窗冋冋。喪懷若迷方，浮念劇含梗。塵埃慵伺候，文字浪馳騁。尚須勉其頑，王事有朝請。

《前漢書》：吴王濞使人爲秋請。春曰朝，秋曰請。

齪齪

齪齪當世士，所憂在飢寒。但見賤者悲，不聞貴者歡。大賢事業異，遠抱非俗觀。報國心皎潔，念時涕汍瀾。妖姬坐左右，柔指發哀彈。酒肴雖日陳，感激寧爲歡。秋陰欺白石，泥潦不少乾。河堤決東郡，老弱隨驚湍。天意固有屬，誰能詰其端。願辱太守薦，得充諫諍官。排雲叫閶闔，披腹呈琅玕。致君豈無術，自進誠獨難。

時張建封居公於符離沮上。及秋，將辭去，建封奏爲節度推官。此猶未薦時詩，故有望於太守之薦也。

縣齋讀書

出宰山水縣，讀書松桂林。蕭條捐末事，邂逅得初心。哀狖醒俗耳，清泉潔塵襟。詩成有共賦，酒熟無孤斟。青竹時默釣，白雲日幽尋。南方本多毒，北客恒懼侵。謫譴甘自守，滯留愧難任。投書類縞帶，佇答逾兼金。

應是令陽山時作，末二句似答贈詩之客。

送石處士赴河陽幕處士，名洪。

長把種樹書，人云避世士。忽騎將軍馬，自號報恩子。風雲入壯懷，泉石别幽耳。鉅鹿師欲老，時寇聚於恒。常山險猶恃。王承宗負固。豈惟彼相憂，固是吾徒耻。去去事方急，酒行可以起。

即序中所云『不告于妻子，不謀于朋友』也。中帶諷意，合看《寄盧仝詩》愈見。

送河南李正字歸正字名礎。

長沙入楚深，洞庭值秋晚。人隨鴻雁少，江共蒹葭遠。歷歷余所經，悠悠子當返。孤游懷耿介，旅宿夢婉娩。風土稍殊音，魚蝦日異飯。親交俱在此，誰與同息偃。

瀧吏

南行逾六旬，始下樂昌瀧。險惡不可狀，船石相舂撞。往問瀧頭吏，潮州尚幾里。行當何時至，土風復何似。瀧吏垂手笑，官何問之愚。譬官居京邑，何由知東吴。東吴遊宦鄉，官知自有由。潮州底處所，有罪乃竄流。儂幸無負犯，何由到而知。官今行自到，那遽妄問爲。不虞卒見困，汗出媿且駭。吏曰聊戲官，儂嘗使往罷。嶺南大抵同，官去道苦遼。下此三千里，有州始名潮。惡溪瘴毒聚，雷電常洶洶。鱷魚大于船，牙眼怖殺儂。州南數十里，有海無天地。颶風有時作，掀簸真差事。同詫。聖人于天下，于物無不容。比聞此州囚，亦有生還儂。官無嫌此州，固罪人所徙。官當明時来，事不待説委。官不自謹慎，宜即引分往。胡爲此水邊，神色久戃慌。缸大瓶罂小，所任自有宜。官胡不自量，滿溢以取斯。工農雖小人，事業各有守。不知官在朝，有益國家不。得無虱其間，《商君》二十六篇以仁、義、禮、樂爲虱官，曰：『六虱成俗，兵必大敗』。不武亦不文。仁義飾其躬，巧奸敗群倫。叩頭謝吏言，始慚今更羞。歷官二十餘，國恩並未酬。凡吏之所訶，嗟實頗有之。不即金木誅，敢不識恩私。潮州雖云遠，雖惡不可過。于身實已多，敢不持自賀。

借吏言以規諷，自嘲亦自寬解也。從古樂府得来，韓詩中之别調。

岳陽樓别竇司直原注：竇庠時以武昌幕擢岳州。

洞庭九州間，厥大誰與讓。南匯群崖水，北注河奔放。瀦爲七百里，吞納各殊狀。自古澄不清，環混無歸向。炎風日搜攪，幽怪多冗長。軒然大波起，宇宙隘而妨。巍峨拔嵩華，騰踔較健壯。聲音一何宏，轟輵車萬兩。猶疑帝軒轅，張樂就空曠。蛟螭露筍簴，縞練吹組帳。鬼神非人世，節奏頗跌踼。陽施見跨麗，二句分。陰閉感悽愴。下景狀。朝過宜春口，極北缺堤障。夜纜巴陵州，叢芮纔可傍。芮，水涯也。星河盡涵泳，俯仰迷下上。餘纜怒不已，喧聒鳴甕盎。明登岳陽樓，輝焕朝日亮。飛廉戢其威，清晏息纖纊。泓澄湛凝緑，物影巧相況。江豚時出戲，驚波忽蕩瀁。時當冬之孟，隙竅縮寒漲。前臨指近岸，側坐渺難望。滌濯神魂醒，幽懷舒以暢。主人孩童舊，握手乍忻悵。憐我竄逐歸，相見得無恙。開筵交履舄，爛漫倒家釀。杯行無留停，高柱送清唱。中盤進橙栗，投擲傾脯醬。歡窮悲心生，婉孌不能忘。念昔始讀書，志欲干霸王。屠龍破千金，本《莊子》。爲藝亦云亢。愛才不擇行，觸事得讒謗。前年出官由，此禍最无妄。公卿采虚名，擢拜識天仗。奸猜畏彈射，斥逐恣欺誑。新恩移府庭，逼側厠諸將。吁嗟苦駑緩，但懼失宜當。追思南渡時，魚腹甘所葬。嚴程迫風帆，劈箭入高浪。顛沉在須臾，忠鯁誰復諒。生還真可喜，尅己自懲創。庶從今日後，粗識得與喪。事多改前好，趣有獲新尚。誓耕十畝田，不取萬乘相。細君知蠶織，稚子已能餉。行當挂其冠，生死君一訪。

前西〔一〕段陽開陰闔，入竄司直後見忠直被謗，而以追思南渡數語，挽轉前半，筆力矯然。

〔一〕西，應爲刻寫之誤，應爲「四」。

薦士

周《詩》三百篇，雅麗理訓誥。曾經聖人手，議論安敢到。五言出漢時，蘇李首更號，東都漸瀰漫，派别百川導。建安能者七，卓犖變風操。逶迤抵晋宋，氣象日凋耗。中間數鮑謝，失却陶公，性所不近也。比近最清奥。齊梁及陳隋，衆作等蟬噪。搜春摘花卉，沿襲傷剽盗。國朝盛文章，子昂始高蹈。卓見。勃興得李杜，萬類困陵暴。後來相繼生，亦各臻閫奥。有窮者孟郊，受材實雄鰲。冥觀洞古今，象外逐幽好。横空盤硬語，妥帖力排奡。二語昌黎自狀其詩。敷柔肆紆餘，奮猛卷海潦。榮華肖天秀，捷疾逾響報。行身踐規矩，甘辱耻媚灶。孟軻分邪正，眸子看瞭眊。杳然粹而清，可以鎮浮躁。酸寒溧陽尉，五十幾何耄。言去耄幾何。孜孜營甘旨，辛苦久所冒。俗流知者誰，指注競嘲慠。聖皇索遺逸，髦士日登造。廟堂有賢相愛。謂鄭餘慶。遇均覆燾。況承歸與張，歸登、張建對。二公迭嗟悼。青冥送吹噓，强箭射魯縞。胡爲久無成，知而不舉也。使以歸期告。霜風破佳菊，嘉節迫吹帽。念將决焉去，感物增戀嫪。彼微水中荇，以下皆用比例。尚煩左右芼。魯侯國至小，廟鼎猶納郜。幸當擇瑉玉，寧有棄珪瑁。悠悠我之思，擾擾風中纛。上言愧無路，日夜惟心禱。鶴翎不天生，變化在啄菢。鳥伏卵曰菢。通波非難圖，尺地易可漕。水轉曰漕。善善不汲汲，後時徒悔懊。救死具八珍，不如一簞犒。微詩公勿誚，愷悌神所勞。

此薦孟東野於鄭餘慶也。盛稱東野之詩，謂可上承李杜。東野不足以當，而公愛才之心，幾比於吐哺握髮矣。

駑驥

駑駘誠齷齪，市者何其稠。力小可易制，價微良易酬。渴飲一斗水，飢食一束芻。嘶鳴當大路，志氣若有餘。騏驥生絶域，自矜無匹儔。牽驅入市門，行者不爲留。借問價幾何，黄金比嵩丘。借問行幾何，咫尺視九州。飢食玉山禾，渴飲醴泉流。問誰能爲御，曠世不可求。惟昔穆天子，秉之極遐遊。王良執其轡，造父挾其輈。因言天外事，即指穆天子見西王母事。茫惚使人愁。駑駘謂騏驥，餓死余爾羞。有能必見用，有德必見收。猶淳于髠譏孟子意。孰云時與命，通塞皆自由。騏驥不敢言，低徊但垂頭。人皆劣騏驥，共以駑駘優。喟余獨興歎，才命不同謀。寄詩同心子，爲我商聲謳。

唐本有『贈歐陽詹』字，詹集有《答韓十八駑驥吟》，知此詩爲歐陽作也。小才得志，傲睨高賢，古今一轍，豈獨歐陽詹耶。

調張籍

李杜文章在，光焰萬丈長。不知群兒愚，那用故謗傷。蚍蜉撼大樹，可笑不自量。伊我生其後，舉頸遥相望。夜夢多見之，晝思反微茫。徒觀斧鑿痕，不矚治水航。想當施手時，巨刃磨天揚。垠崖劃崩豁，乾坤擺雷硠。惟此兩夫子，家居率荒凉。帝欲長吟哦，故遣起且僵。翦翎送籠中，使看百鳥翔。平生千萬篇，金薤垂琳琅。仙官勅六丁，雷電下取將。流落人間者，太山一豪芒。我願生兩翅，捕逐出八荒。精誠忽交通，百怪入我腸。刺手拔鯨牙，舉瓢酌天漿。騰身跨汗漫，不著織女襄。顧語地上双，經營無太忙。乞音氣，與也。君飛霞佩，與我高頡頏。

言生平顧學者，惟在李、杜。故夢寐見之，更冀生羽翼以追逐之。東坡所云『追逐李杜』者，於此見之。見籍有志於古，亦當以此爲正宗，無用岐趨也。元微之尊杜而抑李，昌黎則李、杜並尊，各有見地。至謂『群兒愚』指微之，魏道輔之言未可援引。

柳宗元

字子厚，河東人。貞元初，中博學宏詞科，官監察御史裏行。順宗即位，王叔文、韋執誼引入討事，擢禮部員外郎。叔文敗，貶永州司馬。放浪山水間，以詩文自娱。元和中，授柳州刺史。時劉禹錫得播州，宗元謂播州非人所居，而夢得親在堂，無母子俱往理。如不往，便爲母子永訣。願請於朝，以柳易播。會大臣爲禹錫奏，改刺連州。宗元在柳州有善政，年四十七卒於官，柳人以神事之。

柳州詩長於哀怨，得《騷》之餘意。東坡謂在韋蘇州上，而王阮亭謂不及蘇州，各自成家，兩存其説可也。

初秋夜坐贈吴武陵

稍稍雨侵竹，翻翻鵲驚叢。美人隔湘浦，風神。一夕生秋風。積霧杳難極，滄波浩無窮。相思豈云遠，即席莫與同。若人抱奇音，朱絃緪枯桐。清商激西顥，泛灩凌長空。自得本無作，千古文章，神境。天成諒非功。希聲閟大樸，聾俗何由聰。

下半借琴以喻文才，董庭蘭一輩人未能知也。

晨詣超師院讀禪經

汲井漱寒齒，清心拂塵服。閒持貝葉書，步出東齋讀。真源了無取，妄迹世所逐。遺言冀可冥，繕性何由熟。道人庭宇静，苔色連深竹。日出霧露餘，青松如膏沐。澹然離言説，悟悅心自足。

贈江華長老

老僧道機熟，默語心皆寂。去歲别春陵，沿流此投迹。室空無侍者，巾屨唯挂壁。一飯不願餘，跏趺便終夕。風窗疏竹響，露井寒松滴。偶地即安居，滿庭芳草積。

南磵中題即柳記中《石磵》

秋氣集南磵，獨遊亭午時。迴風一蕭瑟，林影久參差。始至若有得，稍深遂忘疲。羇禽響幽谷，寒藻舞淪漪。去國魂已遠，懷人淚空垂。孤生易爲感，失路少所宜。索寞竟何事，徘徊祇自知。誰爲後來者，當與此心期。

語語是獨遊。

東坡謂柳儀曹《南澗》詩憂中有樂，妙絶古今，得其旨矣。

與崔策登西山

鶴鳴楚山静，露白秋江曉。連袂渡危橋，縈迴出林杪。西岑極遠目，豪末皆可了。重叠九疑高，微茫洞庭小。迥窮兩儀際，高出萬象表。馳景泛頹波，遥風遞寒篠。謫居安所習，稍厭從紛擾。生同胥靡遺，壽等彭鏗夭。蹇連困顛踣，愚蒙怯幽眇。非令親愛疏，誰使心神悄。偶兹遁山水，得以觀魚鳥。吾子幸淹留，緩我愁腸繞。

《莊子》：胥靡登而不遺。言被罪之人輕生身也。次語即《齊物論》意。

旦攜謝山人至愚池

新沐换輕幘，曉池風露清。自諧塵外意，况與幽人行。霞散衆山迥，天高數雁鳴。機心付當路，聊適羲皇情。

獨覺

覺来窗牖空，寥落雨聲曉。良遊怨遲暮，末事驚紛擾。爲問經世心，古人誰盡了。

溪居

久爲簪組束，幸此南夷謫。閒依農圃鄰，偶似山林客。曉耕翻露草，夜榜響溪石。来往不逢人，長歌楚天碧。

愚溪諸咏，處連蹇困厄之境，發清夷澹泊之音。不怨而怨，怨而不怨，行間言外，時或遇之。

夏初雨後尋愚溪

悠悠雨初霽，獨繞清溪曲。引杖試荒泉，解帶圍新竹。沉吟亦何事，寂寞固所欲。幸此息營營，嘯歌静炎燠。

首春逢耕者

南楚春候早，餘寒已滋榮。土膏釋原野，百蟄競所營。綴景未及郊，穡人先耦耕。園林幽鳥囀，渚澤新泉清。農事誠素務，羈囚阻平生。故池想蕪没，遺畝當榛荆。慕隱既有繫，圖功遂無成。聊從田父言，款曲陳此情。眷然撫耒耜，回首烟雲横。

因逢耕者而念及田園之蕪。羈人心事，不勝黯然。

秋曉行南郭經荒村

杪秋霜露重，晨起行幽谷。黄葉覆溪橋，荒村唯古木。寒花久寂歷，幽泉微斷續。機心久已忘，何事驚麏鹿。

雨後曉行獨至愚溪北池

宿雲散洲渚，曉日明村塢。高樹臨春池，風驚夜来雨。予心適無事，偶此成賓主。

中夜起望西園值月上

覺来繁露墜，開户臨西園。寒月上東嶺，泠泠疏竹根。石泉遠逾響，山鳥時一喧。倚楹遂至日，寂寞將何言。

湘岸移木芙蓉植龍興精舍

有美不自蔽，安能守孤根。遷謫後有得語。盈盈湘西岸，秋至風露繁。麗影别寒水，穠芳委前軒。芰荷諒難雜，反此生高原。

禪堂

發地結菁茆，團團抱虛白。山花落幽户，中有忘機客。涉有本非取，照空不待析。萬籟俱緣生，窅然喧中寂。心境本同如，鳥飛無遺迹。

苦竹橋

危橋屬幽徑，繚繞穿疏林。迸籜分苦節，輕筠抱虛心。俯瞰涓涓流，仰聆蕭蕭吟。差池下烟日，嘲哳鳴山禽。諒無要津用，棲息有餘陰。

田家三首

蓐食狗所務，驅牛向東阡。雞鳴村巷白，夜色歸墓田。札札末耜聲，飛飛来烏鳶。竭兹筋力事，持用窮歲年。盡輸助徭役，聊就空自眠。子孫日已長，世世還復然。

籬落隔烟火，農談四鄰夕。庭際秋蟲鳴，疏麻方寂歷。蠶絲盡輸税，機杼空倚壁。里胥夜經過，雞黍事筵席。各言官長峻，文字多督責。東鄰後租期，車轂陷泥澤。公門少推恕，鞭扑恣狼籍。里胥恐嚇田家之言，如聞其聲。努力慎經營，肌膚真可惜。迎新在此歲，唯恐踵前迹。

古道饒蒺藜，縈迴古城曲。蓼花被堤岸，陂水寒更渌。是時收穫竟，落日多樵牧。風高榆柳疏，霜重梨棗熟。行人迷去住，埜鳥競棲宿。田翁笑相念，昏黑慎原陸。今年幸小豐，無厌饘與粥。

掩役夫張進骸

生死悠悠爾，一氣聚散之。偶来紛喜怒，奄忽已復辭。爲役孰賤辱，爲貴非神奇。一朝纊息定，枯朽無妍媸。生時勤皂櫪，剉秣不告疲。既死給槥櫝，葬之東山基。奈何值崩湍，蕩析臨路垂。髐然暴百骸，散亂不復支。從者幸告予，睠之潸然悲。猫虎獲迎祭，犬馬有盖帷。佇立唁爾魂，豈復識此爲。畚鍤載埋瘞，溝瀆護其危。我心得所安，不謂爾有知。仁人之言。掩骼著春令，兹焉適其時。及物非吾輩，聊且顧爾私。

『一朝纊息定』二語，見貴賤賢愚，古今同盡，此達人之言也。『我心得所安』二語，見求安惻隱，非以示恩，此仁人之言也。

韋道安

道安本儒士，頗擅弓劍名。二十遊太行，暮聞號哭聲。疾驅前致問，有叟垂華纓。言我故刺史，失職還西京。偶爲群盜得，毫縷無餘赢。貨財足非恪，二女皆娉婷。蒼黄見驅逐，誰識死與生。便當此殞命，休復事晨征。一聞激高義，眥裂肝膽横。挂弓問所往，趫捷超峥嶸。見盜寒磵陰，羅列方忿争。一矢斃酋帥，餘黨號且驚。麾令递束縛，纆索相拄撑。彼姝久褫魄，兩下俟誅刑。却立不親授，論以從父行。捃收自擔肩，轉道趨前程。夜發敲石火，山林如晝明。父子更抱持，涕血紛交零。頓首願歸貨，納女稱舅甥。道安奮衣去，義重利固輕。師婚古所病，合姓非用兵。竭來事儒術，十載所能逞。慷慨張徐州，朱邸揚前旌。投驅獲所願，前馬出王城。轅門立奇士，淮水秋風生。君侯既即世，麾下相欹傾。立孤抗王命，鐘鼓四野鳴。横潰非所壅，逆節非所嬰。舉頭自引刃，顧義誰顧形。烈士不忘死，所死在忠貞。咄嗟狗權子，翕習猶趨榮。我歌非悼死，所悼時世情。

㳄群盜爲勇士，辭師婚爲義士，後顧義引刃又爲忠貞之士矣。非柳州表揚之，道安幾於湮没。

孟郊

字東野，武康人。年五十始成進士，爲溧陽尉。韓昌黎極重之，薦於鄭餘慶，奏爲參謀。未幾，卒。

東坡目爲『郊寒島瘦』，島瘦固然，郊之寒，過求高深，鄰於刻削，其實從真性情流出，未可與島並論也。而元遺山云『東野窮愁死不休，高天厚地一詩囚』，毋乃太過乎。

列女操

梧桐相待老，鴛鴦會雙死。貞婦貴狥夫，捨生亦如此。波瀾誓不起，妾心古井水。

寫貞心，下語嶄絶。

遊子吟

慈母手中綫，遊子身上衣。臨行密密縫。意恐遲遲歸。誰言寸草心，報得三春暉。

即『欲報之德，昊天罔極』意。與昌黎之『臣罪當誅，天王聖明』同有千古。

静水吟

艷女皆妒色，静女獨檢蹤。任禮耻任妝，稼德不嫁容。君子易求聘，小人難自從。此志與誰諒，琴絃幽韻重。

長安羈旅行

十日一理髪，每梳飛旅塵。三旬九過飲，每食唯舊貧。萬物皆及時，一人不覺春。失名誰肯訪，得意争相親。直木有恬翼，静流無躁鱗。始知喧競場，莫處君子身。野策藤竹輕，山蔬薇蕨新。潛歌歸去来，事外風景真。

『直木』一聯，傳出君子之品。

古怨别

颯颯秋風生，愁人怨離别。含情两相向，欲語氣先咽。心曲千萬端，悲来却難説。别後唯所思，天涯共明月。

聞砧

杜鵑聲不哀，斷猿啼不切。月下誰家砧，一聲腸一絶。杵聲不爲客，客聞髮自白。杵聲不爲衣，欲令遊子歸。竟是古樂府。

遊終南

南山塞天地，日月石上生。高峰夜留景，深谷晝未明。山中人自正，路險心亦平。長風驅松柏，聲拂萬壑清。即此悔讀書，朝朝近浮名。

盤空出險語。

《出峽詩》有『上天下天水，出地入地舟』句，同一奇險。

趙記室俶在職無事

卑静身後老，高動物先摧。方圜水任器，剛勁木成灰。大道母群物，似子書中名語。達人腹衆才。時吟堯舜篇，心向無爲開。彼隱山萬曲，我隱酒一杯。公庭何所有，日日清風來。

上河陽李大夫

上將秉神略，至兵無猛威。三軍當嚴冬，一撫勝重衣。霜劍奪衆景，夜星失長輝。蒼鷹獨立時，惡鳥不敢飛。武牢鎖天關，河橋紐地機。大軍奚以安，守此稱者稀。言無人知大夫之功也。下接呈詩意。貧士少顔色，貴門多輕肥。試登山岳高，方見草木微。山岳恩既廣，草木心皆歸。

送豆盧策歸別墅

短松鶴不巢，高石雲始棲。君今瀟湘去，意與雲鶴齊。力買奇險地，手開清淺溪。身披薜荔衣，山陟莓苔梯。一卷冰雪文，避俗常自携。

送蕭鍊師入四明山

閒於獨鶴心，大於高松年。迥出萬物表，高棲四明巔。千尋直裂峰，百尺倒瀉泉。絳雪爲我飯，白雲爲我田。静言不語俗，靈蹤時步天。

工於發端，與前一首同。

送李觀韓愈别兼獻張徐州即張建封。

富别愁在顔，貧别愁銷骨。懶磨舊銅鏡，畏見新白髮。古樹春無花，子規啼有血。離絃不堪聽，一聽三四絶。世途非一險，俗慮各千結。有客步大方，驅車獨迷轍。故人韓與李，逸翰雙皎潔。哀哉摧折歸，贈詞縱横設。徐方國號在，元戎天下傑。禰生投刺遊，王粲吟詩謁。高情無遺照，朗抱開曉月。有土不埋冤，有讎皆爲雪。願爲直草木，永向君地列。願爲古琴瑟，永向君地發。欲識丈夫心，曾將孤劍説。

貞元、元和以降，詩家專尚近體，於古風漸薄，五言古尤入淺率。沿及宋、元，尠遵正軌，復古轉在明代也，兹於柳子厚、孟東野後，所采寥寥，惟恐岐途紛出，學詩者靡所適從耳。

賈島

字閬仙，范陽人。初爲浮屠，名無本。来東都，韓昌黎奇其詩，令反初服。累舉不第，文宗時，爲長江主簿。

寄遠

别腸長鬱紆，豈能肥肌膚。始知相結密，不及相結疏。疏别恨應少，密别恨難袪。門前南去水，中有北飛魚。魚飛向北海，可以寄遠書。不惜寄遠書，故人今在無。華山峆嶢形，遥望齊平蕪。况此數尺身，阻彼萬里途。自非日月光，難以知子軀。

李益

字君虞，姑臧人。成進士，官不達，劉濟辟爲從事，呈詩有『不上望京樓』句。憲宗召還，官集賢殿學士。負才凌衆，諫官暴其在濟時詩，貶官散秩。後仍屢遷，以禮部尚書終。

君虞邊塞詩最佳，《征人歌》、《早行》等篇，好事者畫爲屏障。

觀回軍

行行上隴頭，隴月暗悠悠。萬里將軍没，回旅隴戍秋。誰令嗚咽水，重入故營流。

入南山至全師蘭若

木隕水歸壑，寂然無念心。枯禪語。南行有真子，被褐息山陰。石路瑶草散，松門寒景深。吾師亦何授，自起定中吟。

長干行亦作太白詩。

憶妾深閨裏，烟塵不曾識。嫁與長干人，沙頭候風色。五月南風興，思君下巴陵。八月西風起，想君發揚子。去來悲如何，見少離別多。湘潭幾日到，妾夢越風波。昨夜狂風度，吹折江頭樹。渺渺暗無邊，行人在何處。好乘浮雲驄，佳期蘭渚東。鴛鴦緑浦上，翡翠錦屏中。自憐十五餘，颜色桃花紅。那作商人婦，愁水又愁風。

設色綴詞，宛然太白。

權德輿

字載之，略陽人。第進士，德宗朝，歷官禮部侍郎，三典貢舉。元和中，以尚書同平章事卒，謚文。

月夜江行

扣舷不能寐，浩露清衣襟。彌傷孤舟夜，遠結萬里心。幽興惜瑶草，素懷寄鳴琴。三奏月初上，寂寥寒江深。

嚴子陵釣臺下作

絶頂聳蒼翠，清湍石磷磷。先生晦其中，天子不得臣。心靈棲顥元，纓冕猶緇塵。不樂禁中卧，却歸江上春。潛驅東漢風，日使薄者醇。焉用佐天子，持此報故人。則知大賢心，不獨私其身。弛張有深致，耕釣陶天真。我行訪遺臺，仰古懷逸民。矰繳鴻鵠遠，雪霜松桂新。江流去不窮，山色凌秋旻。人世自今古，清暉照無垠。

東漢節義，嚴陵潛驅之，不止高其隱逸而已。議論正大，獨著此篇。

與沈十九拾遺同遊棲霞寺上方夜於亮上人院會宿

攝山標勝絶，暇日諧相矚。縈紆松路深，繚繞雲巖曲。重樓回樹杪，古像鑿山腹。人遠水木清，地深蘭桂馥。層臺聳金碧，絶頂摩净緑。下界誠可悲，南朝紛在目。焚香入古殿，待月出深竹。稍覺天籟清，自傷人世促。宗雷此相遇，偃放隨所欲。清論月輪低，閒吟茗花熟。一生如土梗，萬慮相桎梏。永願事潛師，窮年此棲宿。

詩品高潔，在語言外領取。

張　籍

字文昌，和州人。貞元中第進士，爲太常太祝。昌黎薦之，官水部員外，以國子司業終。

文昌長於新樂府，雖古意漸失，而婉麗可誦，五古亦不入卑靡。

西州詩

羌胡據西州，近甸無邊城。山東收税租，養我防塞兵。胡騎來無時，居人常震驚。嗟我五陵間，農者罷耘耕。邊頭多殺傷，士卒難全形。郡縣發丁役，丈夫各征行。良馬不念秣，烈士不苟營。所願除國難，再逢天下平。

西州，屬隴右道。天寶末，陷於吐蕃。此願中朝恢復，於烈士有厚望焉。

惜花

濛濛庭樹花，墜地無顔色。日暮東風起，飄揚玉階側。殘蕊在猶稀，青條耸復直。爲君結芳實，令君勿歎息。

翻出一意，淺人不能道。

離怨

切切重切切，秋風桂枝折。人當少年嫁，我當少年别。念君非征行，年年長遠途。妾身甘獨殁，高堂有舅姑。山川豈遥遠，行人自不返。

責以高堂有老姑，怨之正也。與泛作閨房之言有别。

温庭筠本名岐，字飛卿，并州人。工側詞艷曲，累舉不第。大中末，以上書授方山尉，仍失意，歸，與令狐綯不協，薄爲有才無行。徐商知政事用爲國子助教，商罷尋廢。相傳庭筠入試時押官韵，八叉手而賦成，名『温八叉』。與李商隐齊名，不虚也。

俠客行

欲出鴻都門，陰雲蔽城闕。寶劍黯如水，微紅濕餘血。白馬夜頻驚，三更霸陵雪。

温詩風秀工整，俱在七言，此篇獨見警絶。

趙　嘏字承祐，山陽人。會昌中進士，大中間授渭南尉終。

汾上宴別

雲物如故鄉，山川知異路。年来未歸客，馬上春欲莫。一尊花下酒，殘日水西樹。不待管弦終，摇鞭背花去。

曹　鄴字鄴之，桂州人。大中時登進士，官太常博士，以洋州刺史終。

四望樓

背山見樓影，應合與山齊。座上日已出，城中未鳴雞。形樓之高。無限燕趙女，吹笙上金梯。風起洛陽東，香過洛陽西。公子長夜醉，不聞子規啼。

李群玉字文山，澧州人。赴舉，一上而止。宰相裴休薦之，乞授一文學官，因授弘文館校書郎，旋乞歸，卒。

江樓獨酌懷從叔

水國發爽氣，川光静高秋。酣歌金尊醁，送此青楓愁。楚色忽满目，灘聲落西樓。雲翻天邊葉，月弄波上鈎。芳意長摇落，蘅蘭謝汀洲。長吟碧雲合，悵望江之幽。

送進士苗縱歸紫邏山居

汝上多奇山，高懷愜清境。强来干名地，冠帶不能整。嘗言夢歸處，泉石寒更静。鶴聲夜無人，空月隨松影。今朝别我去，春物傷明景。悵望相送還，微陽在東嶺。

近王右丞。

劉駕

字司南，江東人。大中六年進士，官國子博士，以古詩鳴於時。

早行

馬上續殘夢，馬嘶時復驚。心孤多所虞，僮僕近我行。棲禽未分散，落月照孤城。莫羨居者閒，谿邊人已耕。

棄婦

回車在門前，欲上心更悲。路旁見花發，似妾初嫁時。養蠶已成繭，織素猶在機，新人應笑此，何如畫蛾眉。見婦之不當棄也。怨而不怒，高於顧况之作。

陸龜蒙

字魯望，蘇州人。舉進士不第，退居松江甫里，稱『天隨子』，亦稱『江湖散人』。以高士召，不至。李蔚、盧攜素當國，召拜左拾遺，詔下，已卒。光化中，贈右補闕。

龜蒙與皮日休倡和，另開僻澀一體，不能多采。

美人

美人抱瑤瑟，哀怨彈別鶴。雌雄南北飛，一旦異棲託。諒非金石性，安得宛如昨。生爲並蒂花，亦有先後落。秋林對斜日，光景自相薄。猶欲悟君心，朝朝佩蘭若。結語温厚。

聶夷中

字坦之，河東人。咸通中中進士，官華陰尉。

田家

父耕原上田，子劚山下荒。六月禾未秀，官家已修倉。二月賣新絲，五月糶新穀。醫得眼前瘡，剜却心頭肉。我願君王心，化作光明燭。不照綺羅筵，只照逃亡屋。

唐時尚有采詩之役，故詩家每陳下民苦情。如柳州《捕蛇者説》，亦其一也。此詩言簡意足，可匹柳文。

重訂唐詩別裁集卷五

長洲沈德潛歸愚選

七言古

王　勃

字子安，絳州人。麟德初，對策，授朝散郎，年未及冠也。沛王召署府修撰，作《鬥鷄檄文》，高宗怒，斥出府，客劍南。父福峙坐勃左遷交趾令。勃往省，渡海溺死，年二十九。與楊炯、盧照鄰、駱賓王齊名，號「四傑」。

滕王閣滕王元嬰建閣於豫章郡城西章江門外。閻都督宴客於閣，先命其婿作序，出紙筆，徧請客，莫敢當。勃不辭，都督遣吏伺其文，一再報，語益奇，公曰天才也。

滕王高閣臨江渚，佩玉鳴鑾罷歌舞。畫棟朝飛南浦雲，珠簾暮捲西山雨。閒雲潭影日悠悠，物换星移度幾秋。〔一〕閣中帝子今何在，檻外長江空自流。

盧照鄰

字昇之，范陽人。授鄧王府典籤。後居太白山，餌方士藥，疾轉篤。徙具茨山，愈甚，投潁水卒。

長安古意

長安大道連狹斜，青牛白馬七香車。玉輦縱橫過主第，金鞭絡繹向侯家。龍銜寶盖承朝日，鳳吐流蘇帶晚霞。百丈遊絲争繞樹，一群嬌鳥共啼花。遊蜂戲蝶千門側，碧樹銀臺萬種色。複道交窗作合歡，雙闕連甍垂鳳翼。梁家畫閣天中起，梁冀窮極土木。漢帝金莖雲外直。漢帝漢武。樓前相望不相知，陌上相逢詎相識。不相知識，甚形其多。借問吹簫向紫烟，曾經學舞度芳年。得成比目何辭死，願作鴛鴦不羨仙。比目鴛鴦真可羨，雙去雙来君不見。生憎帳額繡孤鸞，好取門簾帖雙燕。雙燕雙飛繞畫梁，羅幃翠被鬱金香。片片行雲著蟬鬢，纖纖初月上鴉黄。額裝也。鴉黄粉白車中出，含嬌含態情非一。妖童寶馬鐵連錢，娼婦盤龍金屈膝。御史府中烏夜啼，廷尉

〔一〕《全唐詩》作『幾度秋』。

門前雀欲棲。二句言執法之官不過而問，任遊俠之人往来娼家也。隱隱朱城臨玉道，遥遥翠幰没金堤。挾彈飛鷹杜陵北，探丸借客渭橋西。俱邀俠客芙蓉劍，共宿娼家桃李蹊。娼家日暮紫羅裙，清歌一囀口氛氲。北堂夜夜人如月，南陌朝朝騎似雲。南陌北堂連北里，五劇三條控三市。路交錯謂劇；三條，三達之路；三市，九市之三也。弱柳青槐拂地垂，佳氣紅塵暗天起。漢代金吾千騎来，翡翠屠蘇鸚鵡杯。不止俠客，執金吾亦宿娼家矣。羅襦寶帶爲君解，燕歌趙舞爲君開。別有豪華稱將相，轉日回天不相讓。又不止金吾矣。意氣由來排灌夫，專權判不容蕭相。專權意氣本豪雄，青虬紫燕坐春風。自言歌舞長千載，自謂驕奢凌五公。五公謂張湯、杜周、蕭望之、馮奉世、史丹。節物風光不相待，桑田碧海須臾改。昔時金階白玉堂，即今惟見青松在。以墓田言。寂寂寥寥揚子居，年年歲歲一牀書。獨有南山桂花發，飛来飛去襲人裾。

長安大道，豪貴驕奢。狹邪艷冶，無所不有。自嬖寵而俠客、而金吾、而權臣，皆向娼家遊宿，自謂可永保富貴矣！然轉瞬滄桑，徒存墟墓，不如讀書自守者之爲得也。借言子雲，聊以自況云爾。

駱賓王

賓王，義烏人。武后時授臨海丞，棄官去。徐敬業舉兵，署爲府屬，傳檄天下。后讀至『一抔之土未乾，六尺之孤安在』，矍然曰：『宰相安得失此人！』及徐敗，賓王亡命，不知所終。

帝京篇

山河千里國，城闕九重門。不睹皇居壯，安知天子尊。皇居帝里崤函谷，鶉野龍山侯甸服。五緯連影集星躔，八水分流横地軸。秦塞重關一百二，結上形勢。漢家離宫三十六。起下宫闕。桂殿嶔岑對玉樓，椒房窈窕連金屋。三條九陌麗城隈，萬户千門平旦開。複道斜通鳷鵲觀，交衢直指鳳皇臺。劍履南宫入，簪纓北闕来。聲明冠寰宇，文物象昭回。鈎陳肅蘭戺，璧沼浮槐市。銅羽應風迴，金莖承露起。校文天禄閣，習戰昆明水。朱邸抗平臺，黄扉通戚里。引入戚里，以下皆言王侯貴人，并及交遊一切奢侈之事。平臺戚里帶崇墉，炊金饌玉待鳴鐘。小堂綺帳三千户，大道青樓十二重。寶盖雕鞍金絡馬，蘭窗繡柱玉盤龍。繡柱璇題粉壁暎，鏘金鳴玉王侯盛。王侯貴人多近臣，朝遊北里暮南鄰。陸賈分金將讌喜，陳遵投轄正留賓。趙李經過密，蕭朱交結親。丹鳳朱城白日暮，青牛紺幰紅塵度。俠客珠彈垂楊道，倡婦銀鈎采桑路。并述俠客倡樂之盛。倡家桃李自芳菲，京華遊俠盛輕肥。延年女弟雙飛入，羅敷使君千騎歸。同心結縷帶，連理織成衣。春朝桂樽樽百味，秋夜蘭燈燈九微。翠幌珠簾不獨映，清歌寶瑟自相依。且論三萬六千是，寧知四十九年非。古來榮利若浮雲，人生倚伏信難分。以下見倏忽變遷，榮華消歇。始見田竇相傾奪，俄聞衛霍有功勳。未厭入聲金陵氣，先開石槨文。《莊子》載衛靈公事。朱門無復張公子，灞亭誰畏李將軍。相顧百齡皆有待，居然萬化咸應改。桂枝芳氣已銷亡，柏梁高宴今何在。春去春來苦自馳，爭名爭利徒爾爲。久留郎署終難遇，空掃相門誰見知。當時一旦擅豪華，自言千載常驕奢。倏忽摶風生羽翼，賤者忽貴。須臾失浪委泥沙。貴者忽賤。黄雀徒巢桂，青門遂種瓜。黄金銷鑠素絲變，一貴一賤交情見。紅顔夙昔白頭新，脱粟布衣輕故人。故人有湮淪，新知無意氣。灰死韓安國，羅傷翟廷尉。安國坐法，獄吏辱之。安國曰：『死灰不復然乎？』吏曰：『然即溺之』。已矣哉，歸去來。馬卿辭蜀多文藻，揚雄仕漢乏良媒。以下俱指己之不遇。三冬自矜誠足用，十年不調幾邅迴。汲黯薪逾積，孫弘閣未開。誰惜長沙傅，獨負洛陽才。

作《帝京篇》，自應冠冕堂皇，敷陳主德。此因己之不遇而言，故始盛而以衰颯終也。首叙形勢之雄、宮闕之壯，次述王侯、貴戚、游俠、倡家之奢僭無度。至『古来』以下，慨世道之變遷。『已焉哉』以下，傷一己之湮滯，此非詩之正聲也。向來推重此篇，故采之以備一體。

劉希夷 一名庭芝，汝州人。善爲從軍、閨情之詩，爲時所重。

《唐新語》載，宋之問爲此詩有佳句，因殺害希夷，而以此詩爲己作。此因之問品居下流，而以惡歸之。其實，宋之詩高於劉，不用攘窃他人也。雜説不足憑，每每如此。

代悲白頭翁

洛陽城東桃李花，飛來飛去落誰家。幽閨兒女惜顔色，〔一〕坐見落花長歎息。今年花落顔色改，明年花開復誰在。已見松柏摧爲薪，更聞桑田變成海。古人無復洛城東，今人還對落花風。年年歲歲花相似，歲歲年年人不同。寄言全盛紅顔子，須憐半死白頭翁。此翁白頭真可憐，伊昔紅顔美少年。公子王孫芳樹下，清歌妙舞落花前。光禄池臺文錦繡，將軍樓閣畫神仙。一朝卧病無相識，三春行樂在誰邊。宛轉蛾眉能幾時，須臾鶴髮亂如絲。但看古来歌舞地，惟有黄昏鳥雀悲。

〔一〕《全唐詩》作『洛陽女兒惜顔色』。

少年每輕視老翁，因言老翁當少年時，亦嘗與公子王孫遊冶，一朝奄忽，盡付空虚，今之少年，能免衰老乎？末又宕開作結。

公子行

天津橋下陽春水，天津橋上繁華子。馬聲迴合青雲外，人影動摇緑波裏。緑波蕩漾玉爲砂，青雲離披錦作霞。可憐楊柳傷心樹，可憐桃李斷腸花。此日遨遊邀美女，此時歌舞入娼家。娼家美女鬱金香，飛去飛來公子傍。的的珠簾白日映，娥娥玉顔紅粉妝。花際徘徊雙蛺蝶，池邊顧步兩鴛鴦。傾國傾城漢武帝，爲雲爲雨楚襄王。古来容光人所羡，況復今日遥相見。願作輕羅着細腰，願爲明鏡分嬌面。用張平子《同聲賦》中語意。二句公子之語，下六句娼婦答語。與君相向轉相親，與君雙棲共一身。願作貞松千歲古，誰論芳槿一朝新。百年同謝西山日，千秋萬古北邙塵。

公子惑於声色，而娼家以誑語荅之，猶所云同生同死也。絶不説破其誑，令人於言外思之。隊仗工麗，上下蟬聯，此初唐七古體。少陵所云『劣於漢魏近《風》《騷》』也。明代何景明謂此得風人之正，而以少陵之沉雄頓挫爲變體，因作《明月篇》以擬之。王漁洋《論詩絶句》云：『接迹風人《明月篇》，何郎妙悟本從天。王楊盧駱當時體，莫逐刀圭誤後賢。』得此論，而初盛之詩品乃定。

喬知之

緑珠篇

石家金谷重新聲，明珠十斛買娉婷。此日可憐君自許，此時可喜得人情。君家閨閣不曾難，常將歌舞借人看。意氣雄豪非分理，驕矜勢力横相干。辭君去君終不忍，徒勞掩袂傷鉛粉。百年離别在高樓，一代紅顔爲君盡。

知之有婢窈娘，美麗善歌舞，爲武承嗣奪去。知之作《緑珠篇》以寄，窈娘縫詩衣帶中，投井死。承嗣見詩，大恨，諷酷吏羅織死之。

李　嶠

字巨川，贊皇人。弱冠舉進士，官鳳閣舍人。聖曆初，遷鸞臺侍郎。神龍中，拜吏部尚書，封趙國公。景龍中，以兵部尚書同中書門下三品。睿宗時致仕卒。

《紀事》云：嶠於武后時賦《金樞詩》，貶唐之功，頌周之德，人皆鄙之。

汾陰行 漢武帝從祠官寬舒議祀后土於汾陰。

君不見，昔日西京全盛時，汾陰后土親祭祠。齋宫宿寢設厨供，撞鐘鳴鼓樹羽旂。漢家四葉才且雄，賓筵萬靈服九戎。柏梁賦詩高宴罷，詔書法駕幸河東。河東太守親埽除，奉迎至尊導鑾輿。五營將校列容衛，三河縱觀空里閭。回旌駐蹕降靈場，焚香奠醑邀百祥。金鼎發食正焜煌，靈衹煒燁攄景光。埋玉陳牲禮神畢，舉麾上馬乘輿出。彼汾之曲嘉可遊，杏蘭爲楫桂爲舟。棹歌微吟綵鷁浮，簫鼓哀鳴白雲秋。歡娱宴洽賜群后，家家復除户牛酒。声名動天樂無有，千秋萬歲南山壽。自從天子向秦關，玉輦金輿不復還。帝崩於五柞宫。珠簾羽帳長寂莫，鼎湖龍髯安可攀。千齡人事一朝空，四海爲家此路窮。雄豪意氣今何在，壇場宫館盡蒿蓬。路逢故老長歎息，世事回還不可測。昔時青樓對歌舞，今日黄埃聚荆棘。明皇蜀道回，聽人歌此辭，歎曰：『李嶠真才子也！』山川滿目淚沾衣，富貴榮華能幾時。不見只今汾水上，唯有年年秋雁飛。

明皇封禪泰山後，亦祀后土於汾陰。宜乎，聞此辭於播遷之餘，幾乎泣下也。爾時，風格乍開，故句調未能全合。

沈佺期

字雲卿，内黄人。第進士，長安中預修《三教珠英》，轉考功員外郎。坐事，配流嶺表。神龍中，授起居郎，後歷太子詹事。

佺期與宋之問作詩，音韻相和，約句準篇，號『沈宋體』。

古歌

落葉流風向玉臺，夜寒秋思洞房開。水晶簾外金波下，雲母窗前銀漢回。玉堦陰陰苔鮮色，君王履綦難再得。璇閨窈窕秋夜長，綉户裦徊秋月光。燕姬綵帳芙蓉色，秦女金鑪蘭麝香。北斗七星横夜半，清歌一曲斷君腸。

入少密谿

雲峰苔壁遶谿斜，江路春風夾岸花。樹密不嫌通鳥道，雞鳴始覺有人家。人家更在深巖口，澗水週流宅前後。遊魚瞥瞥雙釣童，伐木丁丁一樵叟。自言避喧非避秦，薜衣耕鑿帝堯人。相留且待雞黍熟，夕卧深山蘿月春。

宋之問

龍門應制

宿雨霽氛埃，流雲度城闕。河堤柳新翠，苑樹花先發。洛陽花柳此時濃，山水樓臺映幾重。群公拂霧朝翔鳳，天子乘春幸鑿龍。鑿龍近出王城外，羽從琳瑯擁軒盖。雲蹕纔臨御水橋，天衣已入香山會。山壁嶄巖斷復連，清流澄澈俯伊川。雁塔遥遥緑波上，星龕奕奕翠微邊。層巒舊長千尋木，遠壑初飛萬丈泉。綵仗紅旌繞香閣，下輦登高望河洛。東城宫闕擬昭回，南陌溝塍殊綺錯。林下天香七寶臺，山中春酒萬年杯。微風一起祥花落，仙樂初鳴瑞鳥來。鳥來花落紛無已，稱觴獻壽香霞裏。歌舞淹留景欲斜，石關猶駐五雲車。鳥旗翼翼留芳草，龍騎騣騣映晚花。千乘萬騎鑾輿出，水静山空嚴警蹕。郊外喧喧引看人，傾都南望屬車塵。嚻声引颺聞黄道，王氣周迴入紫宸。先王定鼎山河固，寶命乘周萬物新。吾君不事瑶池樂，時雨来觀農扈春。

武后遊龍門，命群臣賦詩，先成者賜以錦袍。東方虬詩成，拜賜坐，未安，之問詩成，文理兼美，左右稱善，后乃奪錦袍衣之。

歸重觀農，立言得體。

寒食陸渾別業

洛陽城裏花如雪，陸渾山中今始發。旦別河橋楊柳風，夕卧伊川桃李月。伊川桃李正芳新，寒食山中酒復春。野老不知堯舜力，酣歌一曲太平人。

寒食江州滿塘驛

去年上巳洛橋邊，今年寒食廬山曲。遥憐鞏樹花應滿，復見吴洲草新緑。吴洲春草蘭杜芳，感物思歸懷故鄉。驛騎明朝發何處，猿声今夜斷君腸。

至端州驛見杜五審言、沈三佺期、閻五朝隱、王二無競題壁，慨然成咏

題中諸人皆與張易之往來者，張敗，諸人貶竄南方。

逐臣北地承嚴譴，謂到南中每相見。豈意南中岐路多，千山萬水分鄉縣。雲摇雨散各翻飛，海潤天長音信稀。處處山川同瘴癘，自言能得幾人歸。

明河篇

八月凉風天氣清，萬里無雲河漢明。昏見南樓清且淺，曉落西山縱復横。洛陽城闕天中起，

長河夜夜千門裏，複道連甍共蔽虧，畫堂瓊户特相宜。雲母帳前初汎濫，水晶簾外轉逶迤。倬彼昭回如練白，復出東城接南陌。南陌征人去不歸，誰家今夜擣寒衣。鴛鴦機上疏螢度，烏鵲橋邊一雁飛。雁飛螢度愁難歇，坐見明河漸微没。已能舒卷任浮雲，不惜光輝讓流月。明河可望不可親，願得乘槎一問津。更將織女支機石，還訪城都賣卜人。

郭　振

古劍篇

君不見，昆吾鐵冶飛炎烟，紅光紫氣俱赫然。良工鍛鍊凡幾年，鑄得寶劍名龍泉。龍泉顏色如霜雪，良工咨嗟歎奇絶。琉璃玉匣吐蓮花，錯鏤金鐶映明月。正逢天下無風塵，幸得周防君子身。精光黯黯青蛇色，文章片片緑龜鱗。非直結交遊俠子，亦曾親近英雄人。何言中路遭棄捐，零落飄淪古獄邊。雖復沈埋無所用，猶能夜夜氣衝天。杜詩云『高咏《寶劍篇》，神交付冥漠』，謂此詩也。

張説

字道濟，洛陽人。垂拱中，對賢良方正第一。歷中宗、睿宗，至玄宗朝，爲中書令，封燕國公，卒謚文貞。

鄴都引

君不見，魏武草創争天禄，群雄睚眦相馳逐。晝携壯士破堅陣，夜接詞人賦華屋。都邑繚繞西山陽，桑榆漫漫漳河曲。城郭爲墟人代改，但見西園明月在。鄴傍高冢多貴臣，蛾眉曼睩共灰塵。試上銅臺歌舞處，唯有秋風愁殺人。

声調漸響，去王、楊、盧、駱體遠矣。

『草創』二字，居然史筆。『晝携壯士』二句，叙得簡老。

陳子昂

登幽州臺歌

不另列雜言一體，因附七言古内。

前不見古人，後不見來者。念天地之悠悠，獨愴然而涕下。

余於登高時，每有今古茫茫之感，古人先已言之。

張若虛 若虛，開元初人。與賀知章、張旭齊名。

春江花月夜

春江潮水連海平，海上明月共潮生。灎灎隨波千萬里，何處春江無月明。江流宛轉遶芳甸，月照花林皆似霰。空裏流霜不覺飛，汀上白沙看不見。江天一色無纖塵，皎皎空中孤月輪。江畔何人初見月，江月何年初照人。人生代代無窮已，江月年年祇相似。不知江月待何人，但見長江送流水。白雲一片去悠悠，青楓浦上不勝愁。誰家今夜扁舟子，何處相思明月樓。可憐樓上月徘徊，應照離人妝鏡臺。玉户簾中卷不去，擣衣砧上拂還來。此時相望不相聞，願逐月華流照君。鴻雁長飛光不度，魚龍潛躍水成文。昨夜閑潭夢落花，可憐春半不還家。江水流春去欲盡，江潭落月復西斜。斜月沉沉藏海霧，碣石瀟湘無限路。不知乘月幾人歸，落月摇情滿江樹。

前半，見人有變易，月明常在，江月不必待人，惟江流與月，同無盡也；後半，寫思婦悵望之情，曲折三致。題中五字，安放自然，猶是王、楊、盧、駱之體。

孫　逖

逖，博州人。開元十年舉賢良方正，官至中書舍人，典詔誥。

春日留別

春路逶迤花柳前，孤舟晚泊就人烟。東山白雲不可見，西陵江月夜娟娟。春江夜盡潮聲度，征帆遥從此中去。越國山川看漸無，可憐愁思江南樹。

以上諸篇，志初唐入盛之漸。

高　適

李、杜外，高、岑、王、李，七言古中最矯健者。

邯鄲少年行

邯鄲城南遊俠子，自矜生長邯鄲裏。千場縱博家仍富，幾處報讎身不死。宅中歌笑日紛紛，門外車馬如雲屯。未知肝膽向誰是，令人却憶平原君。豪語。君不見，今日交態薄，黄金用盡還疏索。以兹感歎辭舊遊，更於時事無所求。且與少年飲美酒，往來射獵西山頭。

不憶信陵，而憶平原，以邯鄲爲趙地之故。

古大梁行

古城莽蒼饒荊榛，驅馬荒城愁殺人。魏王宫觀盡禾黍，信陵賓客隨灰塵。憶昨雄都舊朝市，軒車照耀歌鐘起。軍容帶甲三十萬，國步連營五千里。全盛須臾那可論，高臺曲池無復存。遺墟但見狐狸迹，古地空餘草木根。暮天摇落傷懷抱，撫劍悲歌對秋草。俠客猶傳朱亥名，行人尚識夷門道。白璧黄金萬户侯，寶刀駿馬填山丘。年代淒凉不可問，往來惟見水東流。

燕歌行

開元二十六年，客有從元戎出塞而還者，作《燕歌行》以示，適感征戍之事，因而和焉。

漢家烟塵在東北，漢將辭家破殘賊。男兒本自重横行，天子非常賜顏色。摐金伐鼓下榆關，旌旆逶迤碣石間。校尉羽書飛瀚海，單于獵火照狼山。山川蕭條極邊土，胡騎憑陵雜風雨。戰士軍前半死生，美人帳下猶歌舞。悲壯！言主將不惜士卒。大漠窮秋塞草腓，孤城落日鬥兵稀。身當恩遇常輕敵，力盡關山未解圍。鐵衣遠戍辛勤久，玉筯應啼别離後。涙也。少婦城南欲斷腸，征人薊北空回首。邊庭飄遥那可度，絶域蒼茫無所有。殺氣三時作陣雲，寒聲一夜傳刁斗。相看白刃雪紛紛，死節從來豈顧勳。君不見，沙場征戰苦，至今猶憶李將軍。李廣愛惜士卒，故云，或云李牧亦可。

七言古中，時帶整句，局勢方不散漫。若李、杜風雨分飛，魚龍百變，又不可以一論。

送田少府貶蒼梧

沉吟對遷客，惆悵西南天。昔爲一官未得意，今向萬里令人憐。念兹斗酒成暌間，停舟歎君日將晏。遠樹應連北地春，行人却羨南歸雁。丈夫窮達未可知，看君不合長數奇。江山到處堪乘興，楊柳青青那足悲。

贈别晋三處士

有人家住清河源，渡河問我遊梁園。手持道經注已畢，心知内篇口不言。盧門十年見秋草，此心惆悵誰能道。知己從來不易知，慕君爲人與君好。别時九月桑葉疏，出門千里無行車。愛君且欲君先達，今上求賢早上書。

賦得還山吟送沈四山人

還山吟，天高日暮寒山深，送君還山識君心。人生老大須恣意，看君解作一生事，山間偃仰無不至。石泉淙淙若風雨，桂花松子常滿地。賣藥囊中應有錢，還山服藥又長年。白雲勸盡杯中物，明月相隨何處眠。眠時憶問醒時事，夢魂可以相周旋。

人日寄杜二拾遺

人日題詩寄草堂，遥憐故人思故鄉。柳條弄色不忍見，梅花滿枝空斷腸。身在南蕃無所預，心懷百憂復千慮。今年人日空相憶，明年人日知何處。一卧東山三十春，豈知書劍老風塵。龍鍾還忝二千石，愧爾東西南北人。

時爲蜀、彭二州刺史。

言羈絆一官，萍踪斷梗，轉不如遨遊四方之爲樂也。

封丘縣

我本漁樵孟諸野，一生自是悠悠者。乍可狂歌草澤中，寧堪作吏風塵下。衹言小邑無所爲，公門百事皆有期。拜迎官長心欲碎，鞭撻黎庶令人悲。悲來向家問妻子，舉家盡笑今如此。生事應須南畝田，世情付與東流水。夢想舊山安在哉，爲銜君命日遲迴。乃知梅福徒爲爾，轉憶陶潛歸去來。

别韋參軍

二十解書劍，西游長安城。舉頭望君門，屈指取公卿。國風沖融邁三五，朝廷禮樂彌寰宇。

白璧皆言賜近臣，布衣不得干明主。天下無事，朝廷自謂登三咸五，但龍錫近臣，而布衣之士無由進身也。歸來洛陽無負郭，東過梁宋非吾土。兔苑爲農歲不登，雁池垂釣心長苦。分承梁宋。世人向我同衆人，唯君於我最相親。且喜百年見交態，未嘗一日辭家貧。彈棋擊筑白日晚，縱酒高歌楊柳春。歡娱未盡分散去，使我惆悵驚心神。丈夫不作兒女別，臨岐涕淚沾衣巾。言雖非兒女別，亦不得不垂淚也。

送渾將軍出塞此蕃人而爲漢將者。

將軍族貴兵且强，漢家已是渾邪王。子孫相承在朝野，至今部曲燕支下。控弦盡用陰山兒，登陣長騎大宛馬。銀鞍玉勒繡蝥弧，每逐嫖姚破骨都。李廣從來先將士，衛青未肯學孫吴。霍去病事，此誤用。傳有沙場千萬騎，昨日邊庭羽書至。城頭畫角三四聲，匣裏寶刀晝夜鳴。意氣能甘萬里去，辛勤動作一年行。黄雲白草無前後，朝建旌旗夕刁斗。塞下應多俠少年，關西不見春楊柳。從軍借問所從誰，擊劍酣歌當此時。遠別無輕繞朝策，平戎早寄仲宣詩。

岑　參

登古鄴城本戰國時鄴邑，屬魏，三國時，曹氏都於此。

下馬登鄴城，城空復何見。東風吹野火，暮入飛雲殿。城隅南對望陵臺，漳水东流不復回。武帝宫中人去盡，年年春色爲誰來。

題匡城周少府廳壁

婦姑城南風雨秋，婦姑城中人獨愁。愁雲遮却望鄉處，數日不上西南樓。故人薄暮公事閒，玉壺美酒琥珀盤。潁陽秋草今黄盡，醉卧君家猶未還。

梁州館中與諸判官夜集

彎彎月出挂城頭，城頭月出照梁州。梁州七里十萬家，胡人半解彈琵琶。琵琶一曲腸堪斷，風蕭蕭兮夜漫漫。河西幕中多故人，故人別来三五春。花門樓前見秋草，豈能貧賤相看老。一生大嘯能幾回，斗酒相逢須醉倒。

胡笳歌送顔真卿使赴河隴

君不聞，胡笳声最悲，紫髯緑眼胡人吹。吹之一曲猶未了，愁殺樓蘭征戍兒。涼秋八月蕭關道，北風吹斷天山草。崑崙山南月欲斜，胡人向月吹胡笳。胡笳怨兮將送君，秦山自己遥望隴山顔公雲。邊城夜夜多愁夢，向月胡笳誰喜聞。

只言笳声之悲，見河隴之不堪使，而惜别在言外矣。

函谷關歌送劉評事使關西

君不見，函谷關，崩城毁壁至今在。樹根草蔓遮古道，空谷千年長不改。寂寞無人空舊山，聖朝無事不須關。白馬公孫何處去，青牛老人更不還。蒼苔白骨空満地，月與古時長相似。野花不省見行人，山鳥何曾識關吏。故人方乘使者車，吾知郭丹却不如。請君時憶關外客，行到關西多致書。

劉向《七略》：『公孫龍持白馬之論以度關。』《後漢書》：郭丹，字少卿。買符入函谷關，慨然歎曰：『丹不乘使者車，終不出關。』更始二年，乘高車出關。

火山雲歌送別即小頭痛山、大頭痛山。

火山突兀赤亭口，火山五月火雲厚。火雲満山凝未開，飛鳥千里不敢来。平明乍逐胡風斷，薄暮渾隨塞雨回。繚繞斜吞鐵關樹，氛氲半掩交河戍。迢迢征路火山東，山上孤雲隨馬去。

走馬川行奉送封大夫出師西征即封常清也。參常從常清屯兵輪臺，故多邊塞之作。

君不見，走馬川行雪海邊，平沙莽莽黄入天。輪臺九月風夜吼，一川碎石大如斗，隨風満地石亂走。匈奴草黄馬正肥，金山西見烟塵飛，漢家大將西出師。將軍金甲夜不脱，半夜軍行戈相撥，風頭如刀面如割。馬毛帶雪汗氣蒸，五花連錢旋作冰，幕中草檄硯水凝。虜騎聞之應膽懾，料知短兵不敢接，軍師西門佇獻捷。

勢險節短。

句句用韵，三句一轉，此《嶧山碑》文法也。《唐中興頌》亦然。

輪臺歌奉送封大夫出師西征

輪臺城頭夜吹角，輪臺城北旄頭落。羽書昨夜過渠黎，單于已在金山西。戍樓西望烟塵黑，漢兵屯在輪臺北。上將擁旄西出征，平明吹笛大軍行。四邊伐鼓雪海湧，三軍大呼陰山動。虜塞兵氣連雲屯，戰場白骨纏草根。劒河風急雲片闊，沙口石凍馬蹄脱。亞相勤王甘苦辛，即指上將。誓將報主静邊塵。古來青史誰不見，今見功名勝古人。

白雪歌送武判官歸

北風捲地白草折，胡天八月即飛雪。忽如一夜春風来，千樹萬樹梨花開。散入珠簾濕羅幕，狐裘不暖錦衾薄。將軍角弓不得控，都護鐵衣冷難著。瀚海闌干百丈冰，闌干，猶言盛也。愁雲慘淡萬里凝。中軍置酒飲歸客，下言送别。胡琴琵琶與羌笛。紛紛暮雪下轅門，風掣紅旗凍不翻。輪臺東門送君去，去時雪满天山路。山迴路轉不見君，雪上空留馬行處。去路不盡。

衛節度赤驃馬歌

君家赤驃畫不得，一團旋風桃花色。紅纓紫纏珊瑚鞭，玉鞍錦韉黄金勒。請君鞲出看君騎，尾長窣地如紅絲。自矜諸馬皆不及，却憶百金初買時。香街紫陌鳳城内，满城見者誰不愛。揚鞭驟急白汗流，弄影行驕碧蹄碎。紫髯胡兒金剪刀，平明剪出三騣高。櫪上看時獨意氣，眾中牽出偏雄豪。騎將獵向南山口，城南狐兔不復有。草頭一點疾如飛，却使蒼鷹翻向後。與少陵『豈有四蹄疾於鳥，不與八駿俱先鳴』同一意，而語更奇警。憶昨看君朝未央，鳴珂擁盖满路香。始知邊將真富貴，可憐人馬相輝光。男兒稱意得如此，駿馬長鳴北風起。侍君東去掃胡塵，爲君一日行千里。

太白胡僧歌并序。

太白中峰絶頂有胡僧，不知幾百歲。眉長數寸，身不製繒帛，衣以草葉，恒持伽經。雲壁迥絶，人迹罕到。嘗東峰有鬥虎，弱者將死，僧杖而解之。西湫有毒龍，久而爲患，僧器而貯之。商山趙叟，前年采茯苓，深入太白，偶值此僧。訪我而説，予恒有獨往之意，聞而悦之，乃爲歌曰：

聞有胡僧在太白，蘭若去天三百尺。一持楞伽入中峰，世人難見但聞鐘。窗邊錫杖解兩虎，牀下鉢盂藏一龍。草衣不針復不綫，兩耳垂肩眉覆面。此僧年幾那得知，手種青松今十圍。心將流水同清浄，身與浮雲無是非。商山老人已曾識，願一見之何由得。山中有僧人不知，城裏看山空黛色。

言城裏但知有山也，足上一句意。

西亭子送李司馬

高高亭子郡城西，直上千尺與雲齊。盤崖緣壁試攀躋，群山向下飛鳥低。使君五馬天半嘶，絲繩玉壺爲君提。坐來一望無端倪，紅花緑柳鶯亂啼。千家萬井連迴溪，酒行未醉聞暮雞，點筆操紙爲君題。爲君題，惜解携。草萋萋，没馬蹄。

與獨孤漸道别長句兼呈嚴八侍御

輪臺客舍春草满，潁陽歸客腸堪斷。窮荒絶漠鳥不飛，萬磧千山夢猶懶。憐君白面一書生，讀書千卷未成名。五貴侯門脚不到，數畝山田身自耕。興来浪迹無遠近，及至辭家憶鄉信。無事垂鞭信馬頭，西南幾欲窮天盡。奉使三年獨未歸，自己。邊頭詞客舊來稀。借問君来得幾日，到家不覺换春衣。高齋清書卷羅幕，預言其歸家以後。紗帽接離慵不著。中酒朝眠日色高，彈棋夜半燈花落。冰片高堆金錯盤，满堂凛凛五月寒。桂林蒲桃新吐蔓，武城刺蜜未可餐。軍中置酒夜撾鼓，忽入别筵，淋漓盡致。錦筵紅燭月未午。花門將軍善胡歌，葉河蕃王能漢語。知爾園林壓渭濱，夫人堂上泣羅裙。魚龍川北磐谿雨，鳥鼠山西洮水雲。臺中嚴公於我厚，别後新詩满人口。自憐棄置天西頭，因君爲問相思否。

此詩硬轉突接，不須蛛絲馬迹，古詩中另是一格。

李頎 東川比高、岑多和緩之響。

古意

男兒事長征，少小幽燕客。賭勝馬蹄下，由来輕七尺。殺人莫敢前，鬚如蝟毛磔。黄雲隴底白雪飛，未得報恩不能歸。遼東小婦年十五，慣彈琵琶解歌舞。今爲羌笛出塞声，使我三軍淚如雨。

古從軍行

白首登山望烽火，黄昏飲馬傍交河。行人刁斗風沙暗，公主琵琶幽怨多。野雲萬里無城郭，雨雪紛紛連大漠。胡雁哀鳴夜夜飛，胡兒眼淚雙雙落。聞道玉門猶被遮，應將性命逐輕車。年年戰骨埋荒外，空見蒲桃入漢家。

以人命換塞外之物，失策甚矣。爲開邊者垂戒，故作此詩。

古行路難

漢家名臣楊德祖，四代五公享茅土。自震至脩，四代中，五爲太尉。父子兄弟綰銀黄，躍馬鳴珂朝建章。火浣單衣綉方領，茱萸錦帶玉盤囊。賓客填街復滿座，片言出口生輝光。世人逐勢争奔走，瀝膽隳肝惟恐後。當時一顧登青雲，自謂生死長隋君。一朝謝病還鄉里，窮巷蒼苔絶知己。秋風落葉閉重門，昨日論交竟誰是。薄俗嗟嗟難重陳，深山麋鹿可爲鄰。魯連所以蹈東海，古往今來稱達人。

此借楊氏發論，爲勢利之徒言之。末言魯連蹈海，正能一空勢利之見耳。

送劉昱

八月寒葦花，秋江浪頭白。北風吹五兩，誰是潯陽客。鸕鷀山頭宿雨晴，揚州郭裏暮潮生。行人夜宿金陵渚，試聽沙邊有雁聲。郭璞《江賦》『覘五兩之動静』，謂候風羽也。

崔五丈圖屏風各賦一物得烏孫佩刀

烏孫腰間佩兩刀，刃可吹毛錦爲帶。握中枕宿穹廬室，此言藏。馬上割飛蠮螉塞。此言用。執之魍魎誰能前，氣凛清風沙漠邊。磨用陰山一片石，洗將胡地獨流泉。主人屏風寫奇狀，鐵鞘金鐶儼相向。回頭瞪目時一看，使予心在江湖上。寸心亦爲飛越。

《晋載紀》：慕容皝率騎出蠮螉塞。

愛敬寺古藤歌

古藤池水盤樹根，左攫右拏龍虎蹲。横空直上相陵突，丰茸離纚若無骨。風雷霹靂連黑枝，人言其下藏妖魑。空庭落葉乍開合，十月苦寒常倒垂。憶昨花飛满空殿，密葉吹香飯僧遍。南階雙桐一百尺，相與年年老霜霰。

送劉十

三十不官亦不娶，時人焉識道高下。房中惟有老氏經，櫪上空餘少游馬。往來嵩華與函秦，放歌一曲前山春。西林獨鶴引閑步，南澗飛泉清角巾。前年上書不得意，歸卧東山兀然醉。諸兄相繼掌青史，第五之名齊驃騎。烹葵摘果告我行，落日夏雲縱復横。聞道謝安掩口笑，知君不免爲蒼生。

别梁鍠

梁生倜儻心不羈，途窮氣蓋長安兒。回頭轉眄侣雕鶚，有志飛鳴人豈知。雖云四十無禄位，曾與大軍掌書記。抗辭請刃誅部曲，作色論兵犯二帥。一言不合龍額侯，漢韓説封龍額侯。擊劍拂衣從此棄。朝朝飲酒黄公壚，脱帽露頂争叫呼。庭中犢鼻昔常挂，懷裏琅玕今在無。時人見子多落魄，共笑狂歌非遠圖。忽然遺躍紫騮馬，還是昂藏一丈夫。洛陽城頭曉霜白，層冰峨峨滿川澤。但聞行路吟新詩，不歎舉家無儋石。莫言貧賤長可欺，覆簣成山當有時。莫言富貴長可託，木槿朝看暮還落。不見古時塞上翁，倚伏由來任天作。去去滄波勿復陳，五湖三江愁殺人。結有世路風波意，非專言江湖難涉也。

琴歌送别

主人有酒歡今夕，請奏鳴琴廣陵客。月照城頭烏半飛，霜凄萬木風入衣。銅鑪華燭燭增輝，初彈淥水後楚妃。一声已動物皆静，四座無言星欲稀。清淮奉使千餘里，敢告雲山從此始。比『高堂如空山，能使江月白』等語更微、更遠。

王維

送友人歸山歌二首

山寂寂兮無人，又蒼蒼兮多木。群龍兮滿朝，君何爲兮空谷。文寡和兮思深，道難知兮行獸。悦石上兮流泉，與松間兮草屋。入雲中兮養雞，上山頭兮抱犢。神與棗兮如瓜，虎賣杏兮收穀。《神仙傳》：董奉種杏數萬株，買杏者將穀一器置倉中，即自往取一器。若穀少杏多，有虎逐之。愧不才兮妨賢，嫌既老兮貪禄。誓解印兮相從，何詹尹兮可卜。

山中人兮欲歸，雲冥冥兮雨霏霏。水驚波兮翠菅靡，白鷺忽兮翻飛，君不可兮褰衣。山萬重兮一雲，混天地兮不分。樹晻曖兮氛氲，猨不見兮空聞。忽山西兮夕陽，見東皋兮遠村。平蕪緑兮千里，眇惆悵兮思君。

『山萬重兮』以下，寫去後情事，如披畫圖。

隴頭吟

長城少年游俠客，夜上戍樓看太白。隴頭明月尚臨關，隴上行人夜吹笛。關西老將不勝愁，駐馬聽之雙淚流。曾經大小百餘戰，麾下偏裨萬户侯。蘇武纔爲典屬國，節旄空落海西頭。

少年看太白星，欲以立邊功，自命也。然老將百戰不侯，蘇武祇邀薄賞，邊功豈易立哉！

夷門歌侯嬴抱關處。

七國雄雌猶未分，攻城殺將何紛紛。秦兵益圍邯鄲急，魏王不救平原君。公子爲嬴停駟馬，執轡逾恭意逾下。亥爲屠肆鼓刀人，嬴乃夷門抱關者。非但慷慨獻奇謀，意氣兼將身命酬。向風刎頸送公子，七十老翁何所求。

言老翁之刎頸，豈有所求於公子耶，特以意氣相激故耳！

洛陽女兒行

洛陽女兒對門居，纔可顔容十五餘。良人玉勒乘驄馬，侍女金盤膾鯉魚。畫閣朱樓盡相望，紅桃緑柳垂簷向。羅帷送上七香車，寶扇迎歸九華帳。狂夫富貴在青春，意氣驕奢劇季倫。自憐碧玉親教舞，不惜珊瑚持與人。春窗曙滅九微火，九微片片飛花瑣。戲罷曾無理曲時，妝成祇是薰香坐。城中相識盡繁華，日夜經過趙李家。誰憐越女顏如玉，貧賤江頭自浣紗。

結意況君子不遇也，與《西施咏》同一寄託。

老將行

此種詩純以隊仗勝，學詩者不能從李、杜入，右丞常侍自有門逕可尋。

少年十五二十時，步行奪取胡馬騎。射殺山中白額虎，肯數鄴下黄鬚兒。曹彰。一身轉戰三千里，一劍曾當百萬師。漢兵奮迅如霹靂，虜騎崩騰畏蒺藜。衛青不敗由天幸，誤與高常侍同。李廣無功緣數奇。自從棄置便衰朽，世事蹉跎成白首。昔時飛箭無全目，鮑照詩：『驚雀無全目。』今日垂楊生左肘。亦誤用。路傍時賣故侯瓜，門前學種先生柳。蒼茫古木連窮巷，寥落寒山對虚牖。誓令疏勒出飛泉，耿恭拜井事。不似潁川空使酒。指灌夫。賀蘭山下陣如雲，羽檄交馳日夕聞。節使三河募年少，詔書五道出將軍。試拂鐵衣如雪色，聊持寶劍動星文。願得燕弓射天將，恥令越甲鳴吾君。雍門子狄事。莫嫌舊日雲中守，猶堪一戰立功勳。

賣瓜、種柳，極形落寞。後半寫出據鞍顧盼意，不敢以衰老自廢棄也。

《莊子》：支離叔與滑介叔觀於冥伯之邱，俄而，柳生其左肘，柳，瘍也，非楊柳之謂。

桃源行

漁舟逐水愛山春，兩岸桃花夾去津。坐看紅樹不知遠，行盡清谿不見人。山口潛行始隈隩，山開曠望旋平陸。遥看一處攢雲樹，近入千家散花竹。樵客初傳漢姓名，居人未改秦衣服。居人共住武陵源，還從物外起田園。月明松下房櫳静，日出雲中雞犬喧。驚聞俗客争来集，競引還家問都邑。平明閭巷掃花開，薄暮漁樵乘水入。初因避地去人間，及至成仙遂不還。峽裏誰知有人事，世中遥望空雲山。不疑靈境難聞見，塵心未盡思鄉縣。出洞無論隔山水，辭家終擬長遊衍。自謂經過舊不迷，安知峰壑今来變。當時只記入山深，青谿幾度到雲林。春来遍是桃花水，不辨仙源何處尋。

順文敘事，不須自出意見，而夷猶容與，令人味之不盡。

答張五弟

終南有茆屋，前對終南山。終年無客長閉關，終日無心長自閒。不妨飲酒復垂釣，君但能来相往還。

同崔傅荅賢弟

洛陽才子姑蘇客，桂苑殊非故鄉陌。九江楓樹幾回青，一片揚州五湖白。揚州時有下江兵，蘭陵鎮前吹笛聲。夜火人歸富春郭，秋風鶴唳石頭城。周郎瑜陸弟遜爲儔侣，對舞前谿歌白紵。曲几書留小史家，王羲之事。草堂棋賭山陰墅。謝安事。衣冠若話外臺臣，先數夫君席上珍。

更聞臺閣求三語，遥想風流第一人。即阮瞻之『三語掾』。謝晦鯤風流第一。

寓疏蕩于隊仗之中，此盛唐人身分。

崔顥

七夕詞

長安城中月如練，家家此夜持針綫。仙裙玉佩空自知，天上人間不相見。長信深陰夜轉幽，玉階金閣數螢流。班姬此夕愁無限，河漢三更看斗牛。

言長信孤居，不能如牛女之一年一見也。深情無限。

孟門行

黄雀銜黄花，翩翩傍簷隙。刺讒之作，渾厚乃尔。本擬報君恩，如何反彈射。金罍美酒滿座春，平原愛才多衆賓。滿堂盡是忠義士，何意得有讒諛人。諛言反復那可道，能令君心不自保。北園新栽桃李枝，根株未固何轉移。成陰結實君自取，若問傍人那得知。

比體作結，委曲深宛，耐人尋繹。

『成陰結實』，即報恩之喻，言君宜不惑於讒人也。

孟浩然

夜歸鹿門歌

山寺鳴鐘晝已昏，漁梁渡頭争渡喧。人隨沙岸向江村，余亦乘舟歸鹿門。鹿門月照開烟樹，忽到龐公棲隱處。巖扉松逕長寂寥，唯有幽人自来去。

丁仙芝

曲阿人。開元進士，官餘杭尉。

餘杭醉歌贈吴山人

曉幙紅襟鷰，春城白項烏。只来梁上語，不向府中趨。四句比山人之高，宛然樂府。城頭坎坎鼓聲曙，滿庭新種櫻桃樹。桃花昨夜撩亂開，當軒發色映樓臺。十千兑得餘杭酒，二月春城長命杯。酒後留君待明月，還將明月送君回。

儲光羲

登戲馬臺作

君不見，宋公仗鉞誅燕後，英雄踴躍争趨走。小會衣冠呂梁壑，大徵甲卒碻磝口。天門神武樹元勳，九日茱萸饗六軍。泛泛樓船遊極浦，摇摇歌吹動浮雲。居人滿目市朝變，霸業猶存齊楚甸。泗水南流桐柏川，沂山北走瑯琊縣。滄海沉沉晨霧開，彭城烈烈秋風来。少年自言未得意，日暮蕭條登古臺。

張謂

贈喬林

去年上策不見收，今年寄食仍淹留。羨君有酒能便醉，羨君無錢能不憂。如今五侯不待客，羨君不入五侯宅。如今七貴方自尊，羨君不過七貴門。丈夫會應有知己，世上悠悠安足論。

兀傲之氣如見。

湖中對酒作

夜坐不厌湖上月，晝行不厭湖上山。眼前一樽又常满，心中萬事如等閒。主人有黍萬餘石，濁醪數斗應不惜。即今相對不盡歡，別後相思復何益。茱萸灣頭歸路賒，願君且宿黄公家。風光若此人不醉，參差孤負東園花。

伐〔一〕北州老翁答

負薪老翁住北州，北望鄉關生客愁。自言老翁有三子，兩人已向黄沙死。如今小兒新長成，明年聞道又徵兵。定知此別必零落，不及相隨同死生。盡將田宅借鄰伍，且復伶俜去鄉土。在生本求多子孫，及有誰知更辛苦。近傳天子尊武臣，應是天寶之末。强兵直欲静胡塵。安邊自合有長策，何必流離中國人。

爲明皇黷武而言，與老杜《石壕吏》相似。

〔一〕伐：《全唐詩》及《杜詩詳注》等均作『代』。

王昌齡

城傍曲

秋風鳴桑條，草白狐兔驕。邯鄲飲來酒未消，城北原平掣皂雕。射殺空營兩騰虎，迴身却月佩弓弰。

猶《齊風》『子之還』『盧令令』等篇。

烏棲曲

白馬逐朱車，黄昏入狹斜。柳樹烏争宿，争枝未得飛上屋。東房少婦婿從軍，每聽烏啼知夜分。

重訂唐詩別裁集卷六

長洲沈德潛歸愚選

李　白

太白七言古想落天外，局自變生。大江無風，波浪自湧，白雲從空，隨風變滅。此殆天授，非人可及！集中如《笑矣乎》《悲来乎》《懷素草書歌》等作，皆五代凡庸子所擬，後人無識，將此種入選，嗸訛者指太白爲粗淺人作俑矣。讀李詩者，于雄快之中，得其深遠宕逸之神，才是謫仙人面目。

遠別離

遠別離，古有英皇之二女，乃在洞庭之南，瀟湘之浦。海水直下萬里深，誰人不言此離苦。日慘慘兮雲冥冥，猩猩啼烟兮鬼嘯雨，我縱言之將何補。皇穹竊恐不照余之忠誠，指肅宗。雲憑憑兮欲吼怒。《天問》曰『康回憑怒』。堯舜當之亦禪禹，禪位。君失臣兮龍爲魚，明皇。權歸臣兮鼠變虎。肅宗。或言堯幽囚，見《竹書》。舜野死。九疑連綿皆相似，重瞳孤墳竟何是。帝子泣兮緑雲間，竹也。隨風波兮去無還。慟哭兮遠望，見蒼梧之深山。蒼梧山崩湘水絶，竹上之淚乃可滅。言此恨不絶。

玄宗禪位於肅宗，宦者李輔國謂：『上皇居興慶宫，交通外人，将不利於陛下。』於是徙上皇於西内，怏怏，不逾時而崩。詩盖指此也。太白失位之人，雖言何補，故託弔古以致諷焉。

蜀道難

噫吁嚱，危乎高哉！蜀道之難，難于上青天。蠶叢及魚鳧，蜀王始祖名。開國何茫然。爾來四萬八千歲，不與秦塞通人烟。西當太白有鳥道，可以横絶峨眉巔。地崩山摧壯士死，五丁開山，死於山中。然後天梯石棧相鈎連。上有六龍迴日之高標，下有衝波逆折之迴川。黄鶴之飛尚不得過，猿猱欲度愁攀緣。青泥何盤盤，百步九折縈巖巒。捫參歷井仰脅息，以手撫膺坐長歎。問君西遊何時還，畏途巉巖不可攀。但見悲鳥號古木，雄飛雌從繞林間。又聞子規啼夜月，愁空山。蜀道之難，難於上青天，使人聽此凋朱顔。連峰去天不盈尺，枯松倒挂倚絶壁。飛湍瀑流争喧豗，砯崖轉石萬壑雷。其險也若此，嗟爾遠道之人，胡爲乎來哉。總束三語，千鈞筆力。劍閣崢嶸而崔嵬，一夫當關，萬夫莫開。所守或非親，化爲狼與豺。朝避猛虎，夕避長蛇。磨牙吮血，殺人如麻。錦城雖云樂，不如早還家。恐蜀地有發難之人，則乘輿危矣！故望其早還帝都也。通篇結穴。蜀道之難，難於上青天，側身西望長咨嗟。

諸解紛紛。蕭士贇謂禄山亂華，天子幸蜀而作，爲得其解。臣子忠愛之辭，不比尋常穿鑿。筆陣縱横，如虯飛蠖動，起雷霆於指顧之間。任華、盧仝輩仿之，適得其怪耳。太白所以爲仙才也。

烏夜啼

黄雲城邊烏欲棲，歸飛啞啞枝上啼。機中織錦秦川女，碧紗如烟隔窗語。停梭悵然憶遠人，獨宿空房淚如雨。

蘊含深遠，不須語言之煩。賀知章讀《烏夜啼》諸樂府，因重太白，薦於明皇。

烏棲曲

姑蘇臺上烏棲時，吴王宫裏醉西施。吴歌楚舞歡未畢，青山欲銜半邊日。銀箭金壺漏水多，起看秋月墜江波。東方漸高奈樂何！末句爲樂難久也，綴一單句，格奇。

戰城南

去年戰桑乾源，今年戰葱河道。洗兵條支海上波，放馬天山雪中草。萬里長征戰，三軍盡哀老。匈奴以殺戮爲畊作，古来惟見白骨黄沙田。奇句。秦家築城避胡處，漢家還有烽火然。烽火然不息，征戰無已時。野戰格鬥死，敗馬嘶鳴向天悲。烏鳶啄人腸，銜飛上挂枯樹枝。士卒塗草莽，將軍空爾爲。乃知兵者是凶器，端莊語以揺曳出之。聖人不得已而用之。末句用《老子》。

飛龍引二首

黄帝鑄鼎于荆山，煉丹砂。丹砂成黄金，騎龍飛上太清家。雲愁海思令人嗟，宫中綵女顔如花。飄然揮手凌紫霞，從風縱體登鑾車。登鑾車，侍軒轅。遨遊青天中，其樂不可言。

鼎湖流水清且閒，軒轅去時有弓劍。古人傳道留其間，後宫嬋娟多花顔。乘鸞飛烟去不還，騎龍攀天造天關。造天關，聞天語，長雲河車載玉女。載玉女，過紫皇，紫皇乃賜白兔所擣之藥方。後天而老凋三光，下視瑶池見王母，蛾眉蕭颯如秋霜。後天而老，猶蛾眉蕭颯，則不老者先老矣，學仙何爲哉？

長相思二首

長相思，在長安。絡緯秋啼金井闌，微霜凄凄簟色寒。孤燈不明思欲絶，卷帷望月空長歎，美人如花隔雲端。指夫君言。上有青冥之長天，下有緑水之波瀾。天長地遠魂飛苦，夢魂不到關山難。長相思，摧心肝。

日色欲盡花含烟，月明欲素愁不眠。趙瑟初停鳳凰柱，蜀琴欲奏鴛鴦弦。此曲有意無人傳，願隨春風寄燕然。憶君迢迢隔青天，昔時横波目，今作流淚泉。不信妾腸斷，歸來看取明鏡前。怨而不怒。

上留田行

上留田，地名。其地有人父母死而不字其弟者。爲弟作歌，以諷其兄，故名《上留田》。亦古樂府。

行至上留田，孤墳何崢嶸。積此萬古恨，春草不復生。悲風四邊來，腸斷白楊声。借問誰家地，埋没蒿里塋。古老向余言，言是上留田，蓬科馬鬣皆已平。昔之弟死兄不葬，他人於此舉銘旌。一鳥死，百鳥鳴。一獸走，百獸驚。桓山之禽别離苦，見《説苑》，顔子對孔子語。欲去回翔不能征。田氏倉卒骨肉分，青天白日摧紫荆。交柯之木本同形，東枝顦顇西枝榮。無心之物尚如此，參商胡乃尋天兵。孤竹延陵，讓國揚名。高風緜邈，頹波激清。促節繁音，如聞樂章之亂。

尺布之謠，塞耳不能聽。

末以孤竹、延陵，漢文、淮南爲言，知此非同泛然而作也。太白每借古題以諷時事，豈有感於永王璘之死而爲是言與？

夷則格上白鳩拂舞辭此歌而且舞之辭。

鏗鳴鐘，考朗鼓。歌白鳩，引拂舞。白鳩之白誰與鄰，霜衣雪襟誠可珍，含哺七子能平均。食不噎，性安馴首農政，鳴陽春。鳲鳩拂羽。天子刻玉杖，鏤形賜耆人。白鷺之白非純真，外潔其色心匪仁。闕五德，無司晨，非必有惡於白鷺，藉以譏外潔内污者耳。胡爲啄我葭下之紫鱗。鷹鸇雕鶚，貪而好殺。鳳凰雖大聖，不願以爲臣。

時多酷吏與聚斂之臣，故作是詩以刺。

獨漉篇晋人古詞，本或斷或續，太白亦以此體彷之。中三解未易窺測，恐强解之，轉成穿鑿耳。

獨漉水中泥，水濁不見月。不見月尚可，水深行人没。越鳥從南來，胡鷹亦北渡。我欲彎弓向天射，惜其中道失歸路。落葉别樹，飄零隨風。客無所托，悲與此同。羅幃舒卷，似有人開。明月直入，無心可猜。雄劍挂壁，時時龍鳴。不斷犀象，繡澀苔生。國耻未雪，何由成名。神鷹夢澤，不顧鴟鳶。爲君一擊，鵬摶九天。

原詞爲父報讎，太白爲國雪耻。中作六解，似嶺斷雲連，若離若合，不能强作一意。『雄劍挂壁』以下，言豪士爲國雪耻，當立大功以成名，猶鷹之不顧凡鳥，而擊九天之鵬也。

登高丘而望遠海

登高丘，望遠海。六鰲骨已霜，三山流安在。扶桑半摧折，白日沉光彩。銀臺金闕如夢中，秦皇漢武空相待。精衛費木石，黿鼉無所憑。君不見，驪山茂陵盡灰滅，牧羊之子來攀登。盜賊劫寶玉，精靈竟何能。窮兵黷武今如此，鼎湖飛龍安可乘。

楊叛兒

此童謡也。北齊胡太后寵楊旻，童謡云：『楊婆兒，共戲來。』語訛轉婆爲叛。篇中非咏其事。

君歌楊叛兒，妾勸新豐酒。何許最關人，烏啼白門柳。烏啼隱楊花，君醉留妾家。博山爐中沉香火，雙烟一氣凌紫霞。

即《子夜》《讀曲》意，而語不嫚褻，故知君子言有則也。

白頭吟《西京雜記》云，《白頭吟》，卓文君作。

錦水東北流，波蕩雙鴛鴦。雄巢漢宫樹，雌弄秦草芳。寧同萬死碎綺翼，不忍雲間兩分張。此時阿嬌正嬌妒，獨坐長門愁日暮。但願君恩顧妾深，豈惜黄金買詞賦。相如作賦得黄金，丈夫好新多異心。一朝將聘茂陵女，文君因贈白頭吟。東流不作西歸水，落花辭條羞故林。兔絲固無情，隨風任顛倒。誰使女蘿枝，而來强縈抱。兩草猶一心，人心不如草。信手寫來，無不入妙。莫捲龍鬚席，從他生網絲。且留琥珀枕，或有夢來時。覆水再收豈滿杯，棄妾已去離重迴。古來得意不相負，祇今唯見青陵臺。韓憑與婦俱以義死，故云。

太白詩固多寄託，然必欲事事牽合，謂此指廢王皇后事，殊支離也。

久别離

别來幾春未還家，玉窗五見櫻桃花。况有錦字書，開緘使人嗟。至此腸斷彼心絶。雲鬟绿鬢罷梳結，愁如迴飆亂白雪。去年寄書報陽臺，今年寄書重相催。東風兮東風，爲我吹行雲使西來。待來竟不來，落花寂寂委青苔。

日出入行

日出東方隈，似從地底來。歷天又入海，六龍所舍安在哉。其始與終古不息，人非元氣，安得與之久徘徊。草不謝榮於春風，木不怨落於秋天。誰揮鞭筴駈四運，萬物興歇皆自然。羲和，羲和，汝何汨没於荒淫之陂。〔一〕魯陽何德，駐景揮戈。逆天違道，矯誣實多。我將囊括大塊，浩然與溟涬同科。

言魯陽揮戈之矯誣，不如委順造化之自然也。總見學仙之謬。

幽澗泉琴操

拂彼白石，彈我素琴。幽澗愀兮流泉深。善手明徽，高張清心。寂歷似千古松，颼飀兮萬尋。中見愁猿弔影而危處兮，叫秋木而長吟。客有哀時失職而聽者，淚淋浪以沾襟。乃緝商綴羽，潺湲成音。吾但寫聲發情於妙指，殊不知此曲之古今。幽澗泉，鳴深林。松響猿吟，從琴中寫出，俱可以例澗泉也。縱筆揮灑，泠泠有聲。

〔一〕陂，《全唐詩》作『波』。

梁父吟《梁父吟》始於曾子，後諸葛孔明作《梁父吟》。

長嘯梁父吟，何時見陽春。君不見，朝歌屠叟辭棘津，八十西來釣渭濱。寧羞白髮照清水，逢時吐氣思經綸。廣張三千六百釣，風期暗與文王親。地有三千六百軸，太公合天下而釣之，得與文王相遇也。大賢虎變愚不測，當年頗似尋常人。君不見，高陽酒徒起草中，長揖山東隆準公。入門不拜逞雄辨，兩女輟洗來趨風。東下齊城七十二，指揮楚漢如旋蓬。狂客落魄尚如此，何況壯士當群雄。自謂。吾欲攀龍見明主，一段見朝之權貴、女子、小人，擁過主聽，忠言不得上陳也。雷公砰訇震天鼓。帝旁投壺多玉女，三時大笑開電光，倏爍晦冥起風雨。閶闔九門不可通，以額觸關閽者怒。白日不照我精誠，杞國無事憂天傾。知時之將亂。見君子小人並列，而人主不知，猰貐磨牙競人肉，騶虞不折生草莖。手接飛猱搏雕虎，側足焦原未言苦。我欲起而除去奸惡，猶接飛猱、搏雕虎，不自言苦也。智者可卷愚者豪，以愚自謂。世人見我輕鴻毛。力排南山三壯士，齊相殺之費二桃。言衆人害己之易。吴楚弄兵無劇孟，亞夫咍爾爲徒勞。言朝無賢人，何以爲國，仍望世之用己也。梁父吟，聲正悲。張公兩龍劍，神物合有時。風雲感會起屠釣，大人嵲屼當安之。言己安於困厄以俟時。

始言吕尚之耄年、酈食其之狂士，猶乘時遇合。爲壯士者，正當自奮然。欲以忠言寤主，而權奸當道，言路壅塞，非不願剪除之，而人主不聽，恐爲匪人戕害也。究之，論其常理，終當以賢輔國，惟安命以俟有爲而已。後半拉雜使事，而不見其迹，以氣勝也。若無太白本領，不易追逐。

北風行

燭龍棲寒門，光曜猶旦開。日月照之何不及此，惟有北風號怒天上來。燕山雪花大如席，片片吹落軒轅臺。幽州思婦十二月，停歌罷笑雙蛾摧。倚門望行人，念君長城苦寒良可哀。別時提劍救邊去，遺此虎紋金鞞靫。中有一雙白羽箭，蜘蛛結網生塵埃。箭空在，人愁戰死不復迴。人愁戰死，「愁」字，諸本譌作「今」字，從原本正之。不忍見此物，焚之已成灰。黄河捧土尚可塞，北風雨雪恨難裁。

《淮南子》：燭龍，人身龍面而無足，八紘之外有八極，北極之山曰寒門。

山人勸酒

蒼蒼雲松，落落綺皓。春風爾來爲阿誰，蝴蝶忽然滿芳草。秀眉霜雪顔桃花，骨清髓緑長美好。稱是秦時避世人，勸酒相歡不知老。各守麋鹿志，耻隨龍虎争。欻起佐天子，漢皇乃復驚。顧謂戚夫人，彼翁羽翼成。歸來商山下，泛若雲無情。舉觴酬巢由，洗耳何獨清。浩歌望嵩嶽，意氣還相傾。

襄陽曲

落日欲没峴山西，倒著接䍦花下迷。襄陽小兒齊拍手，攔街争唱《白銅鞮》。《白銅鞮》，梁武帝時童謡。傍人借問笑何事，笑殺山翁醉似泥。鸕鷀杓，鸚鵡杯。百年三萬六千日，一日須傾三百杯。遥看漢水鴨頭緑，恰似葡萄初醱醅。〔一〕妙於形容。此江若變作春酒，壘麴便築糟邱臺。千金駿馬换小妾，笑坐雕鞍歌落梅。車傍側掛一壺酒，鳳笙龍管行相催。咸陽市中歎黄犬，何如月下傾金罍。君不見，晉朝羊公一片石，龜頭剥落生莓苔。淚亦不能爲之墮，心亦不能爲之哀。清風朗月不用一錢買，玉山自倒非人推。舒州杓，力士鐺。李白與爾同死生。襄王雲雨今安在，江水東流猿夜聲。

羊叔子之《峴山碑》猶然磨滅，無人墮淚，况尋常富貴乎？不如韜精沉飲之爲樂也。「清風明月」二語，歐陽公謂足以驚動千古，信然！

《地理志》：舒州道士貢酒器、鐵器。《韋堅傳》：有豫章力士瓷飲器。

〔一〕 醅，應是刻寫之誤，本字『醅』。

江上吟

木蘭之枻沙棠舟，玉簫金管坐兩頭。美酒樽中置千斛，載妓隨波任去留。仙人有待乘黄鶴，海客無心隨白鷗。屈平詞賦懸日月，楚王臺榭空山丘。興酣落筆摇五嶽，詩成笑傲凌滄洲。功名富貴若長在，漢水亦應西北流。言必無之理。

侍從宜春苑奉詔賦龍池柳色初青聽新鶯百囀歌

東風已緑瀛洲草，紫殿紅樓覺春好。池南柳色半青青，縈烟裊娜拂綺城。垂絲百尺挂雕楹，上有好鳥相和鳴，間關早得春風情。春風卷入碧雲去，千門萬户皆春聲。是時君王在鎬京，五雲垂暉耀紫清。仗出金宫隨日轉，天迴玉輦繞花行。始向蓬萊看舞鶴，還過茝若聽新鶯。新鶯飛繞上林苑，願入簫韶雜鳳笙。應制詩有此，非仙才不能。

《西都賦》：後宫則有茝若椒風。諸本作茞石者誤。

三唐應制詩以此篇及摩詰之「雲裏帝城」「雨中春樹」爲最上。

寄王屋山人孟大融

我昔東海上，勞山餐紫霞。親見安期公，食棗大如瓜。中年謁漢主，不愜還歸家。自謂也。

安期生見項羽，不見漢主。朱顔謝春暉，白髮見生涯。所期就金液，飛步登雲車。願隨夫子天壇上，閒與仙人掃落花。

鳴皋歌送岑徵君自注：時梁園三尺雪。在清泠池作。

若有人兮思鳴皋，阻積雪兮心煩勞。洪河凌兢不可以徑度，冰龍鱗兮難容舠。邈仙山之峻極兮，聞天籟之嘈嘈。霜厓縞皓以合沓兮，若長風扇海湧滄溟之波濤。玄猿緑羆，舔舕崟岌。危柯振石，駭膽慄魄，群呼而相號。疊四句，而以第五句爲一韵，四句之中又成二韵，變化已極。峰峥嶸而路絶，挂星辰于巖嶅。送君之歸兮，動鳴皋之新作。交鼓吹兮彈絲，觴清泠之池閣。君不行兮何待，若返顧之黄鶴。掃梁園之群英，振大雅於東洛。巾征軒兮歷阻折，尋幽居兮越巇崿。盤白石兮坐素月，琴松風兮寂萬壑。望不見兮心氛氲，蘿冥冥兮霰紛紛。此一段寫送别以後幽居寂寞之況，恰好引起下段。水横洞以下緑〔一〕，波小聲而上聞。虎嘯谷而生風，龍藏溪而吐雲。寡鶴清唳，飢鼯嚬呻。魂獨處此幽默兮，愀空山而愁人。雞聚族以争食，鳳孤飛而無鄰。蝘蜓嘲龍，魚目混珍。嫫母衣錦，西施負薪。西施鬻薪，見《吴越春秋》。若使巢由桎梏於軒冕兮，亦奚異乎夔龍蹩躠於風塵。哭何苦而救楚，申包胥。笑何誇而却秦。魯仲連。吾誠不能學

〔一〕 緑，《全唐詩》作『渌』。

二子，沽名矯節以耀世兮，承上言。固將棄天地而遺身。白鷗兮飛來，長與君兮相親。學楚《騷》，而長短疾徐、横縱馳驟，又復變化其體，是爲仙才。

當塗趙炎少府粉圖山水歌

峨眉高極西出天，羅浮直與南溟連。名公繹思揮彩筆，驅山走海置眼前。畫筆如真。滿堂空翠如可掃，赤城霞氣蒼梧烟。洞庭瀟湘意邈綿，三江七澤情洄沿。驚濤洶湧向何處，孤舟一去迷歸年。征帆不動亦不旋，飄如隨風落天邊。心摇目斷興難盡，幾時可到三山巔。西峰峥嶸噴流泉，横石蹙水波潺湲。東崖合沓蔽輕霧，深林雜樹空芊綿。綿韻複。此中冥昧失晝夜，隱几寂聽無鳴蟬。長松之下列羽客，對坐不語南昌仙。梅福爲南昌尉，後傳爲仙。南昌仙人趙夫子，妙年歷落青雲士。訟庭無事羅衆賓，杳然如在丹青裏。真景如畫。五色粉圖安足珍，真仙可以全吾身。若待功成拂衣去，武陵桃花笑殺人。

憶舊遊寄譙郡元參軍

憶昔洛陽董糟邱，爲余天津橋南造酒樓。此只作引，引入。黄金白璧買歌笑，一醉累月輕王侯。海内賢豪青雲客，以下言元參軍。就中與君心莫逆。此言合。迴山轉海不作難，傾情倒意無所惜。我向淮南攀桂枝，君留洛北愁夢思。不忍别，還相隨。此言欲離，仍合。相隨迢迢訪仙城，三十六曲水迴縈。一溪初入千花明，萬壑度盡松風聲。銀鞍金絡倒平地，漢東太守來相迎。此賓。紫陽之真人，邀我吹玉笙。餐霞樓上動仙樂，嘈然宛似鸞鳳鳴。袖長管催欲輕舉，漢東太守醉起舞。手持錦袍覆我身，我醉橫眠枕其股。當筵意氣凌九霄，星離雨散不終朝，分飛楚關山水遥。余既還山尋故巢，君亦歸家渡渭橋。此言離。君家嚴君勇貔虎，作尹并州遏戎虜。五月相呼度太行，摧輪不道羊腸苦。行來北京歲月深，此又合。感君貴義輕黃金。瓊杯綺食青玉案，使我醉飽無歸心。時時出向城西曲，晉祠流水如碧玉。浮舟弄水簫鼓鳴，微波龍鱗莎草綠。興來携妓恣經過，其若楊花似雪何。紅妝欲醉宜斜日，百尺清潭寫翠娥。翠娥嬋娟初月輝，美人更唱舞羅衣。清風吹歌入空去，歌曲自繞行雲飛。此時行樂難再遇，西遊因獻《長楊賦》。此又離。北闕青雲不可期，東山白首還歸去。渭橋南頭一遇君，酇臺之北又離群。此兩合兩離，語從其略。問余別恨知多少，落花春暮争紛紛。言亦不可盡，情亦不可極。呼兒長跪緘此辭，寄君千里遥相憶。

叙與參軍情事，離離合合，結構分明，才情動盪，不止以縱逸見長也。老杜外誰堪與敵！

贈裴十四

朝見裴叔則，朗如行玉山。黄河落天走東海，萬里寫入胸懷間。身騎白黿不敢度，《楚詞》：「乘白黿兮，逐文魚。」金高南山買君顧。用楚成王買夫人笑事。徘徊六合無相知，飄若浮雲且西去。

『黄河落天』二語自道所得。

白雲歌送劉十六還山

秦山秦山皆白雲，白雲處處長隨君。君入楚山裏，雲亦隨君渡湘水。湘水上，女蘿衣，白雲堪卧君早歸。隨手寫去，自然流逸。

廬山謡寄盧侍御虚舟

我本楚狂人，狂歌笑孔丘。手持緑玉杖，朝別黄鶴樓。五岳尋山不辭遠，一生好入名山遊。廬山秀出南斗傍，屏風九疊雲錦張，影落明湖青黛光。金闕前開二峰長，香鑪雙劍。銀河倒挂三石梁。香鑪瀑布遥相望，迴厓沓嶂凌蒼蒼。翠影紅霞映朝日，鳥飛不到吴天長。長韵複。登高壯觀天地間，大江茫茫去不還。黄雲萬里動風色，白波九道流雪山。好爲廬山謡，興因廬山發。閒窺石鏡清我心，謝公行處蒼苔没。石鏡山，在潯陽，謝靈運所遊。早服還丹無世情，琴心三疊道初成。遥見仙人彩雲裏，手把芙蓉朝玉京。先期汗漫九垓上，願接盧敖遊太清。

先寫廬山形勝，後言尋幽不如學仙，與盧敖同游太清，此素願也。筆下殊有仙氣。

金陵酒肆留别

風吹柳花滿店香，吴姬壓酒勸客嘗。金陵子弟來相送，欲行不行各盡觴。請君試問東流水，別意與之誰短長。語不必深，寫情已足。

夢遊天姥吟留别天姥峰在天台西北境，下臨嵊縣。

海客談瀛洲，烟濤微茫信難求。引起。越人語天姥，雲霓明滅或可睹。天姥連天向天横，勢拔五岳掩赤城。天台一〔一〕萬八千丈，對此欲倒東南傾。我欲因之夢吴越，一夜飛度鏡湖月。『飛度鏡湖月』以下皆言夢中所歷。湖月照我影，送我至剡溪。謝公宿處今尚在，緑水蕩漾清猿啼。脚著謝公屐，身登青雲梯。半壁見海日，空中聞天雞。千巖萬壑路不定，迷花倚石忽已暝。熊咆龍吟殷巖泉，慄深林兮驚層巔。雲青青兮欲雨，水澹澹兮生烟。列缺霹靂，丘巒崩摧。一路離奇滅没，恍恍惚惚，是夢境、是仙境。洞天石扇，訇然中開。青冥浩蕩不見底，日月照耀金銀臺。霓爲衣兮風爲馬，雲之君兮紛紛而來下。虎鼓瑟兮鸞迴車，仙之人兮列如麻。忽魂悸以魄動，怳驚起而長嗟。夢醒。惟覺時之枕席，失向來之烟霞。世間行樂亦如此，古來萬事東流水。

〔一〕一，《全唐詩》作『四』。

因夢遊推開，見世事皆成虛幻也。別君去兮何時還，留別意只末路一點。且放白鹿青崖間，須行即騎訪名山。安能摧眉折腰事權貴，使我不得開心顏。

託言夢遊，窮形盡相，以極洞天之奇幻，至醒後頓失烟霞矣！知世間行樂，亦同一夢。安能於夢中屈身權貴乎？吾當別去，遍遊名山以終天年也。詩境雖奇，脈理極細。

灞陵行送別

送君灞陵亭，灞水流浩浩。上有無花之古樹，下有傷心之春草。我向秦人問路岐，云是王粲南登之古道。古道連綿走西京，紫闕落日浮雲生。正當今夕斷腸處，黃鸝愁絕不忍聽。

宣州謝朓樓餞別校書叔雲

棄我去者，昨日之日不可留，亂我心者，今日之日多煩憂。此種格調，太白從心化出。長風萬里送秋雁，對此可以酣高樓。蓬萊文章建安骨，中間小謝又清發。俱懷逸興壯思飛，欲上青天覽明月。抽刀斷水水更流，舉杯消愁愁更愁。人生在世不稱意，明朝散髮弄扁舟。

涇溪東亭寄鄭少府諤

我遊東亭不見君，沙上行將白鷺群。白鷺行時散飛去，又如雪點青山雲。欲往涇溪不辭遠，龍門蹙波虎轉眼。杜鵑花開春已闌，歸向陵陽釣魚晚。『虎轉眼』謂水波旋轉，有光相映，若虎眼之光。劉禹錫『汴水東流見虎文』〔一〕亦此意也。

示金陵子

金陵城東誰家子，竊聽琴聲碧窗裏。落花一片天上來，隨人直度西江水。楚歌吴語嬌不成，似能未能最有情。謝公正要東山妓，携手林泉處處行。

杜甫

少陵七言古，如建章之宫，千門萬户；如鉅鹿之戰，諸侯皆從壁上觀，膝行而前，不敢仰視；如大海之水，長風鼓浪，揚泥沙而舞，怪物靈蠢畢集。別于盛唐諸家，獨稱大宗。

太白以高勝，少陵以大勝，執金鼓而抗顔行，後人那能鼎足。

一飯未嘗忘君，其忠孝與夫子事父事君之旨有合，不可以尋常詩人例之。

〔一〕此句詩出自劉禹錫《浪淘沙》其九，原文應爲『汴水東流虎眼文』。

玄都壇歌漢武所築。

故人昔隱東蒙峰，已佩含景蒼精龍。故人今居子午谷，獨在陰崖結茅屋。屋前太古玄都壇，青石漠漠常風寒。子規夜啼山竹裂，言其聲之哀。王母晝下雲旗翻。言仙真載靈旗而下。知君此計成長往，芝草琅玕日應長。鐵鏁高垂不可攀，致身福地何蕭爽。

兵車行

車轔轔，馬蕭蕭，行人弓箭各在腰。耶孃妻子走相送，塵埃不見咸陽橋。牽衣頓足攔道哭，哭聲直上干雲霄。道旁過者問行人，行人但云點行頻。或從十五北防河，便至四十西營田。此防河歸，又出兵也。去時里正與裹頭，歸來頭白還戍邊。邊庭流血成海水，武皇開邊意未已。主意在此。君不聞，漢家山東二百州，太行山東，秦晉之地皆是。千村萬落生荆杞。縱有健婦把鋤犁，禾生隴畝無東西。況復秦兵耐苦戰，被驅不異犬與雞。長者雖有問，役夫敢申恨？且如今年冬，未休關西卒。縣官急索租，租稅從何出。信知生男惡，反是生女好。生女猶得嫁比鄰，生男埋没隨百草。君不見，青海頭，古來白骨無人收。新鬼煩冤舊鬼哭，天陰雨濕聲啾啾。以人哭始，以鬼哭終，照應在有意無意。

詩爲明皇用兵吐蕃而作，設爲問答，聲音、節奏，純從古樂府得來。

高都護驄馬行名仙芝。

安西都護胡青驄，聲價欻然來向東。此馬臨陣久無敵，與人一心成大功。即『真堪託死生意』。功成惠養隨所致，飄飄遠自流沙至。雄姿未受伏櫪恩，猛氣猶思戰場利。腕促蹄高如踣鐵，交河幾蹴曾冰裂。五花散作雲滿身，萬里方看汗流血。長安壯兒不敢騎，走過掣電傾城知。青絲絡頭爲君老，何由却出橫門道。思馳驅于戰場，隱然爲老將寫照。《三輔黄圖》：長安城北出西頭第一門，名横門。横，音光。

結處悠揚不盡者，或四語、或六語，以傳其神。若二語用韵，戛然而止，此又專取簡捷，如此篇是也。

天育驃騎歌天育，廐名。

吾聞天子之馬走千里，今之畫圖無乃是。是何意態雄且傑，駿尾蕭梢朔風起。毛爲綠縹兩耳黄，眼有紫焰雙瞳方。矯矯龍性合變化，卓立天骨森開張。伊昔太僕張景順，監牧攻駒閱清峻。遂令大奴守天育，別養驥子憐神駿。當時四十萬匹馬，張公歎其材盡下。目中無物，敢下此筆。故獨寫真傳世人，見之座右久更新。年多物化空形影，嗚呼健步無由騁。如今豈無騕褭與驊騮，時無王良伯樂死即休。

醉時歌原注：贈廣文館博士鄭虔。

諸公袞袞登臺省，廣文先生官獨冷。甲第紛紛厭粱肉，廣文先生飯不足。先生有道出羲皇，先生有才過屈宋。轉韻、出韻，此詩偶見。德尊一代常坎軻，名垂萬古知何用。杜陵野客人更嗤，被褐短窄鬢如絲。日糴太倉五升米，時赴鄭老同襟期。得錢即相覓，沽酒不復疑。忘形到爾汝，痛飲真吾師。清夜沈沈動春酌，燈前細雨簷花落。但覺高歌有鬼神，焉知餓死填溝壑。悲壯淋漓。相如逸才親滌器，子雲識字終投閣。先生早賦歸去來，石田茅屋荒蒼苔。儒術於我何有哉，孔丘盜跖俱塵埃。本《莊子·盜跖篇》，見賢愚同盡，不如託之飲酒。不須聞此意慘愴，生前相遇且銜杯。故作曠達語，而不平之意自在。

醉歌行原注：別從姪勤落第歸。

陸機二十作《文賦》，汝更小年能綴文。總角草書又神速，世上兒子徒紛紛。驊騮作駒已汗血，鷙鳥舉翮連青雲。詞源倒流三峽水，筆陣獨掃千人軍。只今年纔十六七，射策君門期第一。舊穿楊葉真自知，頂射策。暫蹶霜蹄未爲失。頂驊騮。偶然擢秀非難取，會是排風有毛質。頂鷙鳥。汝身已見唾成珠，汝伯何由髮如漆。春光淡沲秦東亭，渚蒲芽白水荇青。風吹客衣日杲杲，樹攪離思花冥冥。送別情景突然接入，開後人無限法門。酒盡沙頭雙玉瓶，衆賓皆醉我獨醒。乃知貧賤別更苦，吞聲躑躅涕淚零。醉歌意只用一點，與贈鄭作自別。

送孔巢父謝病歸遊江東兼呈李白

巢父掉頭不肯住，東將入海隨烟霧。飄忽。詩卷長留天地間，釣竿欲拂珊瑚樹。深山大澤龍蛇遠，春寒野陰風景暮。蓬萊織女迴雲車，指點虛無是征路。李杜多縹緲恍惚語，其原蓋出于《騷》。自是君身有仙骨，世人那得知其故。惜君只欲苦死留，富貴何如草頭露。蔡侯靜者意有餘，清夜置酒臨前除。罷琴惆悵月照席，幾歲寄我空中書。望孔之別後寄書，只用一點。南尋禹穴見李白，道甫問訊今何如。

巢父歸隱學仙，故詩中多縹緲欲仙語。

飲中八仙歌

知章騎馬似乘船，眼花落井水底眠。
汝陽三斗始朝天，道逢麴車口流涎，恨不移封向酒泉。
左相日興費萬錢，飲如長鯨吸百川，銜杯樂聖稱避賢。
宗之瀟灑美少年，舉觴白眼望青天，皎如玉樹臨風前。
蘇晋長齋繡佛前，醉中往往愛逃禪。

李白一斗詩百篇，長安市上酒家眠，天子呼來不上船，自稱臣是酒中仙。

張旭三杯草聖傳，脱帽露頂王公前，揮毫落紙如雲烟。

焦遂五斗方卓然，高談雄辯驚四筵。前不用起，後不用收，中間參差歷落。似八章，仍似一章，格法古未曾有。每人各贈幾語，故有重韵而不妨礙。

曲江

自斷此生休問天，杜曲幸有桑麻田，故將移住南山邊。短衣匹馬隨李廣，看射猛虎終殘年。

貧交行

翻手作雲覆手雨，紛紛輕薄何須數。一語説得盡。君不見，管鮑貧時交，此道今人棄如土。

麗人行

三月三日天氣新，長安水邊多麗人。態濃意遠淑且真，肌理細膩骨肉勻。繡羅衣裳照暮春，蹙金孔雀銀麒麟。頭上何所有，翠微㔩葉垂鬢脣。背後何所見，珠壓腰衱穩稱身。就中雲幕椒房親，賜名大國虢與秦。紫駝之峰出翠釜，水精之盤行素鱗。犀筯厭飫久未下，鑾刀縷切空紛綸。黄門飛鞚不動塵，御厨絡繹送八珍。簫鼓哀吟感鬼神，賓從雜遝實要津。後來鞍馬何逡巡，當軒下馬入錦茵。楊花雪落覆白蘋，青鳥飛去銜紅巾。隱語，不求甚解。炙手可熱勢絶倫，慎莫近前丞相嗔。

極言姿態服飾之美、飲食、音樂、賓從之盛，微指椒房，直言丞相。大意本《君子偕老》之詩，而風刺意較顯。

「態濃意遠」下倒插秦號，「當軒下馬」下倒插丞相，他人無此筆法。

樂遊園歌 原注：晦日，賀蘭楊長史筵醉中作。

樂遊古園崒森爽，烟綿碧草萋萋長。公子華筵勢最高，秦川對酒平如掌。長生木瓢示真率，更調鞍馬狂歡賞。青春波浪芙蓉園，白日雷霆夾城仗。閶闔晴開詄蕩蕩，曲江翠幕排銀榜。拂水低徊舞袖翻，緣雲清切歌聲上。却憶年年人醉時，只今未醉已先悲。數莖白髮那抛得，百罰深杯亦不辭。聖朝亦知賤士醜，一物自荷皇天慈。此身飲罷無歸處，獨立蒼茫自咏詩。獻賦，召試，爲宰相所抑，言朝已共棄，而天猶見憐。物，公自謂也。

極歡宴時不勝身世之感！臨川《蘭亭記序》所云「情隨事遷，感慨係之」也。

白絲行

繅絲須長不須白，越羅蜀錦金粟尺。象牀玉手亂殷紅，萬草千花動凝碧。已悲素質隨時染，裂下鳴機色相射。美人細意熨貼平，裁縫滅盡針綫迹。春天衣著爲君舞，蛺蝶飛來黃鸝語。落絮遊絲亦有情，隨風照日宜輕舉。香汗輕塵污顏色，開新合故置何許。君不見，才士汲引難，恐懼棄捐忍羈旅。渲染之餘，即棄捐之漸，抱才之士所以甘忍羈旅也。

渼陂行

岑參兄弟皆好奇，携我遠來遊渼陂。天地黤慘忽異色，波濤萬頃堆琉璃。琉璃漫汗泛舟入，事殊興極憂思集。鼉作鯨吞不復知，惡風白浪何嗟及。此放舟入陂，陡遇風波。主人錦帆相爲開，舟子喜甚無氛埃。鳧鷖散亂棹謳發，絲管啁啾空翠來。此時風恬浪静。沈竿續蔓深莫測，菱葉荷花静如拭。宛在中流渤澥清，下歸無極終南黑。半陂已南純浸山，動影裹窕冲融間。寫山影動摇、水波微漾之狀。船舷暝戛雲際寺，水面月出藍田關。此時驪龍亦吐珠，馮夷擊鼓群龍趨。湘妃漢女出歌舞，金支翠旗光有無。此是虛景，本之《楚辭》。咫尺但愁雷雨至，蒼茫不曉神靈意。少壯幾時奈老何，向來哀樂何其多。一日如此變幻，自少至老皆作如是觀。以『好奇』二字領起，中間鬼神、風雨，恍惚萬狀。末用推開語作結，以『哀樂』二字總束全篇，章法奇詭，莫此爲甚。

驄馬行原注：太常梁卿敕賜馬也，李鄧公愛而有之，命甫製詩。

鄧公馬癖人共知，初得花驄大宛種。夙昔傳聞思一見，牽來左右神皆竦。雄姿逸態何崷崒，顧影驕嘶自矜寵。如名士自負。隅目青熒夾鏡懸，肉騣碨礧連錢動。《赭白馬賦》，二句括盡。朝來久試華軒下，未覺千金滿高價。赤汗微生白雪毛，銀鞍却覆香羅帕。卿家舊賜公取之，天厩真龍此其亞。晝洗須騰涇渭深，夕趨可刷幽并夜。一日千里。吾聞良驥老始成，此馬數年人更驚。豈有四蹄疾于鳥，不與八駿俱先鳴。時俗造次那得致，雲霧晦冥方降精。近聞下詔喧都邑，肯使騏驎地上行。

老杜咏馬詩並皆佳妙，而用意、用筆無一處相似，此老胸中具有造化。言大材必當大用，人馬雙關。

奉先劉少府新畫山水障歌

堂上不合生楓樹，怪底江山起烟霧。突兀。聞君掃却赤縣圖，乘興遣畫滄洲趣。畫師亦無數，好手不可遇。對此融心神，知君重毫素。豈但祁岳與鄭虔，筆迹遠過楊契丹。得非玄圃裂，無乃瀟湘翻。悄然坐我天姥下，耳邊已似聞清猿。反思前夜風雨急，乃是蒲城鬼神入。驚風雨、泣鬼神意，寫來怪怪奇奇，不顧俗眼。元氣淋灕障猶濕，真宰上訴天應泣。即天雨粟、鬼夜哭意。野亭春還雜花遠，漁翁暝踏孤舟立。滄浪水深青溟闊，欹岸側島秋毫末。不見湘妃鼓瑟時，至今斑竹臨江活。劉侯天機精，愛畫入骨髓。自有兩兒郎，揮灑亦莫比。大兒聰明到，能添老樹巔崖裏。小兒心孔開。貌得山僧及童子。若耶溪、雲門寺，吾獨胡爲在泥滓，青鞋布襪從此始。見畫而思遊名山，神遊題外。

題畫詩開出異境，後人往往宗之。

悲陳陶陳陶斜在咸陽東，《唐書》作陳濤。房琯自請討賊，車戰，大敗，故悲之。

孟冬十郡良家子，血作陳陶澤中水。野曠天清無戰聲，四萬義軍同日死。群胡歸來血洗箭，仍唱胡歌飲都市。都人迴面向北啼，日夜更望官軍至。

悲青坂去陳陶不遠。琯敗後，欲持重有所伺，而中人促戰，故又敗。

我軍青坂在東門，天寒飲馬太白窟。黄頭奚兒日向西，部落。數騎彎弓敢馳突。山雪河冰野蕭颸，青是烽烟白人骨。焉得附書與我軍，忍待明年莫倉卒。

哀江頭哀貴妃也。帝與妃常遊幸曲江，故以《哀江頭》爲名。

少陵野老吞聲哭，春日潛行曲江曲。江頭宫殿鎖千門，細柳新蒲爲誰緑。憶昔霓旌下南苑，苑中萬物生顔色。昭陽殿裏第一人，貴妃。同輦隨君侍君側。曰同、曰隨、曰侍，似不免乎複，然《詩》有「高朗令終」，《傳》有「遠哉遥遥」等語，不必苛責。輦前才人帶弓箭，白馬嚼齧黄金勒。翻身向天仰射雲，一笑正墜雙飛翼。明眸皓齒今何在，血污遊魂歸不得。清渭東流劍閣深，去住彼此無消息。『彼此無消息』，猶《長恨歌》云『一别人間兩渺茫』也。前人謂指明皇、肅宗父子，恐與上下文不屬。人生有情淚沾臆，江水江花豈終極。黄昏胡騎塵滿城，欲往城南望南北。結出心迷目亂，與入手『潛行』關照。

哀王孫

至德元載七月，禄山殺霍國長公主、王妃、附馬等八十人，又殺王孫及郡縣主二十餘人，此詩所以作也。

長安城頭頭白烏，夜飛延秋門上呼。起似謡諺，風人『莫黑匪烏』意。又向人家啄大屋，屋底達官走避胡。金鞭斷折九馬死。骨肉不待同馳驅。四語言明皇棄王孫而出奔也。腰下寶玦青珊瑚，可憐王孫泣路隅。問之不肯道姓名，但道困苦乞爲奴。已經百日竄荆棘，身上無有完肌膚。高帝子孫盡隆準，龍種自與常人殊。四語恐其相貌不凡，爲賊所得。準，音拙，鼻也。豺狼在邑龍在野，王孫善保千金軀。不敢長語臨交衢，且爲王孫立斯須。昨夜東風吹血腥，東來橐駝滿舊都。朔方健兒好身手，哥舒翰。昔何勇鋭今何愚。竊聞天子已傳位，聖德北服南單于。花門指回紇。剺面請雪耻，慎勿出口他人狙。哀哉王孫慎勿疏，丁寧反覆。五陵佳氣無時無。以中興望之。一韵到底。詩易於平直，此獨波瀾變化，層出不窮，似逐段轉韵者，七古能事已極。

蘇端薛復筵簡薛華醉歌

文章有神交有道，端復得之名譽早。愛客滿堂盡豪翰，開筵上日元日也。思芳草。安得健步移遠梅，亂插繁花向晴昊。千里猶殘舊冰雪，百壺且試開懷抱。垂老惡聞戰鼓悲，急觴爲緩憂心擣。少年努力縱談笑，看我形容已枯槁。坐中薛華善醉歌，歌辭自作風格老。近來海内爲長句，汝與山東李白好。何劉沈謝力未工，才兼鮑昭愁絶倒。詩家愁爲不及。諸生頗盡新知樂，萬事終傷不自保。氣酣日落西風來，願吹野水添金杯。突接。如澠之酒常快意，亦知窮愁安在哉。忽憶雨時秋井塌，古人白骨生青苔，如何不飲令心哀。

洗兵馬原注：收京後作。

中興諸將收山東，河北。捷書夜報清晝同。河廣傳聞一葦過，胡危命在破竹中。祇殘鄴城不日得，獨任朔方無限功。京師皆騎汗血馬，回紇餵肉葡萄宫。已喜皇威清海岱，常思仙仗過崆峒。三年笛裏關山月，萬國兵前草木風。『仙仗過崆峒』，追思昔日播遷。下言笛奏關山、兵驚草木，不忘起事艱難也。成王功大心轉小，廣平王俶。郭相謀深古來少。子儀。司徒李光弼。清鑒懸明鏡，尚書王思禮。氣與秋天杳。二三豪俊爲時出，整頓乾坤濟時了。東走無復憶鱸魚，南飛覺有安巢鳥。青春復隨冠冕入，紫禁正耐烟花繞。鶴禁通霄鳳輦備，雞鳴問寢龍樓曉。攀龍附鳳勢莫當，天下盡化爲侯王。肅宗即位，下制曰：『復宗廟于函洛，迎上皇于巴蜀，導鑾輿而反正，朝寢門以問安，朕願足矣。』詩中指此意，並非刺譏。牧齋所箋，俱深文未允。汝等豈知蒙帝力，時來不得誇身强。關中既留蕭丞相，肅宗比杜鴻漸爲蕭何。幕下復用張子房。張鎬。張公一生江海客，身長九尺鬚眉蒼。徵起適遇風雲會，扶顛始知籌策良。青袍白馬更何有，比之侯景。後漢今周喜再昌。寸地尺天皆入貢，奇祥異瑞争來送。不知何國致白環，復道諸山得銀甕。隱士休歌紫芝曲，李泌。詞人解撰河清頌。田家望望惜雨乾，布穀處處催春種。淇上健兒歸莫懶，城南思婦愁多夢。安得壯士挽天河，净洗甲兵長不用。結出題目。

詩共四段，每段平仄相間，各用六韵，此古風變體。

兩京克復，上皇還宫。正臣子欣幸之時，安有預探移宫之事，而加以誹議乎？錢箋比之商臣楊廣，過用深文。少陵忠愛，必不若是。

瘦馬行

東郊瘦馬使我傷，骨骼硉兀如堵墻。絆之欲動轉欹側，此豈有意仍騰驤。細看六印帶官字，衆道三軍遺路傍。皮乾剥落雜泥滓，毛暗蕭條連雪霜。去歲奔波逐餘寇，驊騮不慣不得將。士卒多騎内厩馬，惆悵恐是病乘黄。當時歷塊誤一蹶，委棄非汝能周防。見人慘澹若哀訴，失主錯莫無晶光。天寒遠放雁爲伴，日暮不收烏啄瘡。誰家且養願終惠，更試明年春草長。豈救房琯失職，以之自比耶？

乾元中寓居同谷縣作歌七首

有客有客字子美，白頭亂髮垂過耳。歲拾橡栗隨狙公，天寒日暮山谷裏。中原無書一作主。歸不得，手脚凍皴皮肉死。嗚呼一歌兮歌已哀，悲風爲我從天來。

長鑱長鑱白木柄，我生託子以爲命。黄精一作獨無苗山雪盛，短衣數挽不掩脛。此時與子空歸來，男呻女吟四壁静。嗚呼二歌兮歌始放，鄰里爲我色惆悵。雜入長鑱一章，章法甚奇。

有弟有弟在遠方，一作各一方。三人各瘦何人强。生别展轉不相見，胡塵暗天道路長。東飛駕鵝後鶖鶬，安得送我置汝旁。嗚呼三歌兮歌三發，汝歸何處收兄骨。

有妹有妹在鍾離，良人早殁諸孤癡。長淮浪高蛟龍怒，十年不見來何時。一作遲。扁舟欲往箭滿眼，杳杳南國多旌旗。嗚呼四歌兮歌四奏，林猿爲我啼清晝。

四山多風溪水急，寒雨颯颯枯樹一作樹枝濕。黄蒿古城雲不開，白狐跳梁黄狐立。亂世景象。我生何爲在窮谷，中夜起坐萬感集。嗚呼五歌兮歌正長，魂招不來歸故鄉。

南有龍兮在山湫，古木巃嵸枝相樛。此咏萬丈潭之龍湫。木葉黄落龍正蟄，蝮蛇東來水上遊。我行怪此安一作寒敢出，拔劍欲斬且復休。嗚呼六歌兮歌思遲，溪壑爲我迴春姿。木葉黄落，冬日愁慘之狀，故望其「迴春姿」云。陽長陰消，所感者大。

男兒生不成名身已老，三年饑走荒山道。長安卿相多少年，富貴應須致身早。山中儒生舊相識，但話宿昔傷懷抱。嗚呼七歌兮悄終曲，仰視皇天白日速。原本平子《四愁》、明遠《行路難》諸篇，然能神明變化，不襲形貌，斯爲大家。

戲題畫山水圖

十日畫一水，五日畫一石。能事不受相促迫，王宰始肯留真迹。壯哉崑崙方壺圖，挂君高堂之素壁。巴陵洞庭日本東，赤岸水與銀河通。中有雲氣隨飛龍。用一單句。舟人漁子入浦漵，山木盡亞洪濤風。尤工遠勢古莫比，咫尺應須論萬里。焉得并州快剪刀，剪取吳松半江水。

題李尊師松樹障子歌

老夫清晨梳白頭，玄都道士來相訪。平調，亦近率筆。握髮呼兒延入户，手提新畫青松障。障子松林静杳冥，憑軒忽若無丹青。陰崖却承霜雪幹，偃蓋反走虬龍形。老夫平生好奇古，對此興與精靈聚。已知仙客意相親，更覺良工心獨苦。即慘澹經營意。松下丈人巾屨同，偶坐似是商山翁。悵望聊歌紫芝曲，領取言外。時危慘淡來悲風。

戲爲雙松圖歌原注：韋偃。

天下幾人畫古松，畢宏已老韋偃少。絶筆長風起纖末，滿堂動色嗟神妙。兩株慘裂苔蘚皮，屈鐵交錯迴高枝。白摧朽骨龍虎死，黑入太陰雷雨垂。松根胡僧憩寂寞，龐眉皓首無住著。偏袒右肩露雙脚，葉裏松子僧前落。韋侯韋侯數相見，我有一匹好東絹，重之不減錦繡段。已令拂拭光凌亂，請公放筆爲直幹。好是正直。

突兀起，不妨平接，如『堂上不合生楓樹』下接『聞君掃却赤縣圖』是也。平調起，必須用警語接，如『天下幾人畫古松』下接『絶筆長風起纖末』是也。學者于此求之，思過半矣。

茅屋爲秋風所破歎

八月秋高風怒號，卷我屋上三重茅。茅飛度江灑江郊，高者挂罥長林梢，下者飄轉沉塘坳。南村群童欺我老無力，忍能對面爲盜賊。實有此事，不必作隱喻。公然抱茅入竹去。脣焦口燥呼不得，歸來倚杖自歎息。俄頃風定雲墨色，秋天漠漠向昏黑。布衾多年冷似鐵，驕兒惡卧踏裏裂。床床〔一〕屋漏無乾處，雨脚如麻未斷絶。自經喪亂少睡眠，長夜沾濕何由徹。安得廣厦千萬間，大庇天下寒士俱歡顔。此老胸中實有同胞同與之意。風雨不動安如山。嗚呼！何時眼前突兀見此屋？吾廬獨破受凍死亦足！

〔一〕床床，《全唐詩》作『床頭』。

重訂唐詩别裁集卷七

長洲沈德潛歸愚選

杜甫

觀打魚歌

綿州江水之東津，魴魚鱍鱍色勝銀。漁人漾舟沉大網，截江一擁數百鱗。衆魚常才盡却棄，赤鯉騰出如有神。潛龍無聲老蛟怒，迴風颯颯吹沙塵。饔子左右揮霜刀，鱠飛金盤白雪高。徐州秃尾不足憶，漢陰槎頭遠遁逃。魴魚肥美知第一，既飽歡娱亦蕭瑟。功名富貴，何獨不然？君不見，朝來割素鬐，咫尺波濤永相失。

又觀打魚

蒼江漁子清晨集，設網提綱萬魚急。能者操舟疾若風，撑突波濤挺叉入。小魚脱漏不可記，半死半生猶戢戢。大魚傷損皆垂頭，屈强泥沙有時立。東津觀魚已再來，主人罷鱠還傾杯。日暮蛟龍改窟穴，恶其傷類。山根鱣鮪隨雲雷。干戈兵革鬬未止，鳳凰麒麟安在哉。再進一層。吾徒胡爲縱此樂，暴殄天物聖所哀。前首爲老饕戒耳，此更説到干戈兵革，洪鐘無纖響也。

短歌行原注：贈王郎司直。

王郎酒酣拔劍斫地歌莫哀，我能拔爾抑塞磊落之奇才。識也。豫樟翻風白日動，鯨魚跋浪滄溟開。二句形奇才。且脱佩劍休徘徊，西得諸侯棹錦水，欲向何門趿珠履？王欲入蜀。仲宣樓頭春色深，送别之地。青眼高歌望吾子，眼中之人吾老矣。上下各五句，復用單句相間，此亦獨創之格。言眼中之人紛紛不足比數，而我年已老，所望者惟吾子也。

桃竹杖引原注：贈章留侯。

江心蟠石生桃竹，蒼波噴浸尺度足。斬根削皮如紫玉，江妃水仙惜不得。梓潼使君開一束，章留後。滿堂賓客皆歎息。憐我老病贈兩莖，出入爪甲鏗有聲。老夫復欲東南征，乘濤鼓枻白帝城。路幽必爲鬼神奪，拔劍或與蛟龍争。重爲告曰：猶《楚詞》之『亂曰』。杖兮杖兮，爾之生也甚正直，慎勿見水踴躍學變化爲龍，使我不得爾之扶持，滅迹于君山湖上之青峰。噫！風塵澒洞兮豺虎咬人，忽失雙杖兮吾將曷從？字字騰擲跳躍。凌空超忽，横絶一時。

韋諷録事宅觀曹將軍畫馬圖

國初已來畫鞍馬，神妙獨數江都王。霍王元軌之子。將軍得名三十載，人間又見真乘黄。曾貌先帝照夜白，伏末段。龍池十日飛霹靂。内府殷紅瑪瑙盤，婕妤傳詔才人索。盤賜將軍拜舞歸，輕紈細綺相追飛。貴戚權門得筆迹，始覺屏障生光輝。昔日太宗拳毛騧，近時郭家師子花。今之新圖有二馬，畫馬正位。復令識者久歎嗟。此皆騎戰一敵萬，縞素漠漠開風沙。其餘七匹亦殊絶，迥若寒空動烟雪。霜蹄蹴踏長楸間，馬官厮養森成列。可憐九馬争神駿，顧視清高氣深穩。才德並見。借問苦心愛者誰，後有韋諷前支遁。憶昔巡幸新豐宫，翠華拂天來向東。騰驤磊落三萬匹，皆與此圖筋骨同。自從獻寶朝河宗，以穆王比明皇。無復射蛟江水中。又以漢武比。君不見，金粟堆前松柏裏，明皇陵。龍媒去盡鳥呼風。

『朝河宗』，言河宗朝而獻寶也，用《穆天子傳》意，應指明皇西幸而言。因畫馬説到真馬，因真馬説到天子巡幸。故君之思，惓惓不忘。此題後拓開一步法。

丹青引原注：贈曹將軍霸。

將軍魏武之子孫，於今爲庶爲清門。英雄割據雖已矣，文彩風流猶尚存。不以正統與之，詩中史筆。學書初學衛夫人，但恨無過王右軍。丹青不知老將至，富貴於我如浮雲。開元之中常引見，承恩數上南熏殿。凌烟功臣少顏色，以畫人引起。將軍下筆開生面。良相頭上進賢冠，猛將腰間大羽箭。褒公鄂公毛髮動，英姿颯爽來酣戰。先帝天馬玉花驄，畫工如山貌不同。是日牽來赤墀下，迥立閶闔生長風。詔謂將軍拂絹素，意匠慘澹經營中。斯須九重真龍出，一洗萬古凡馬空。玉花却在御榻上，榻上庭前屹相向。神來紙上，如堆阜突出。至尊含笑催賜金，圉人太僕皆惆悵。弟子韓幹早入室，亦能畫馬窮殊相。幹惟畫肉不畫骨，忍使驊騮氣凋喪。反襯霸之盡善，非必貶幹也。將軍盡善蓋有神，必逢佳士亦寫真。仍歸畫人。即今飄泊干戈際，屢貌尋常行路人。途窮反遭俗眼白，霸爲左衛將軍，後削籍。世上未有如公貧。但看古來盛名下，推開作結。終日坎壈纏其身。

畫人、畫馬，賓主相形，縱横跌宕，此得之於心、應之於手，有化工而無人力，觀止矣！

戲作花卿歌花敬定。

成都猛將有花卿，學語小兒知姓名。用如快鶻風火生，見賊唯多身始輕。綿州副使段子璋。

著柘黄，我卿掃除即日平。子璋髑髏血模糊，手提擲還崔大夫。崔光遠。李侯李奂。重有此節度，人道我卿絶世無。既稱絶世無，天子何不唤取守東都？見不宜留蜀，以滋後亂。

李奂出奔成都，後復鎮東川，故曰『重有此節度』也。

冬狩行原注：時梓州刺史章彝兼侍御史留後東川。

君不見，東川節度兵馬雄，校獵亦似觀成功。夜發猛士三千人，清晨合圍步驟同。禽獸已斃十七八，殺聲落日迴蒼穹。幕前生致九青兕，駱駝㠑峞垂玄熊。東西南北百里間，仿佛蹴踏寒山空。有鳥名鸜鵒，力不能高飛逐走蓬。肉味不足登鼎俎，何爲見羈虞羅中。春蒐冬狩侯得同，使君五馬刺史。一馬驄。侍御。况今攝行大將權，留後。號令頗有前賢風。飄然時危一老翁，自謂。十年厭見旌旗紅。喜君士卒甚整肅，爲我迴轡擒西戎。吐蕃。草中狐兔盡何益，天子不在咸陽宫。朝廷雖無幽王禍，得不哀痛塵再蒙。明皇已蒙塵，故云『再蒙』。嗚呼！得不哀痛塵再蒙！

言當敵愾勤王，不宜以校獵自誇英武也。大聲疾呼，鬼神欲泣！

閬山歌

閬州城東雪山白，閬州城北玉臺碧。松浮欲盡不盡雲，江動將崩未崩石。那知根無鬼神會，已覺氣與嵩華敵。中原格鬭且未歸，應結茅齋看青壁。

閬水歌

嘉陵江色何所似，石黛碧玉相因依。正憐日破浪花出，更復春從沙際歸。巴童蕩槳欹側過，水雞銜魚來去飛。閬中勝事可腸斷，閬州城南天下稀。

越王樓歌太宗子越王貞任綿州刺史，作此樓。

綿州州府何磊落，顯慶中年越王作。孤城西北起高樓，碧瓦朱甍照城郭。樓下長江百丈清，江頭落日半輪明。君王舊迹今人賞，轉見千秋萬古情。

彷彿王子安《滕王閣詩》，見此老無所不有。

折檻行

嗚呼，房魏不復見，秦王學士時難羨。十八學士。青衿胄子困泥塗，白馬將軍若雷電。千載少似朱雲人，至今折檻空嶙峋。婁公師德。不語宋公璟。語，尚憶先皇容直臣。

永泰二年，中官魚朝恩判國子監事，故作此詩。言當時諸臣不能力争，任其横行也。朝恩兼神策軍使，故以白馬將軍比之。

古柏行

孔明廟前有老柏，此夔州孔明廟柏。柯如青銅根如石。霜皮溜雨四十圍，黛色參天二千尺。君臣已與時際會，樹木猶爲人愛惜。雲來氣接巫峽長，月出寒通雪山白。憶昨路遶錦亭東，先主武侯同閟宫。此憶成都孔明廟柏。崔嵬枝幹郊原古，窈窕丹青户牖空。落落盤踞雖得地，冥冥孤高多烈風。扶持自是神明力，正直原因造化功。大厦如傾要梁棟，萬牛迴首丘山重。不露文章世已驚，未辭翦伐誰能送。苦心豈免容螻蟻，香葉終經宿鸞鳳。志士幽人莫怨嗟，古來材大難爲用。爲負才之士寫照。公自比稷契，而不見用，故發此議。

中間時有整句，與《洗兵馬》篇同格。大木寓棟梁意，人人有之，從君臣際會着筆，方見精采。

縛雞行

小奴縛雞向市賣，雞被縛急相喧争。家中厭雞食蟲蟻，不知雞賣還遭烹。蟲雞于人何厚薄，吾叱奴人解其縛。雞蟲得失無了時，注目寒江倚山閣。宕開作結，妙不説盡。

觀公孫大娘弟子舞劍器行并序

大曆二年十月十九日，夔州别駕元持宅，見臨潁李十二娘舞劍器，舞有《劍器》《胡旋》

《胡騰》等名，則知非舞劍也，後人用誤者多。壯其蔚跂。問其所師，曰：『余公孫大娘弟子也。』開元三載，余尚童稚，記於郾城，觀公孫氏舞《劍器》《渾脱》，瀏灕頓挫，獨出冠時。《渾脱》，舞名。脱，音駝。人多點讀錯者。自高頭宜春、梨園二伎坊内人，洎外供奉，曉是舞者，聖文神武皇帝初，公孫一人而已。玉貌錦衣，况余白首。今茲弟子，亦匪盛顔。既辨其由來，知波瀾莫二。撫事慷慨，聊爲《劍器行》。往者吴人張旭，善草書書帖，數常於鄴縣見公孫大娘舞《西河劍器》，自此草書長進，豪蕩感激，即公孫可知矣。

昔有佳人公孫氏，一舞《劍器》動四方。觀者如山色沮喪，天地爲之久低昂。㸌如羿射九日落，矯如群帝驂龍翔。來如雷霆收震怒，罷如江海凝清光。絳脣珠袖兩寂寞，晚有弟子傳芬芳。臨潁美人在白帝，妙舞此曲神揚揚。與余問答既有以，感時撫事增惋傷。先帝侍女八千人，公孫《劍器》初第一。注重此段。五十年間似反掌，風塵澒洞昏王室。梨園子弟散如烟，女樂餘姿映寒日。金粟堆南木已拱，瞿塘石城草蕭瑟。玳筵急管曲復終，樂極哀來月東出。老夫不知其所往，足繭荒山轉愁疾。不忍遽去。

咏李氏，思及公孫；咏公孫，念及先帝。身世之戚、興亡之感，交赴腕下。若就題還題，有何興會？

李潮八分小篆歌

蒼頡鳥迹既茫昧，字體變化如浮雲。陳倉石鼓又已訛，大小二篆生八分。秦有李斯漢蔡邕，中間作者寂不聞。嶧山之碑野火焚，棗木傳刻肥失真。苦縣光和尚骨立，書貴瘦硬方通神。苦縣有老子廟碑，光和二年立。惜哉李蔡不復得，吾甥李潮下筆親。尚書韓擇木，騎曹蔡有鄰，開元已來數八分，潮也奄有二子成三人。况潮小篆逼秦相，快劍長戟森相向。八分一字直百金，蛟龍盤拏肉倔强。吴郡張顛誇草書，草書非古空雄壯。豈如吾甥不流宕，丞相中郎丈人行。巴東逢李潮，逾月求我歌。我今衰老才力薄，潮乎潮乎奈汝何！

王兵馬使二角鷹

悲臺蕭颯石巃嵸，哀壑杈枒浩呼洶。中有萬里之長江，迴風陷日孤光動。角鷹翻倒壯士臂，將軍玉帳軒勇氣。二鷹猛腦絛徐墜，目如愁胡視天地。杉雞竹兔不自惜，溪虎野羊俱辟易。韝上鋒棱十二翮，左右勁羽各六。將軍勇鋭與之敵。將軍樹勳起安西，崑崙虞泉入馬蹄。白羽曾肉三狻猊，敢決豈不與之齊。荆南芮公得將軍，亦如角鷹下翔雲。惡鳥飛飛啄金屋，安得爾輩開其群，驅出六合梟鸞分。主意。

起四句不着鷹一字，然如有角鷹起於吾前。入手須如此落筆。

憶昔

憶昔開元全盛日，小邑猶藏萬家室。稻米流脂粟米白，公私倉廩俱豐實。九州道路無豺虎，遠行不勞吉日出。齊紈魯縞車班班，男耕女桑不相失。宫中聖人奏雲門，天下朋友皆膠漆。百餘年間未灾變，叔孫禮樂蕭何律。豈聞一絹直萬錢，有田耕種今流血。洛陽宫殿燒焚盡，宗廟新除狐兔穴。傷心沉痛語，使人讀不得。小臣魯鈍無所能，朝廷記憶蒙禄秩。周宣中興望我王，灑血江漢身衰疾。前憶開元之盛，後叙吐蕃之亂，末望代宗之中興也。

陪王侍御同登東山最高頂，宴姚通泉，晚携酒泛江

姚公美政誰與儔，不減昔時陳太丘。邑中上客有柱史，多暇日陪驄馬遊。東山高頂羅珍羞，下顧城郭消我憂。清江白日落欲盡，復携美人登綵舟。笛聲怨憤哀中流，妙舞逶迤夜未休。燈前往往大魚出，聽曲低昂如有求。三更風起寒浪湧，取樂喧呼覺船重。滿空星河光破碎，四座賓客色不動。請公臨深莫相違，迴船罷酒上馬歸。人生歡會豈有極，無使霜露沾人衣。結出好樂毋荒意，而措語藴蓄，耐人咀吟。

白梟行

君不見，黄鵠高於五尺童，化爲白梟似老翁。故畦遺穗已蕩盡，天寒日暮波濤中。鱗介腥膻素不食，終日忍飢西復東。魯門鶢鶋亦蹭蹬，聞道于今亦避風。爰居今猶避風，黄鵠忍飢所固然也。推開作結，感憤中復能安分。

魏將軍歌

將軍昔著從事衫，鐵馬馳突重兩銜。被堅執鋭略西極，崑崙月窟東嶄巖。崑崙在西，而曰東者，言略地至極西。君門羽林萬猛士，惡若哮虎子所監。猶猛。五年起家列霜戟，一日過海收風帆。歸自西海。平生流輩徒蠢蠢，長安少年氣欲盡。魏侯骨聳精爽緊，華嶽峰尖見秋隼。星纏寶鉸金盤陁，馬飾。夜騎天駟超天河。攙槍熒惑不敢動，翠蕤雲旓相蕩摩。吾爲子起歌《都護》，宋有《丁都護歌》。酒闌插劍肝膽露。鈎陳蒼蒼玄武暮，萬歲千秋奉明主，臨江節士安足數。漢有《臨江節士歌》。

醉歌行贈公安顔少府，請顧八分題壁

神仙中人不易得，顔氏之子才孤標。天馬長鳴待駕馭，秋鷹整翮當雲霄。君不見，東吴顧文學，君不見，西漢杜陵老。自謂。詩家指顧。筆勢君不嫌，詞翰升堂爲君掃。是日霜風凍七澤，烏蠻落照銜赤壁。杜詩每有此種接法。酒酣耳熱忘頭白，感君意氣無所惜，一爲歌行歌主客。

夜聞觱篥

夜聞觱篥滄江上，衰年側耳情所嚮。鄰舟一聽多感傷，塞曲三更欻悲壯。積雪飛霜此夜寒，孤燈急管復風湍。君知天地干戈滿，不見江湖行路難。

本言行路之難，而以干戈之滿形之，則不見其難矣。透過一層，『家鄉既蕩盡，遠近理亦齊』，用意亦復爾爾。

追酬故高蜀州人日見寄并序

開文書帙中，檢所遺忘，因得故常侍適，往居在成都時，高任蜀州刺史，人日相憶，見寄詩，淚灑行間，讀終篇末。自枉詩已十餘年，莫紀存殁又六七年矣！老病懷舊，生意可知。今海内忘形故人，獨漢中王瑀與昭州敬使君超先在。愛而不見，情見乎詞。大曆五年正月二十一日，却追酬高公此作，因寄王及敬弟。

自枉〔一〕蜀州人日作，不意清詩久零落。今晨散帙眼忽開，迸淚幽吟事如昨。嗚呼壯士多慷慨，合沓高名動寥廓。歎我淒淒求友篇，感時鬱鬱匡君略。錦里春光空爛熳，瑶墀侍臣已冥寞。瀟湘水國傍黿鼉，時公泊潭州。鄠杜秋天失雕鶚。憶高所處。東西南北更誰論，對針高贈句。白首扁舟病獨存。遥拱北辰纏寇盜，欲傾東海洗乾坤。邊塞西蕃最充斥，衣冠南渡多崩奔。分説東西南北，本楚詞之《招魂》。鼓瑟至今悲帝子，曳裾何處覓王門。文章曹植波瀾闊，服食劉安德業尊。曹劉比漢中王。長笛鄰家亂愁思，昭州詞翰與招魂。欲得故書，以招高魂。

答蜀州「媿爾東西南北人」句，故將東西南北分點，古人酬贈體也。

王季友

酬李十六岐

鍊丹文武火未成，賣藥販履俱逃名。出谷迷行洛陽道，乘流醉卧滑臺城。城下故人久離怨，一歡適我兩家願。朝飲杖懸沽酒錢，暮餐囊有松花飯。于何車馬日憧憧，李膺門館争登龍。千

〔一〕自枉，《全唐詩》作「自蒙」。

賓揖對若流水，五經發難如叩鐘。下筆新詩行滿壁，立談古人坐在席。問我草堂有卧雲，知我山儲無儋石。自耕自刈食爲天，如鹿如麋飲野泉。亦知世上公卿貴，且養邱中草木年。車馬憧憧一段，即所云『世上公卿貴』也。

宿東谿李十五山亭

上山下山入山谷，谿中落日留我宿。松石依依當主人，主人不在意亦足。名花出地兩重階，絶頂平天一小齋。本意由來是山水，何用相逢語舊懷。直白語，自是真境。

元 結

宿丹厓翁宅

扁舟欲到瀧口湍，春水湍瀧上水難。投竿來泊丹厓下，得與厓翁盡一歡。丹厓之亭當石巔，破竹半山引寒泉。泉流掩映在木杪，有若白鳥飛林間。接竹引水，寫來如畫。往往隨風作霧雨，濕人巾履滿庭前。丹厓翁，愛丹厓，棄官幾年厓下家。兒孫棹船抱酒甕，醉裏長歌揮釣車。我將求退與翁遊，學翁歌醉在魚舟。官吏隨人往未得，却望丹邱慚復羞。

洄溪招隱

長松亭亭滿四山，山間乳竇流清泉。洄溪正在此山裏，乳水松膏常灌田。松膏乳水田肥良，稻苗如蒲米粒長。糜色如珈玉液酒，酒熟猶聞松節香。溪邊老翁年幾許，長男頭白孫嫁女。問言只食松田米，無藥無方向人語。即此是仙，蓬壺、方丈皆虚語也。浯溪石下多泉源，盛暑大寒冬大温。屠蘇宜在水中石，洄溪一曲自當門。吾今欲作洄溪翁，誰能住我舍西東。勿憚山深與地僻，羅浮尚有葛仙翁。

通體俱寫洄溪之可隱，招客意只末路一點。

劉長卿

中唐古詩寥寥可數，故文房以後、昌黎以前，存十餘首，以志崖略。

銅雀臺

嬌愛更何日，高臺空數層。含啼映雙袖，不忍看西陵。漳水東流無復來，百花輦路爲蒼苔。青樓月夜長寂寞，碧雲日暮空徘徊。君不見，鄴中萬事非昔時，古人不在今人悲。春風不逐君王去，草色年年舊宫路。宫中歌舞已浮雲，空指行人往來處。不必嘲笑老瞞，淡淡寫去，自存詩品。

入桂渚次砂牛石穴

扁舟傍歸路，日暮瀟湘深。湘水清見底，楚雲澹無心。片帆落桂渚，獨夜依楓林。楓林月出猨聲苦，桂渚天寒桂花吐。此中無處不堪愁，江客相看淚如雨。

嚴陵釣臺送李康成赴江東使

潺湲子陵瀨，仿佛如在目。七里人已非，千年水空緑。新安江上孤帆遠，應逐楓林千萬轉。古臺落日共蕭條，寒水無波更清淺。臺上漁竿不復持，却令猿鳥向人悲。灘聲山翠至今在，遲爾行舟晚泊時。待也。

聽笛歌别鄭協律

舊遊憐我長沙謫，載酒沙頭送遷客。天涯望月自沾衣，江上何人復吹笛。横笛能令孤客愁，緑波淡淡如不流。商聲寥亮羽聲苦，江天寂歷江楓秋。静聽關山聞一叫，三湘月色悲猿嘯。又吹楊柳激繁音，千里春色傷人心。隨風飄向何處落，唯見曲盡平湖深。明發與君離别後，馬上一聲堪白首。

錢起

送崔十三東遊

千里有同心，十年一會面。當杯緩箏柱，倏忽催離燕。丹鳳城頭噪晚鴉，行人馬首夕陽斜。灞上春風留別袂，關東新月宿誰家。官柳依依兩鄉色，誰能此別不相憶。

何嘗不佳，然流入平調矣。

送鄔三落第還鄉

郢客文章絶世稀，常嗟時命與心違。十年失路誰知己，千里思親獨遠歸。雲帆春水將何適，日愛東南暮山碧。關中新月對離樽，江上殘花待歸客。名宦無媒自古遲，窮途此別不堪悲。荷衣垂釣且安命，金馬招賢會有時。

郎士元

塞下曲

寶刀塞下兒，身經百戰曾百勝，壯心竟未嫖姚知。起用單句，而以『兒』、『知』爲韵。白草山頭日初没，黄沙戍下悲歌發。蕭條夜静邊風吹，獨倚營門望秋月。

盧　綸

字允吉，河中蒲人。大曆初舉進士不第，以元載薦，授監察御史。後韋渠牟表其才，得召見。帝有所作，輒命賡和。既從渾瑊在河中驛，召之，會卒，官止檢校户部郎中。

臘日觀咸寧王部曲娑勒擒虎歌

山頭曈曈日將出，山下獵圍照初日。前林有獸未識名，將軍促騎無人聲。潛形踠伏草不動，雙雕轉旋群雅鳴。陰方質子才三十，譯語受詞蕃語揖。捨鞍解甲疾如風，人忽虎蹲獸人立。人虎互形，毛髮生動。欻然扼顙批其頤，爪牙委地涎淋灕。既蘇復吼拗仍怒，果葉英謀生致之。拖自深叢目如電，萬夫失容千馬戰。傳呼賀拜聲相連，殺氣騰凌陰滿川。始知縛虎如縛鼠，敗寇降羌生眼前。祝爾嘉詞爾無苦，獻爾將隨犀象舞。苑中流水禁中山，期爾攫搏開天顏。非熊之兆慶無極，願紀雄名傳百蠻。中間摶獸數語，何減太史公敘鉅鹿之戰！

劉禹錫

平蔡州三首

九衢車馬渾渾流，使臣來獻淮西囚。四夷聞風失匕箸，天子受賀登高樓。妖童擢髮不足數，血污城西一抔土。南風無火楚澤閒，夜行不鎖穆陵關。策勳禮畢天下泰，猛士按劍看常山。時惟常山不庭。

蔡州城中衆心死，妖星夜落照壕水。漢家飛將下天來，馬箠一揮門洞開。賊徒奔騰望旗拜，有若群蟄驚春雷。狂童面縛登檻車，太白夭矯垂捷書。相公從容來鎮撫，常侍郊迎負文弩。

西〔一〕人歸業閭里間，小兒跳踉健兒舞。汝南晨雞喔喔鳴，城頭鼓角音和平。路傍老人憶舊事，相與感激皆涕零。老人收泣前致辭，官軍入城人不知。忽驚元和十二載，喜見天寶承平時。

《紀事》云：『夢得曰：柳八駁韓十八《平淮西碑》云：「左餐右粥」，何如我《平淮西雅》云「仰父俯子」？韓碑兼有帽子，使我爲之，便説用兵伐叛矣。《韓碑》《柳雅》各有所長。余詩有云「汝南晨雞喔喔鳴，城中鼓角聲和平」，美愬之入蔡城也，須臾之間，賊無覺者。又落句云「忽驚」，元和十二載，重見天寶昇平時，以見平淮之年云』。《紀事》語不足憑，究之《柳雅》，劉詩，遠遜韓碑，李義山詩可取而證也。

韋應物

學仙吟二首

昔有道士求神仙，靈真下試心確然。千鈞巨石一髮懸，卧之石下十三年。存道忘身一試過，

〔一〕西，《全唐詩》作『四』。

名奏玉皇乃升天。雲氣冉冉漸不見，留語弟子但精堅。石上鑿井欲到水，惰心一起中路止。豈不見，古來三人俱弟兄，結茅深山讀仙經。上有青冥倚天之絶壁，下有颼飀萬壑之松聲。仙人變化爲白鹿，二弟翫之兄誦讀。讀多七過可乞言，爲子心精得神仙。可憐二弟仰天泣，一失毫釐千萬年。

二章總言求道貴專。

聽鶯曲

東方欲曙花冥冥，須知是聽鶯起法。啼鶯相喚亦可聽。乍去乍來時近遠，纔聞南陌又東城。忽往山林翻下苑，綿綿蠻蠻如有情。欲囀不囀意自嬌，羌兒弄笛曲未調。前聲後聲不相及，秦女學箏指猶澀。須臾風暖朝日暾，流音變作百鳥喧。誰家懶婦驚殘夢，何處愁人憶故園。伯勞飛過聲局促，戴勝下時桑田緑。不及流鶯日日啼花間，能使萬家春意閒。有時斷續聽不了，飛去花枝猶裊裊。還栖碧樹鎖千門，春漏方殘一聲曉。

韓　愈

昌黎從李、杜崛起之後，能不相沿習，别開境界。雖從横變化不逮李、杜，而規模堂廡，彌見闊大，洵推豪傑之士。

汴州亂二首

汴州城門朝不開，天狗墮地聲如雷。健兒争誇殺留後，連屋累棟燒成灰。諸侯咫尺不能救，孤士何者自興哀。汴州董晋卒，陸長源總留守事，八日而軍亂，殺長源，公因此譏鄰鎮之不救。此作詩。

母從子走者爲誰，大夫夫人留後兒。昨日乘車騎大馬，坐者起趨乘者下。廟堂不肯用干戈，嗚呼，奈汝母子何！此譏德宗之姑息。

山石

山石犖确行徑微，黄昏到寺蝙蝠飛。昇堂坐階新雨足，芭蕉葉大支子肥。僧言古壁佛畫好，以火來照所見稀。鋪牀拂席置羹飯，疏糲亦足飽我飢。夜深静卧百蟲絶，清月出嶺光入扉。天明獨去無道路，出入高下窮烟霏。山紅澗碧紛爛熳，時見松櫪皆十圍。當流赤足踏澗石，水聲激激風吹衣。人生如此自可樂，豈必局促爲人韉。嗟哉，吾黨二三子，安得至老不更歸。

元遺山《論詩絶句》云：『有情芍藥含春淚，無力薔薇卧晚枝。拈出退之山石句，始知渠是女郎詩。』謂此篇也。『有情』二句，秦少游詩。

雉帶箭

原頭火燒静兀兀，野雉畏鷹出復没。將軍欲以巧伏人，盤馬彎弓惜不發。地形漸窄觀者多，雉驚弓滿勁箭加。衝人决起百餘尺，紅翎白鏃隨傾斜。將軍仰笑軍吏賀，五色離披馬前墮。

李將軍度不中不發，發必應弦而倒，審量于未彎弓之先。此矜惜于已彎弓之候，總不肯輕見其技也。作文、作詩，亦須得此意。

汴泗交流贈張僕射建封。

汴泗交流郡城角，築場十步平如削。短垣三面繚逶迤，擊鼓騰騰樹赤旗。新秋朝凉未見日，公早結束來何爲。分曹决勝約前定，百馬攢蹄近相映。球驚杖奮合且離，紅牛纓紱黄金羈。側身轉臂著馬腹，霹靂應手神珠馳。超遥散漫兩閒暇，揮霍紛紜争變化。發難得巧意氣粗，讙聲四合壯士呼。『發難得巧』，即前『盤馬彎弓』註脚。此誠習戰非爲劇，豈若安坐行良圖。當今忠臣不可得，公馬莫走須殺賊。

贈唐衢其人善哭。

虎有爪兮牛有角，虎可搏兮牛可觸。奈何君獨抱奇材，手把鋤犁餓空谷。當今天子急賢良，匭函朝出開明光。何不上書自薦達，坐令四海如虞唐。賢哲心事，光明磊落，公所以三上宰相書也。

八月十五夜贈張功曹名署。爲讒言所中，貶縣令南方。順宗即位，徙掾江陵。

纖雲四卷天無河，清風吹空月舒波。沙平水息聲影絶，一杯相屬君當歌。君歌聲酸辭且苦，不能聽終淚如雨。以下皆功曹歌。洞庭連天九疑高，蛟龍出没猩鼯號。十生九死到官所，幽居默默如藏逃。下牀畏蛇食畏藥，海氣濕蟄熏腥臊。昨者州前搥大鼓，嗣皇繼聖登夔皋。赦書一日行萬里，罪從大辟皆除死。遷者追迴流者還，滌瑕蕩垢朝清班。州家申名使家抑。觀察使作主。坎軻祇得移荆蠻。判司卑官不堪説，未免捶楚塵埃間。唐時參軍、簿尉有過，上官得捶楚之。同時輩流多上道，天路幽險難追攀。君歌且休聽我歌，以下韓公之歌。我歌今與君殊科。一年明月今宵多，人生由命非由他，有酒不飲奈明何？

謁衡嶽廟遂宿嶽寺題門樓在長沙湘南縣南。

五嶽祭秩皆三公，四方環鎮嵩當中。火維地荒足妖怪，天假神柄專其雄。噴雲泄霧藏半腹，雖有絶頂誰能窮。我來正逢秋雨節，陰氣晦昧無清風。潛心默禱若有應，豈非正直能感通。東坡所謂『力能開衡山之雲』也。須臾静掃衆峰出，仰見突兀撑青空。紫蓋連延接天柱，石廩騰擲堆祝融。森然動魄下馬拜，松柏一逕趨靈宫。粉墻丹柱動光彩，鬼物圖畫填青紅。升階傴僂薦脯酒，欲以菲薄明其衷。廟令老人識神意，睢盱偵伺能鞠躬。手持杯珓導我擲，云此最吉餘難同。竄逐蠻荒幸不死，衣食纔足甘長終。侯王將相望久絶，神縱欲福難爲功。夜投佛寺上高閣，星月掩映雲朣朦。猿鳴鐘動不知曙，杲杲寒日生于東。

嗟哉董生行

淮水出桐柏山，東馳遥遥千里不能休。淝水出其側，不能千里、百里入淮流。壽州屬縣有安豐，唐貞元時，縣人董生召南隱居行義於其中。刺史不能薦，天子不聞名聲。爵禄不及門，門外惟有吏，日來徵租更索錢。嗟哉董生！朝出耕，夜歸讀古人書，盡日不得息。或山而樵，或水而漁。入厨具甘旨，上堂問起居。父母不慼慼，妻子不咨咨。作詩主意。嗟哉董生，孝且慈，人不識，惟有天翁知，生祥下瑞無時期。家有狗乳出求食，雞來哺其兒。啄啄庭中拾蟲蟻，哺之不食鳴聲悲，彷徨躑躅久不去，以翼來覆待狗歸。化及物類，其人可知。嗟哉董生，誰將與儔？時之人，夫妻相虐，兄弟爲讐，食君之禄而令父母愁。亦獨何心？嗟哉董生無與儔！

此詩朱子取入小學中，見孝慈之行可以矜式衆人也。直白少文，正是不可及處。

俞犀月云：『奇横在用韵處貫下一筆，然後截住，以足上意。如「盡日不得息」「亦獨何心」等句是也。』

寒食日出遊張十一院長見示病中憶花九篇，寒食日出遊，夜歸，因以投贈。

李花開發君始病，我往看君花轉盛。走馬城西惆悵歸，不見千林雪相映。爾來又見桃與梨，交開紅白如争競。可憐物色阻攜手，空展霜縑吟九咏。紛紛落盡泥與塵，不共新妝比端正。桐華最晚今已繁，君不强起時難更。關山遠别固其理，寸步難見始知命。憶昔與君同貶官，夜渡洞庭看斗柄。豈料生還得一處，引袖拭淚悲且慶。各言生死兩追隨，直置心親無貌敬。念君又署南荒吏，路指鬼門幽且夐。三公盡是知音人，曷不薦賢陛下聖。囊空甑倒誰救之，我今一食日還併。自然憂氣損天和，安得康强保天性。斷鶴兩翅鳴何哀，縶驥四足氣空横。今聞寒食行野外，緑楊匝岸蒲生迸。宋玉庭邊不見人，輕浪參差魚動鏡。自嗟孤賤足瑕疵，特見放縱荷寛政。飲酒寧嫌觥底深，題詩尚倚筆鋒勁。明宵故欲相就醉，有月莫辭當火令。

鄭群贈簟

蘄州笛竹天下知，鄭君所寶尤瑰奇。携來當晝不得卧，一府傳看黄琉璃。體堅色净又藏節，盡眼凝滑無瑕疵。法曹貧賤衆所易，自謂。腰腹空大何能爲。自從五月困暑濕，如坐深甑遭蒸炊。手磨袖拂心語口，慢膚多汗真相宜。日暮歸來獨惆悵，有賣直欲傾家資。誰謂故人知我意，卷送八尺含風漪。呼奴掃地鋪未了，光彩照耀驚童兒。青蠅側翅蚤蝨避，肅肅疑有青飈吹。倒身甘寢百疾愈，却願天日恒炎曦。與『携來當晝不得卧』俱透過一層法。明珠青玉不足報，贈子相好無時衰。

贈崔立之評事名斯立。

崔侯文章苦捷敏，高浪駕天輸不盡。曾從關外來上都，隨身卷軸車連軫。朝爲百賦由鬱怒，暮作千詩轉遒緊。摇毫擲簡自不供，頃刻青紅浮海蜃。才豪氣猛易語言，往往蛟螭雜螻蚓。工拙並見。知音自古稱難遇，世俗乍見那妨哂。勿嫌法官未登朝，時爲評事。猶勝赤尉長趨尹。時命雖乖心轉壯，技能虚富家逾窘。念昔塵埃兩相逢，争名齟齬持矛楯。子時專場誇觜距，余始張軍嚴韞軔。爾來但欲保封疆，莫學龐涓怯孫臏。竄逐新歸厭聞鬧，齒髮早衰嗟可閔。自江陵法曹召爲國子博士。頻蒙怨句刺棄遺，豈有閒官敢推引。深藏篋笥時一發，戢戢已多如束筍。

可憐無益費精神，有似黄金擲虚牝。文人每坐此病，然可傳亦正在此。當今聖人求侍從，拔擢杞梓收楛箘。東馬嚴徐已奮飛，枚皋即召窮且忍。復聞王師西討蜀，霜風冽冽摧朝菌。走章馳檄在得賢，燕雀紛拏要鷹隼。竊料二塗必處一，豈比恒人長蠢蠢。勸君韜養待徵招，不用雕琢愁肝腎。墻根菊花好沽酒，錢帛縱空衣可準。暉暉簷日暖且鮮，摵摵井梧疏更韵。高士例須憐麴蘖，丈夫終莫生畦畛。能來取醉任喧呼，死後賢愚俱泯泯。

酬司門盧四兄雲夫院長望秋作名汀

長安雨洗新秋出，極目寒鏡開塵函。終南曉望蹋龍尾，倚天更覺青巉巉。自知短淺無所補，從事久此穿朝衫。歸來得便即遊覽，暫似壯馬脱重銜。曲江荷花蓋十里，江湖生目思莫緘。樂遊下矚無遠近，緑槐萍合不可芟。白首寓居誰借問，平地寸步扃雲岩。雲夫老兄有狂氣，嗜好與俗殊酸鹹。日來省我不肯去，論詩説賦相喃喃。望秋一章已驚絶，猶言低抑避謗讒。若使乘酣騁雄怪，造化可以當鐫劖。嗟我小生值强伴，怯膽變勇神明鑒。馳坑跨谷終未悔，爲利而止真貪饞。高揖群公謝名譽，遠追甫白感至誠。樓頭完月不共宿，其奈就缺行攕攕。

和虞部盧四汀酬翰林錢七徽赤藤杖歌

赤藤爲杖世未窺，臺郎虞部。始携自滇池。滇王掃宫避使者，跪進再拜語嗢咿。繩橋拄過免傾墮，性命造次蒙扶持。途經百國皆莫識，君臣聚觀逐旌麾。共傳滇神出水獻，赤龍拔鬚血淋漓。又云羲和操火鞭，暝到西極睡所遺。此種奇傑，昌黎獨造。幾重包裹自題署，不以珍怪誇荒夷。歸來捧贈同舍子，浮光照手欲把疑。空堂晝眠倚户牖，飛電著壁搜蛟螭。南宮清深禁闈密，唱和有類吹塤篪。妍辭麗句不可繼，見寄聊且慰分司。公時爲分司。

石鼓歌

張生手持石鼓文，勸我試作石鼓歌。少陵無人謫仙死，才薄將奈石鼓何。周綱陵遲四海沸，宣王憤起揮天戈。大開明堂受朝賀，諸侯劍佩鳴相磨。蒐于岐陽騁雄俊，萬里禽獸皆遮羅。鐫功勒成告萬世，鑿石作鼓隳嵯峨。從臣才藝咸第一，揀選撰刻留山阿。雨淋日炙野火燎，鬼物守護煩撝呵。公從何處得紙本，毫髮盡備無差訛。辭嚴義密讀難曉，字體不類隸與蝌。年深豈免有缺畫，快劍斫斷生蛟鼉。鸞翔鳳翥衆仙下，珊瑚碧樹交枝柯。金繩鐵索鎖紐壯，古鼎躍水龍騰梭。陋儒編詩不收入，二《雅》褊迫無委蛇。孔子西行不到秦，掎摭星宿遺羲娥。陋儒，指當時采風者言，二雅不載，孔子無從采取也，焉有不滿孔子意？嗟余好古生苦晚，對此涕淚雙滂沱。憶昔初蒙博士徵，其年始改稱元和。故人從軍在右輔，爲我度量掘臼科。濯冠沐浴告祭酒，如此至寶存豈多。氈苞席裹可立致，十鼓祇載數駱駝。薦諸太廟比郜鼎，光價豈止百倍過。聖恩若許留太學，諸生講解得切磋。觀經鴻都尚填咽，坐見舉國來奔波。剜苔剔蘚露節角，安置妥帖平不頽。大厦深簷與蓋覆，經歷久遠期無佗。中朝大官老於事，詎肯感激徒媕婀。牧童敲火牛礪角，誰復著手爲摩挲。日銷月鑠就埋没，六年西顧空吟哦。羲之俗書趁姿媚，隸書風俗通行，别于古篆，故云『俗書』，無貶右軍意。數紙尚可博白鵝。繼周八代爭戰罷，無人收拾理則那。方今太平日無事，柄任儒術崇丘軻。安能以此尚論列，願借辯口如懸河。石鼓之歌止於此，嗚呼吾意其蹉跎。

於今石鼓永留太學，昌黎詩爲之先聲也。典重和平，與題相稱。

華山女

街東街西講佛經，撞鐘吹螺鬧宫庭。廣張罪福資誘脅，聽衆狎恰排浮萍。黄衣道士亦講説，座下寥落如明星。華山女兒家奉道，欲驅異教歸仙靈。洗妝拭面著冠帔，白咽紅頰長眉青。如見其人。遂來昇座演真訣，龍門不許人開扃。不知誰人暗相報，訇然振動如雷霆。掃除衆寺人迹絶，驊騮塞路連輜軿。觀中人滿坐觀外，後至無地無由聽。抽釵脱釧解環佩，堆金叠玉光青熒。天門貴人傳詔召，六官願識師顔形。玉皇頷首許歸去，乘龍駕鶴來青冥。此與迎佛骨同見人主之不察也。豪家少年豈知道，來繞百匝脚不停。雲窗霧閣事慌惚，重重翠幔深金屏。中藏褻慢之意。仙梯難攀俗緣重，浪憑青鳥通丁寧。

《謝自然》詩顯斥之，《華山女》詩微刺之，總見神仙之説之惑人也。《漁隱叢話》謂退之此詩頗用假借，豈其然乎？

柳州羅池廟

荔子丹兮蕉黄，雜佳蔬兮進侯堂。侯之船兮兩旗，度中流兮風泊之。待侯不來兮，不知我悲。侯乘駒兮入廟，慰我民兮不嚬以笑。鵝之山兮柳之水，桂樹團團兮白石齒齒。侯朝出遊兮暮來歸，春與猿吟兮秋鶴與飛。北方之人兮，爲侯是非。千秋萬歲兮，侯無我違。福我兮壽我，驅厲鬼兮山之左。下無苦濕兮高無乾，秔稌充羡兮蛇蛟結蟠。我民報祀兮，無怠其始，自今兮欽於世世。《九歌》之遺。

拘幽操　文王羑里作集中少此格，今附七言古後。

目窈窈兮，其凝其盲。耳肅肅兮，聽不聞聲。朝不見日出兮，夜不見月與星。有知無知兮，爲死爲生。嗚呼！臣罪當誅兮，天王聖明。

此『爲人臣止於敬』注脚也。程伊川先生云：『道文王意中事，前後人道不到此。』

越裳操　周公作

雨之施，物以孳。我何意，于彼爲。自周之先，其艱其勤。以有疆宇，私我後人。我祖在上，四方在下。厥臨孔威，敢戲以侮。孰荒于門，孰治于田。四海既均，越裳是臣。孰荒、孰治，皆我祖所監臨也。

將歸操　孔子之趙，聞殺鳴犢作

狄之水兮，其色幽幽。我將濟兮，不得其由。涉其淺兮，石齧我足。乘其深兮，龍入我舟。我濟而悔兮，將安歸尤。歸兮歸兮，無與石鬬兮，無應龍求。

猗蘭操　孔子傷不逢時作

蘭之猗猗，揚揚其香。不采而佩，于蘭何傷？今天之旋，其曷爲然。我行四方，以日以年。雪霜貿貿，薺麥之茂。子如不傷，我不爾覯。薺麥之茂，薺麥之有。君子之傷，君子之守。彼自有之性。君子之傷，正君子之守也。

重訂唐詩別裁集卷八

長洲沈德潛歸愚選

柳宗元

楊白花楊白花，楊大眼之子。胡太后逼幸之，白花懼禍，南奔于梁。太后作《楊白花歌》，使宮人連臂踏蹄歌之。

楊白花，風吹渡江水。坐令宮樹無顏色，搖蕩春光千萬里。茫茫曉月下長秋，哀歌未斷城鴉起。

長秋宮，太后所居。通篇不露正旨，而以『長秋』二字逗出，用筆用意在微顯之間。

漁翁

漁翁夜傍西巖宿，曉汲清湘然楚竹。烟消日出不見人，欸乃一聲山水緑。迴看天際下中流，巖上無心雲相逐。東坡謂删去末二語，餘情不盡，信然！

放鷓鴣詞

楚越有鳥甘且腴，嘲嘲自鳴爲鷓鴣。狥媒得食不復慮，機械潛發罹罝罦。暗指王叔文。招之，及罹禍事。羽毛摧折觸籠籞，烟火熇赫驚庖厨。鼎前芍藥調五味，膳夫攘腕左右視。齊王不忍觳觫牛，簡子亦放邯鄲鳩。二人得意猶念此，况我萬里爲孤囚。破籠展翅當遠去，同類相呼莫相顧。見此後當自檢束，勿更爲所引也。

聚蚊謡

沉沉夏夜蘭臺開，飛蚊伺暗聲如雷。嘈然歘起初駭聽，殷殷若自南山來。喧騰鼓舞喜昏黑，昧者不分聰者惑。露花滴瀝月上天，利嘴迎人著不得。我軀七尺爾如芒，我孤爾衆能我傷。天生有時不可遏，爲爾設幄潛匡牀。清商一來秋日曉，羞爾微形飼丹鳥。與前首同一比例。

顧　況

字逋翁，蘇州海鹽人。與柳渾、李泌善。渾輔政，以校書徵。泌爲相，稍遷著作郎。坐詩語調謔，貶司户參軍，隱居茅山，以壽終。

短歌行有序

情思發動，聖賢所不能免也。師乙陳其宜，延州審其音。理亂之所經，王化之所興也。信無逃於聲教，豈徒文彩之麗？遂作此歌。

城邊路，今人犁田昔人墓。岸上沙，昔時江水今人家。今人昔人共長歎，四氣相催節迴换。明月皎皎入華池，白雲離離度青漢。我欲升天天隔霄，我欲渡水水無橋，我欲上山山路險，我欲汲井井泉遥。越人翠被今何夕，獨立沙邊江草碧。紫燕西飛欲寄書，白雲何處蓬萊客。悠然神遠。

新繫青絲百尺繩，心在君家轆轤上。我心皎潔君不知，轆轤一轉一惆悵。何處春風吹曉幕，江南緑水通朱閣。美人二八顔如花，泣向春風畏花落。臨春風，聽春鳥。别時多，見時少。愁人一夜不得眠，瑶井玉繩相對曉。

言悃忱之無由上達也，總以微婉出之。

囝

囝哀閩也囝，音蹇，閩俗呼子爲囝，父爲郎罷。《青箱雜記》云：唐世多取閩童爲閹奴，故況陳其苦以諷。

囝生閩方，閩吏得之，乃絶其陽。爲臧爲獲，致金滿屋。爲髡爲鉗，如視草木。天道無知，我罹其毒。神道無知，彼受其福。郎罷別囝，吾悔生汝。及汝既生，人勸不舉。不從人言，果獲是苦。囝別郎罷，心摧血下。隔地絶天，及至黄泉，不得在郎罷前。

閩童亦人子，何罪而遭此毒耶！即事直書，聞者足誡。

白居易

七德舞

七德舞，七德歌，傳自武德至元和。元和小臣白居易，觀舞聽歌知樂意，曲終稽首陳其事。太宗十八舉義兵，白旄黄鉞定兩京。擒充戮竇四海清，二十有四功業成。二十有九即帝位，三十有五致太平。功成理定何神速，速在推心致人腹。一句領起下文。亡卒遺骸散帛收，飢人賣子分金贖。魏徵夢見子夜泣，張謹哀聞辰日哭。怨女三千放出宫，死囚四百來歸獄。翦鬚燒藥賜功臣，李勣嗚咽思殺身。含血吮瘡撫戰士，思摩奮呼乞效死。不獨善戰善乘時，以心感人人心歸。爾來一百九十載，天下至今歌舞之。歌七德，舞七德，聖人有作垂無極。豈徒耀神武，豈徒誇聖文，太宗意在陳王業，王業艱難示子孫。

推心置腹，通篇主意。『怨女』一聯，尤爲警動。縱囚事，歐公作論貶之，然當時實爲盛舉也，宋太宗亦謂『朕不及此』。

海漫漫　戒求仙也

海漫漫，直下無底傍無邊。雲濤烟浪最深處，人傳中有三神山。山上多生不死藥，服之羽化爲天仙。秦皇漢武信此語，方士年年采藥去。蓬萊今古但聞名，烟水茫茫無覓處。海漫漫，風浩浩，眼穿不見蓬萊島。不見蓬萊不敢歸，童男丱女舟中老。徐福文成多誑誕，上元太一虚祈禱。君看驪山頂上茂陵頭，畢竟悲風吹蔓草。何況元元聖祖五千言，不言藥，不言仙，不言白日升青天。

此言求仙之妄也。唐代崇奉老子，而五千言中不言神仙，恍然可悟矣！

上陽白髮人　愍怨曠也

原注：天寶五載已後，楊貴妃專寵，後宮人無復進幸矣。六宮有美色者，輒置别所，上陽是其一也，貞元中尚存焉。

上陽人，紅顔闇老白髮新。緑衣監使守宫門，一閉上陽多少春。明皇末歲初選入，入時十六今六十。同時采擇百餘人，零落年深殘此身。憶昔吞悲别親族，扶入車中不敢哭。皆云入内便承恩，臉似芙蓉胸似玉。未容君王得見面，已被楊妃遥側目。妒令潛配上陽宫，一生遂向空房宿。宿空房，秋夜長，夜長無寐天不明。耿耿殘燈照背影，蕭蕭闇雨打窗聲。春日遲，日遲獨坐天難暮。宫鶯百囀愁厭聞，梁燕雙棲老休妒。鶯歸燕去長悄然，春往秋來不記年。唯向深宫望明月，東西四五百迴圓。今日宫中年最老，大家遥賜尚書號。小頭鞋履窄衣裳，青黛點眉眉細長。外人不見見應笑，天寶末年時世妝。上陽人，苦最多。少亦苦，老亦苦，少苦老苦兩如何。君不見昔時吕尚《美人賦》，原注：天寶末，有密采艷色者，當時號『花鳥使』。吕尚獻《美人賦》以諷之。又不見今日上陽宫人《白髮歌》。

只『惟向深宫望明月，東西四五百迴圓』二語，已見宫人之苦。而楊妃之嫉妒專寵，足以致亂矣。女禍之誡，千古昭然。

新豐折臂翁　戒邊功也

新豐老人八十八，頭鬢眉鬚皆似雪。元孫扶向店前行，左臂憑肩右臂折。問翁臂折來幾年，兼問致折何因緣。翁云貫屬新豐縣，生逢聖代無征戰。慣聽梨園歌管聲，不識旗槍與弓箭。無何天寶大徵兵，户有三丁點一丁。點得驅將何處去，五月萬里雲南行。聞道雲南有瀘水，椒花落時瘴烟起。大軍徒涉水如湯，未過十人二三死。村南邨北哭聲哀，兒别耶孃夫别妻。皆云前後征蠻者，千萬人行無一迴。是時翁年二十四，兵部牒中有名字。夜深不敢使人知，偷將大石鎚折臂。張弓簸旗俱不堪，從兹始免征雲南。骨碎筋傷非不苦，且圖揀退歸鄉土。此臂折來六十年，一肢雖廢一身全。至今風雨陰寒夜，直到天明痛不眠。痛不眠，終不悔，且喜老人今獨在。不然當時瀘水頭，身死魂飛骨不收。應作雲南望鄉鬼，萬人冢上哭呦呦。原注：雲南有萬人冢，即鮮于仲通、李宓曾覆軍之所。老人言，君聽取。君不聞，開元宰相宋開府，不賞邊功防黷武。宋璟不重賞郝雲岑斬突厥默啜之功。又不聞，天寶宰相楊國忠，欲求恩幸立邊功。邊功未立生人怨，楊國忠討閣羅鳳，前後二十餘萬，去無返者。請問新豐折臂翁。

窮兵黷武之禍，慨切言之。末以宋璟、楊國忠對言，見開寶治亂之機，實分於此。

百鍊鏡　美皇王鑒也

百鍊鏡，鎔範非常規，日辰處所靈且祇。江心波上舟中鑄，五月五日日午時。瓊粉金膏磨瑩已，化爲一片秋潭水。鏡成將獻蓬萊宫，揚州長吏手自封。人間臣妾不合照，背有九五飛天龍。人人呼爲天子鏡，我有一言聞太宗。太宗常以人爲鏡，鑒古鑒今不鑒容。四海安危居掌内，百王治亂懸其中。乃知天子别有鏡，不是揚州百鍊銅。

百鍊之鏡照一人，君心之鏡照四海。張曲江進《千秋金鑑録》，即是此意。

青石　激忠烈也

青石出自藍田山，兼車運載來長安。工人磨琢欲何用，石不能言我代言。不願作人家墓前神道碣，墳土未乾名已滅。不願作官家道旁德政碑，不鎸實録鎸虚辭。願爲顔氏段氏碑，雕鏤太尉與太師。刻此兩片堅金質，狀彼二人忠烈姿。義心若石屹不轉，死節名流確不移。如觀奮擊朱泚日，似見叱呵希烈時。各於其上題名謚，一置高山一沉水。陵谷雖遷碑獨存，骨化爲塵名不死。長使不忠不烈臣，觀碑改節慕爲人。慕爲人，勸事君。

寫段、顔二公凛凛有生氣。末勸人忠烈，一篇主意。

八駿圖　戒奇物，懲佚遊也

穆王八駿天馬駒，後人愛之寫爲圖。背如龍兮頸如象，骨竦筋高肌肉壯。日行萬里速如飛，穆王獨乘何所之。四荒八極蹋欲遍，三十二蹄無歇時。屬車軸折趁不及，黄屋草生棄若遺。瑶池西赴王母宴，七廟經年不親薦。璧臺南與盛姬遊，明堂不復朝諸侯。白雲黄竹歌聲動，一人荒樂萬人愁。周從后稷至文武，積德累功世勤苦。豈知纔及四代孫，心輕王業如灰土。由來尤物不在大，能蕩君心則爲害。文帝却之不肯乘，千里馬去漢道興。穆王得之不爲戒，八駿駒來周室壞。至今此物世稱珍，不知房星之精下爲害。八駿圖，君莫愛。

耽佚遊，政治荒矣！以漢文之却千里馬對照，興壞顯然。

秦吉了　哀冤民也

秦吉了，出南中，彩毛青黑花頸紅。耳聰心慧舌端巧，鳥語人言無不通。昨日長爪鳶，今日大觜烏。鳶捎乳燕一窠覆，比害民之人。烏啄母雞雙眼枯。雞號墮地燕驚去，然後拾卵攫其雛。豈無雕與鶚，嗉中食飽不肯搏。比諫臣不言。亦有鸞鶴群，閒立颺高如不聞。比大臣不言。秦吉了，人云爾是能言鳥，豈不見雞燕之冤苦？吾聞鳳凰百鳥主，爾竟不爲鳳凰之前致一言，空多噪噪閒言語。竟不一言，民冤無可伸矣。

長恨歌

漢王重色思傾國，御宇多年求不得。楊家有女初長成，養在深閨人未識。爲尊者諱。天生麗質難自棄，一朝選在君王側。回頭一笑百媚生，六宫粉黛無顔色。春寒賜浴華清池，温泉水滑洗凝脂。侍兒扶起嬌無力，始是新承恩澤時。雲鬢花顔金步摇，芙蓉帳暖度春宵。春宵苦短日高起，從此君王不早朝。承歡侍宴無閒暇，春從春遊夜專夜。致禍之由。後宫佳麗三千人，三千寵愛在一身。金屋妝成嬌侍夜，玉樓宴罷醉和春。姊妹弟兄皆列土，可憐光彩生門户。遂令天下父母心，不重生男重生女。驪宫高處入青雲，仙樂風飄處處聞。緩歌慢舞凝絲竹，盡日君王看不足。漁陽鞞鼓動地來，此言安禄山之亂。驚破霓裳羽衣曲。如聞春雷一聲。九重城闕烟塵生，千乘萬騎西南行。此言出奔。翠華摇摇行復止，西出都門百餘里。六軍不發無奈何，宛轉蛾眉馬前死。花鈿委地無人收，翠翹金雀玉搔頭。君王掩面救不得，回首血淚相和流。黄埃散漫風蕭索，雲棧縈紆登劍閣。此言幸蜀。峨嵋山下少人行，旌旗無光日色薄。蜀江水碧蜀山青，聖主朝朝暮暮情。行宫見月傷心色，夜雨聞鈴腸斷聲。天旋地轉迴龍馭，此言自蜀回。到此躊躇不能去。馬嵬坡下泥土中，不見玉顔空死處。潛遣中使，具棺以葬。君臣相顧盡沾衣，東望都門信馬歸。以下言上皇在南内，又遷西宫中，暗藏肅宗之不孝。然此處不用顯言。歸來池苑皆依舊，太液芙蓉未央柳。芙蓉如面柳如眉，對此如何不淚垂。春風桃李花開夜，秋雨梧桐葉落時。

西宮南苑多秋草，宮葉滿階紅不掃。梨園弟子白髮新，椒房阿監青娥老。夕殿螢飛思悄然，孤燈挑盡未成眠。遲遲鐘鼓初長夜，耿耿星河欲曙天。鴛鴦瓦冷霜華重，翡翠衾寒誰與共。悠悠生死別經年，魂魄不曾來入夢。引入方士尋幽一段。臨邛道士鴻都客，能以精誠致魂魄。爲感君王展轉思，遂教方士殷懃覓。排空馭氣奔如電，升天入地求之遍。上窮碧落下黃泉，兩處茫茫皆不見。忽聞海上有仙山，山在虛無縹渺間。著『虛無縹緲』字，知以下皆方士誑言。樓閣玲瓏五雲起，其中綽約多仙子。中有一人字太真，雪膚花貌參差是。金闕西廂叩玉扃，轉教小玉報雙成。聞道漢家天子使，九華帳裏夢魂驚。攬衣推枕起徘徊，珠箔銀屏邐迤開。雲髻半偏新睡覺，花冠不整下堂來。風吹仙袂飄飄舉，猶似霓裳羽衣舞。玉容寂寞淚闌干，梨花一枝春帶雨。寫淚語妙。含情凝涕謝君王，一別音容兩渺茫。昭陽殿裏恩愛絕，蓬萊宮中日月長。回頭下望人寰處，不見長安見塵霧。惟將舊物表深情，鈿盒金釵寄將去。釵留一股合一扇，釵擘黃金合分鈿。但令心似金鈿堅，天上人間會相見。臨別殷勤重寄詞，詞中有誓兩心知。七月七日長生殿，夜半無人私語時。在天願作比翼鳥，在地願爲連理枝。天長地久有時盡，此恨綿綿無絕期。迷離惝恍，不用收結，此正作法之妙。

此譏明皇之迷於色而不悟也。以女寵幾於喪國，應知從前之謬戾矣。乃猶令方士遍索，而方士因得以虛無縹緲之詞爲對。遂信鈿釵私語爲真，而信其果爲仙人也。天下有妖艷之婦而成仙人者耶？詩本陳鴻《長恨傳》而作，悠揚旖旎，情至文生，本王、楊、盧、駱，而又加變化者矣。時有一妓誇於人曰：『我能誦白學士《長恨歌》，豈與他妓等哉！』詩之見重於時如此。

琵琶行并序

元和十年，予左遷九江郡司馬。明年秋，送客湓浦口，聞舟中夜彈琵琶者。聽其音，錚錚然有京都聲。問其人，本長安倡女，嘗學琵琶于穆曹二善才，年長色衰，委身爲賈人婦。遂命酒，使快彈數曲。曲罷，憫然。自叙少小時歡樂事，今漂淪憔悴，轉徙於江湖間。予出官二年，恬然自安。感斯人言，是夕始覺有遷謫意。因爲長句，歌以贈之，凡六百一十六言，命曰《琵琶行》。

潯陽江頭夜送客，楓葉荻花秋瑟瑟。主人下馬客在船，舉酒欲飲無管絃。醉不成歡慘將別，別時茫茫江浸月。以江月爲文瀾。忽聞水上琵琶聲，主人忘歸客不發。尋聲闇問彈者誰，琵琶聲停欲語遲。移船相近邀相見，添酒回燈重開宴。千呼萬喚始出來，猶抱琵琶半遮面。轉軸撥絃三兩聲，未成曲調先有情。絃絃掩抑聲聲思，似訴平生不得志。低眉信手續續彈，説盡心中無限事。輕攏慢撚乃殄切抹復挑，初爲霓裳後六幺。大絃嘈嘈如急雨，小絃切切如私語。嘈嘈切切錯雜彈，大珠小珠落玉盤。間關鶯語花底滑，幽咽泉流水下灘。水泉冷澀絃凝絶，凝絶不通聲暫歇。別有幽愁闇恨生，此時無聲復有聲。小住復彈，此餘聲也。銀瓶乍破水漿迸，鐵騎突出刀鎗鳴。曲終收撥當心畫，四絃一聲如裂帛。東船西舫悄無言，唯見江心秋月白。應江月。沉吟放撥插絃中，整頓衣裳起斂容。自言本是京城女，家在蝦蟇陵下住。十三學得琵琶成，名屬教坊第一部。曲罷常教善才服，妝成每被秋娘妒。五陵年少争纏頭，一曲紅綃不知數。鈿頭銀篦擊節碎，血色羅裙翻酒污。今年歡笑復明年，秋月春風等閑度。弟走從軍阿姨死，暮去朝來顔色故。門前冷落鞍馬稀，老大嫁作商人婦。商人重利輕别離，前月浮梁買茶去。去來江口守空船，遶船明月江水寒。又應江月。夜深忽夢少年事，夢啼妝淚紅闌干。我聞琵琶已歎息，又聞此語重唧唧。同是天涯淪落人，相逢何必曾相識。二語通篇關鍵。我從去年辭帝京，謫居卧病潯陽城。潯陽地僻無音樂，終歲不聞絲竹聲。住近湓江地低濕，黄蘆苦竹遶宅生。其間旦暮聞何物，杜鵑啼血猿哀鳴。春江花朝秋月夜，往往取酒還獨傾。豈無山歌與村笛，嘔啞嘲哳難爲聽。今夜聞君琵琶語，如聽仙樂耳暫明。莫辭更坐彈一曲，爲君翻作琵琶行。感我此言良久立，却坐促絃絃轉急。凄凄不似向前聲，滿座重聞皆掩泣。座中泣下誰最多，江州司馬青衫濕。結得住。

寫同病相憐之意，惻惻動人。諸本『此時無聲勝有聲』，既無聲矣，下二語如何接出？宋本『無聲復有聲』，謂住而又彈也，古本可貴如此。

真娘墓墓在虎丘寺。

真娘墓，虎丘道。不識真娘鏡中面，惟見真娘墓頭草。霜摧桃李風折蓮，真娘死時猶少年。脂膚荑手不牢固，世間有物難留連。難留連，易消歇，塞北花，江南雪。

不著迹象，高於衆作。夢得云『香魂雖死人不怕』，真可笑人也。

寒食野望吟

邱墟郭門外，寒食誰家哭。風吹曠野紙錢飛，古墓纍纍春草緑。棠梨花映白楊樹，盡是死生離别處。冥漠重泉哭不聞，蕭蕭風雨人歸去。

醉後狂言酬贈蕭殷二協律

餘杭邑客多羈貧，其間甚者蕭與殷。天寒身上猶衣葛，日高甑中未拂塵。江城山寺十一月，北風吹沙雪紛紛。賓客不見綈袍惠，黎庶未沾襦袴恩。此時太守自慚愧，重衣複衾有餘温。因命染人與針女，先製兩裘贈二君。吴綿細軟桂布密，柔如狐腋白似雲。勞將詩書投贈我，如此小惠何足論。我有大裘君未見，寬廣和暖如陽春。此裘非繒亦非纊，裁以法度絮似仁。刀尺鈍拙製未畢，出亦不獨裹一身。若令在郡得五考，與君展覆杭州人。

欲徧覆杭人，實有所難。然居官者，不可不存此心也！與老杜之『廣厦萬間』同一志嚮。

元稹

字微之，河南人。元和初，對策第一，官左拾遺。後忤中人仇士良，擊稹敗回，貶江陵士曹參軍，久，乃徙虢州長史。長慶初，監軍崔潭峻方親幸，以稹歌辭進帝，大悦，擢祠部郎中知制誥，俄遷中書舍人翰林學士，旋進同中書門下平章事。始忤中人，繼以依中人進，朝論鄙之。又連次欲傾裴度，蓋兩截人也。太和中爲武昌節度使卒。白樂天同對策、同倡和，詩稱『元白體』，其實遠不逮白。白條直，中皆雅音。元意拙，語纖，又流於澀，東坡品爲『元輕白俗』，非定論也。兹特取七言古四章，近體不在此數。

連昌宫詞

連昌宫中滿宫竹，歲久無人森似束。又有墻頭千葉桃，風動落花紅蔌蔌。宫邊老人爲予泣，小年進食曾因入。上皇正在望仙樓，太真同凭闌干立。樓上樓前盡珠翠，炫轉熒煌照天地。歸來如夢復如癡，何暇備言宫裏事。初届他本作『初過』，誤。寒食一百六，店舍無烟宫樹緑。夜半月高絃索鳴，賀老賀懷智。琵琶定場屋。力士傳呼覓念奴，念奴潛伴諸郎宿。穢瑣。須臾覓得又連催，尚在禁烟，故下云『特敕』。特敕街中許然燭。春嬌滿眼睡紅綃，掠削雲鬟旋裝束。飛上九天歌一聲，二十五郎吹管逐。邠王善吹小管。逡巡大遍涼州徹，色色龜兹轟緑續。李謩壓笛傍宫墻，偷得新翻數般曲。平明大駕發行宫，萬人鼓舞途路中。百官隊仗避岐薛，楊氏諸姨車鬬風。明年十月東都破，御路猶存禄山過。禄山之亂説得太輕。驅令供頓不敢藏，萬姓無聲淚潛墮。兩京定後六七年，却尋家舍行宫前。郭子儀收復兩京。莊園燒盡有枯井，行宫門閉樹宛然。爾後相傳六皇帝，肅、代、德、憲、順、穆。不到離宫門久閉。往來年少説長安，元武樓成華萼廢。去年敕使因斫竹，偶值門開暫相逐。荆榛櫛比塞池塘，狐兔驕癡緣樹木。此一段神來之筆。舞榭欹傾基尚存，文窗窈窕紗猶緑。塵埋粉壁舊花鈿，壁上之飾。鳥啄風箏碎珠玉。風箏之音。上皇偏愛臨砌花，依然御榻臨階斜。蛇出燕窠盤鬭栱，菌生香案正當衙。寢殿相連端正樓，太真梳洗樓上頭。晨光未出簾影黑，至今反挂珊瑚鉤。指示旁人因慟哭，却出宫門淚相續。自從此後還閉門，夜夜狐狸上門屋。我聞此語心骨悲，太平誰致亂者誰。翁言野父何分别，耳聞眼見爲君説。開元天寶之治亂，微之豈不知，而必野老言之乎？此立言之失。姚崇宋璟作相公，勸諫上皇言語切。爕理陰陽禾黍豐，調和中外無兵戎。長官清貧太守好，揀選皆言由至公。他本作『相公』，誤。開元之末姚宋死，朝廷漸漸由妃子。禄山宫中養作兒，不應斥言。虢國門前鬧如市。弄權宰相不記名，依稀憶得楊與李。林甫、國忠，路人皆知其奸，不必微言。廟謨顛倒四海摇，五十年來作瘡痍。今皇神聖丞相明，詔書纔下吴蜀平。李錡、劉闢。官軍又取淮西賊，吴元濟。此賊亦除天下寧。年年耕種宮前道，今年不遣子孫耕。老翁此意深望幸，努力廟謨休用兵。結似端重，然通篇無黷武意，句尚無根。

詩中既有指斥，似可不選。然微之超擢，因中人崔潭峻進此詩，宮中呼爲『元才子』，亦因此詩。又諸家選本與《長恨歌》《琵琶行》並存，所謂『元白體』也，故已置而仍存之。

有鳥

有鳥有鳥如鸛雀，食蛇抱礐天姿惡。行經水滸爲毒流，羽拂酒杯爲死藥。漢后忍渴天豈知，驪姬墳地君寧覺。嗚呼爲有白色毛，亦得乘軒謬稱鶴。刺有文采而中毒螫者。

冬白紵

吴宮夜長宮漏款，簾幕四垂燈焰暖。西施自舞王自管，雪紵翻翻鶴翎散，上聲。促節牽繁舞腰懶。舞腰懶，王罷飲，蓋覆西施鳳花錦。身作匡牀臂爲枕，朝佩樅玉王晏寢。寢醒閽報門無事，子胥死後言爲諱。近王之臣諭王意，共笑越王窮惴惴，夜夜抱冰寒不睡。

田家詞

牛吒吒，田确确，旱塊敲牛蹄趵趵，種得官倉珠顆穀。六十年來兵簇簇，月月食糧車轆轆。

一日官軍收海服，驅牛駕車食牛肉。歸來收得牛兩角，重鑄鋤犁作斤斸。姑舂婦擔去輸官，輸官不足歸賣屋。願官早勝讎早覆，農死有兒牛有犢。不遣官軍糧不足。音節入古。

戴叔倫字幼公，金壇人，蕭穎士弟子。劉晏掌鹽鐵，表主管湖南，歷撫州刺史，容管經略使，所至治行稱最。

女耕田行

乳燕入巢筍成竹，誰家二女種新穀。無人無牛不及犁，持刀斫地翻作泥。自言家貧母年老，長兄從軍未娶嫂。去年災疫牛囤空，截絹買刀都市中。頭巾掩面畏人識，以刀代牛誰與同。姊妹相携心正苦，不見路人唯見土。疏通畦壠防亂苗，整頓溝塍待時雨。日正南岡下餉歸，可憐朝雉擾驚飛。東鄰西舍花發盡，共惜餘芳淚滿衣。末二語一襯，愈見二女之苦，二女之正。

李紳

字公垂，亳州人。元和初補國子助教，累遷中書舍人。武宗即位，拜中書侍郎平章事。紳《憫農》詩中云：『四海無閑田，農夫猶餓死。』又云：『誰知盤中餐，粒粒皆辛苦。』吕温見之曰：『他日必爲宰相！』果如其言。

悲善才并序

余守郡日，有客遊者善彈琵琶，問其所傳，乃善才所授。頃在内庭日，别承恩顧，賜宴曲江，敕善才等二十人備樂。自余經播遷，善才已殁。因追感前事，爲悲善才。

穆皇夜幸蓬池曲，金鑾殿開高秉燭。從賜宴曲江説入。東頭弟子曹善才，琵琶請奏新翻曲。翠蛾列坐層城女，笙笛參差齊笑語。天顔静聽朱絲彈，衆樂寂然無敢舉。銜花金鳳當承撥，轉腕攏絃促揮抹。扶花翻鳳天上來，徘徊滿殿飛春雪。抽絃度曲新聲發，金鈴玉佩相瑳切。流鶯子母飛上林，仙鶴雌雄唳明月。此時奉詔侍金鑾，别殿承恩許召看。三月曲江春草緑，九霄天樂下雲端。紫髯供奉前屈膝，盡彈妙曲當春日。兼言二十人備樂。寒泉注射隴水開，塞雁翻飛朔天没。日曛塵暗車馬散，爲惜新聲有餘歎。明年冠劍閉橋山，萬里孤臣投海畔。穆皇宴駕，紳亦播遷。籠禽鎩翮尚還飛，白首生從五嶺歸。聞道善才成朽骨，空餘弟子奉宣徽。南譙寂寞三春晚，有客彈絃獨凄怨。此言善才歿後，聽其指授者所彈。静聽深奏楚明光，憶昔初聞曲江宴。回環賜宴曲江。心悲不覺淚闌干，更爲調絃反復彈。秋吹動摇神女佩，月珠敲擊水晶盤。自憐淮海同泥滓，恨魄癡心未能死。惆悵追懷萬事空，雍門琴感徒爲爾。

題係守郡説，入詩却先寫賜宴曲江，婉曲淋灕。然後轉入播遷，復聽善才弟子彈絃凄怨，末路雙收兩層，神情無限。

李　益

夜上西城聽梁州

行人夜上西城宿，聽唱梁州雙管逐。此時秋月滿關山，何處關山無此曲。鴻雁新從北地來，聞聲一半却飛回。金河戍客腸應斷，更在秋風百尺臺。

野田行

日没出古城，野田何茫茫。寒狐嘯青冢，鬼火燒白楊。昔人未爲泉下客，行到此中曾斷腸。

登夏州城樓觀征人，賦得六州胡兒歌

六州胡兒六蕃語，十歲騎羊逐沙鼠。沙頭牧馬孤雁飛，漢軍遊騎貂錦衣。雲中征戍三千里，今日征行何歲歸。無定河邊數株柳，共送行人一杯酒。胡兒起作和蕃歌，齊唱嗚嗚盡垂手。心知舊國西州遠，西向胡天望鄉久。回身忽作異方聲，一聲回盡征人首。蕃音虜曲直難分，似説邊情向塞雲。故國關山無限路，風沙滿眼斷征魂。不見天邊青作冢，古來愁殺漢昭君。

君虞最長邊塞詩，不獨『回樂峰前』一絶足以動人。

楊巨源

字景山，河中人。貞元中進士，自秘書郎累遷國子司業。年七十致仕歸，時宰白河中少尹，俾食禄終其身。

楊花落

北斗南回春物老，紅英落盡緑尚早。韶風澹蕩無所依，偏惜垂楊作春好。此時可憐楊柳花，縈盈艷曳滿人家。人家女兒出羅幙，静掃玉庭待花落。寶環纖手捧更飛，翠羽輕裾承不著。歷歷瑶琴舞態陳，霏紅拂黛憐玉人。東園桃李芳已歇，獨有楊花嬌暮春。

兒童捉柳花，無甚情味。美人游戲楊花，風神無限矣。『寶環纖手』一聯，形容盡善。

張　籍

張王樂府，有新聲，而少古意，王漁洋所謂『不曾辛苦學妃豨』也。然心思之巧、辭句之雋，最易啓人聰穎。高青邱每肖之，存之以備一格。文昌有《節婦吟》，時在他鎮幕府，鄆帥李師道以書幣聘之，因作此詞以却。然玩辭意，恐失節婦之旨，故不録。

古釵歎

古釵墜井無顔色，百尺泥中今復得。鳳凰宛轉有古儀，欲爲首飾不稱時。女伴傳看不知主，羅袖拂拭生光輝。蘭膏已盡股半折，雕文刻樣無年月。雖離井底入匣中，不用還與墜時同。

征婦怨

九月匈奴殺邊將，漢軍全没遼水上。萬里無人收白骨，家家城下招魂葬。婦人依倚子與夫，同居貧賤心亦舒。夫死戰場子在腹，妾身雖存如晝燭。

李華《弔古戰場文》篇中可云縮本。

傷歌行

黄門詔下促收捕，京兆尹繫御史府。出門無復部曲隨，親戚相逢不容語。辭成謫尉南海州，受命不得須臾留。身著青衫騎惡馬，東門之外無送者。郵夫防吏急喧驅，往往驚墮馬蹄下。長安里中荒大宅，朱門已除十二戟。高堂舞榭鎖管絃，美人遥望西南天。

此爲楊憑貶臨賀尉而作。憑爲京兆尹，廣蓄姬妾，築第逾制，爲人糾劾，貶之。

烏棲曲

西山作宫花滿池，宫鳥曉鳴茱萸枝。吴姬采蓮自唱曲，君王昨夜船中宿。

短歌行

青天蕩蕩高且虚，上有白日無根株。流光暫出還入地，使我年少不須臾。與君相逢勿寂寞，衰老不復如今樂。金卮盛酒置君前，再拜勸君千萬年。

祝辭正是可傷之處。

野老歌

老農家貧在山住，耕種山田三四畝。苗疏税多不得食，輸入官倉化爲土。歲暮鋤犁倚空室，呼兒登山收橡實。西江賈客珠成斛，船中養犬長食肉。

北邙行

洛陽北門北邙道，喪車轔轔入秋草。車前齊唱薤露歌，高墳新起白峨峨。朝朝暮暮人送葬，洛陽城中人更多。千金立碑高百尺，終作誰家柱下石。沉溺於葬地者，讀此可以恍然。山頭松柏半無主，地下白骨多於土。寒食家家送紙錢，烏鳶作窠銜上樹。人居朝市未解愁，請君暫向北邙遊。

送遠曲

戲馬臺南山簇簇，山邊飲酒歌別曲。行人醉後起登車，席上回尊勸僮僕。青天漫漫覆長路，遠遊無家安得住。願君到處自題名，他日知君從此去。從前送遠詩此意未曾寫到。

王建

字仲初，潁州人。成進士，官昭應縣丞，轉太常寺丞，終陝州司馬。建與張籍友善，工爲樂府，故張王並名。

田家行

男聲欣欣女顔悦，人家不怨言語别。五月雖熱麥風清，簷頭索索繰車鳴。野蠶作繭人不取，葉間撲撲秋蛾生。麥收上場絹在軸，的知輸得官家足。不望入口復上身，且免向城賣黄犢。田家衣食無厚薄，不見縣門身即樂。守此語便爲良農。

當窗織

歎息復嘆息，園中有棗行人食。貧家女爲富家織，翁母隔墻不得力。水寒手澀絲脆斷，續來續去心腸爛。草蟲促促機下啼，兩日催成一匹半。輸官上頭有零落，姑未得衣身不著。當窗却羨青樓倡，十指不動衣盈箱。本意薄之，然『羡』字失言矣。

鏡聽詞

重重摩挲嫁時鏡，夫婿遠行憑鏡聽。回身不遣別人知，人意丁寧鏡神聖。懷中收拾雙錦帶，恐畏街頭見驚怪。嗟嗟嚓嚓下堂階，獨自竈前來跪拜。出門願不聞悲哀，郎在任郎回未回。月明地上人過盡，好語多同皆道來。卷帷上床喜不定，與郎裁衣失翻正。可中三日得相見，重繡錦囊磨鏡面。

摹寫兒女子聲口，可云惟肖。

望夫石

望夫處，江悠悠。化爲石，不回頭。山頭日日風復雨，行人歸來石應語。

短歌行

人初生，日初出。上山遲，下山疾。古樂府神理。百年三萬六千朝，夜裏分將强半日。有歌有舞須早爲，昨日健於今日時。人家見生男女好，不知男女催人老。短歌行，無樂聲。

讀此辭，覺世人一生碌碌，爲兒孫作馬牛者，真痴絶也。

行見月

月初生，居人見月一月行。行行一年十二月，强半馬上看盈缺。百年歡樂能幾何，在家見少行見多。不緣衣食相驅遣，此身誰願長奔波。篋中有帛倉有粟，豈向天涯走碌碌。家人見月望我歸，正是道上思家時。

簇蠶辭

蠶欲老，箔頭作繭絲皓皓。場寬地高風日多，不向中庭燃蒿草。神蠶急作莫悠揚，年來爲爾祭神桑。但得青天不下雨，上無蒼蠅下無鼠。新婦拜簇願繭稠，女灑桃漿男打鼓。三日開箔雪團團，先將新繭送縣官。已聞鄉里催織作，去與誰人身上著。

意亦他人同有，然此覺入情。

李賀

字長吉，系出鄭王後。七歲能辭章，韓昌黎、皇甫持正訪之。賀賦《高軒過》一篇，二公重之。父名晉肅，不舉進士。昌黎作《原諱》勸之，卒不就舉。後以奉禮終，年二十七。長吉詩依約《楚騷》，而意取幽奥，辭取瓌奇，往往先成得意句，投錦囊中，然後足成之。所以每難疏解，母氏謂『兒當嘔心』者，此也！使天假以年，必更進大方。然天地間不可無此種文筆，有樂天之易，自應有長吉之難。特取明麗幾章，以志畦逕之變。

高軒過并序

韓員外愈、皇甫侍御湜見過，因而命作。

華裾織翠青如葱，金環壓轡摇玲瓏。馬蹄隱耳聲隆隆，入門下馬氣如虹。云是東京才子，文章鉅公！二十八宿羅心胸，元精耿耿貫當中。殿前作賦聲摩空，筆補造化天無功。『精光煜爚』四語，韓公足以當之。龐眉書客感秋蓬，誰知死草生華風。我今垂翅附冥鴻，他日不羞蛇作龍。言己欲附二公後。

雁門太守行

黑雲壓城城欲摧，甲光向日金鱗開。陰雲蔽天，忽露赤日，實有此景。角聲滿天秋色裏，塞上燕脂凝夜紫。半捲紅旗臨易水，霜重鼓寒聲不起。報君黃金臺上意，提携玉龍爲君死。字字捶鍊而成，昌谷集中定推老成之作。

金銅仙人辭漢歌并序

魏明帝青龍元年八月，詔宫官牽車，西取漢孝武捧露盤仙人，欲立置前殿。宫官既拆盤，仙人臨載，乃潸然淚下。唐諸王孫李長吉，遂作《金銅仙人辭漢歌》。

茂陵劉郎秋風客，夜聞馬嘶曉無迹。少承露盤意，便嫌無根。畫欄桂樹懸秋香，三十六宫土花碧。魏官牽車指千里，東關酸風射眸子。空將漢月出宫門，憶君清淚如鉛水。衰蘭送客咸陽道，天若有情天亦老。奇句。携盤獨出月荒凉，渭城已遠波聲小。

漢武有《秋風辭》，遂名『秋風客』，好奇之過也。多情者天，以生物爲心可見。兹以無情目之，寫胸中憤懣不平，而年命之促已兆於此。

春坊正字劍子歌

先輩匣中三尺水，曾入吴潭斬龍子。隙月斜明刮露寒，練帶平鋪吹不起。蛟胎皮老蒺藜刺，鸊鵜淬花白鷴尾。直是荆軻一片心，莫教照見春坊字。挼絲團金懸簏敕，神光欲截藍田玉。提出西方白帝驚，嗷嗷鬼母秋效哭。

從來寫劍者只形其利，此并傳其神。末暗用漢祖斬白蛇事。

將進酒

琉璃鍾，琥珀濃，小槽酒滴真珠紅。烹龍炮鳳玉脂泣，羅屏繡幙圍香風。吹龍笛，擊鼉鼓。皓齒歌，細腰舞。況是青春日將暮，桃花亂落如紅雨。佳句不須雕刻。勸君終日酩酊醉，酒不到劉伶墳上土。

達人之言。

美人梳頭歌

西施曉夢綃帳寒，香鬟墮髻半沉檀。轆轤咿啞轉鳴玉，驚起芙蓉睡新足。雙鸞開鏡秋水光，解鬟臨鏡立象牀。髮長也。一編香絲雲撒地，玉釵落處無聲膩。纖手却盤老鴉色，翠滑寶釵簪不得。春風爛漫惱嬌慵，十八鬟多無氣力。妝成鬖髿欹不斜，雲裾數步踏雁沙。背人不語向何處，下階自折櫻桃花。梳頭以後之神。

李商隱

字義山，河内人。開成中進士，官弘農尉。會昌中，王茂元鎮河陽，辟爲掌書記，得侍御史，茂元以子妻之。李德裕秉政，厚遇之。李宗閔黨與德裕爲讎，卒不遇。後令狐綯作相，商隱啓陳綯父楚相厚之情，綯不之省。會河南尹柳仲郢鎮東蜀，辟爲節度判官。大中末，仲郢左遷，商隱罷，未幾卒。商隱詩文工於獺祭，典贍過温庭筠。宋代楊大年諸人宗之，號『西崑體』。

韓碑

元和天子神武姿，彼何人哉軒與羲。誓將上雪列聖耻，坐法宫中朝四夷。淮西有賊五十載，封狼生貙貙生羆。七字平。不據山河據平地，長戈利矛日可麾。帝得聖相相曰度，七字仄。賊斫不死神扶持。腰懸相印作都統，陰風慘澹天王旗。愬武古通作牙爪，儀曹外郎載筆隨。行軍司馬智且勇，十四萬衆猶虎貔。入蔡縛賊獻太廟，七字仄。功無與讓恩不訾。帝曰汝度功第一，汝從事愈宜爲辭。愈拜稽首蹈且舞，金石刻畫臣能爲。古者世稱大手筆，此事不係于職司。當仁自古有不讓，言訖屢頷天子頤。公退齋戒坐小閣，濡染大筆何淋漓。點竄堯典舜典字，涂改清廟生民詩。文成破體書在紙，清晨再拜鋪丹墀。表曰臣愈昧死上，咏神聖功書之碑。碑高三丈字如斗，負以靈鼇蟠以螭。句奇語重喻者少，四字品定韓公詩文。讒之天子言其私。長繩百尺拽碑倒，粗砂大石相磨治。公之斯文若元氣，先時已入人肝脾。湯盤孔鼎有述作，今無其器存其辭。天地大文，勢位不能磨滅，爲文人吐氣語應如是！嗚呼聖王及聖相，相與烜赫流淳熙。公之斯文不示後，曷與三五相攀追。願書萬本誦萬遍，口角流沫右手胝。傳之七十有二代，以爲封禪玉檢明堂基。

晚唐人古詩穠鮮柔媚，近詩餘矣！即義山七古亦以辭勝。獨此篇，意則正正堂堂，辭則鷹揚鳳翽，在爾時，如景星慶雲，偶然一見。段文昌改作，亦自明順。然較之韓碑，不啻蟲吟草間矣！宋代陳珦磨去段文，仍立韓碑，大是快事。

陳　閏 未詳

宿北樂館

欲眠不眠夜深淺，越鳥一聲空山遠。庭木蕭蕭落葉時，溪聲雨聲聽不辨。溪流潺潺風習習，燈影山光滿窗入。棟裏不知渾是雲，曉來但覺衣裳濕。

清幽何減孟襄陽《歸鹿門作》，而天然有升降之別，氣味有厚薄也。

張 佖

佖，淮南人。初官句容尉，南唐后主徵爲監察御史，官至中書舍人，入宋後不仕。

春晚謡

雨微微，烟霏霏，小庭半拆紅薔薇。細箏斜倚畫屏曲，零落幾行金雁飛。蕭關夢斷無尋處，萬疊春波起南浦。凌亂楊花撲繡簾，曉窗時有流鶯語。

春江雨

雨溟溟，風泠泠，老松瘦竹臨烟汀。空江冷落野雲重，雲中孤月微如星。是雨後微月。夜驚溪上漁人起，滴瀝篷聲滿愁耳。子規叫斷獨未眠，罨岸春濤打船尾。

鮑君徽字文姬，善詞賦，德宗時人，與宋氏五女學士齊名。

惜春花

枝上花，花下人，可憐顔色俱青春。昨日看花花灼灼，今日看花花欲落。不如盡此花下歡，莫待春風總吹却。鶯歌蝶舞媚韶光，紅爐煮茗松花香。妝成形影自矜惜，獨把花枝歸洞房。女學士品。

張夫人户部侍郎吉中孚室。

拜新月

拜新月，拜月出堂前。暗魄初籠桂，虚弓未引弦。拜新月，拜月妝樓上。鸞鏡未安臺，蛾眉已相向。拜新月，拜月不勝情，庭前風露清。單句用韵。月臨人自老，人望月長生。東家阿母亦拜月，一拜一悲聲斷絶。昔年拜月逞容輝，如今拜月雙淚垂。回看衆女拜新月，却憶閨中年少時。名士老年，回憶青燈誦讀時，亦復如是。

裴羽仙

失其姓，裴悅室也。悅征匈奴不歸，羽仙賦邊將詩以寫憂鬱。後寄夫征衣，并系以詩。

寄夫征衣

深閨乍冷開香匣，玉筯微微濕紅頰。一陣霜風殺柳條，濃烟半夜成黄葉。重重白練如霜雪，獨下寒階轉凄切。祇知抱杵擣秋砧，不覺高樓已無月。時聞寒雁聲呼唤，紗窗只有燈相伴。幾展齊紈又懶裁，離腸空逐金刀斷。細想儀形執刀尺，回刀剪破澄紅色。愁捻銀鍼信手縫，惆悵無人試寬窄。時時舉袖匀殘淚，紅箋漫有千行字。書中不盡心中事，一半殷勤托邊使。

僧隱巒時代無可考，故附于末。

蜀中送人遊廬山

君行正值芳春月，蜀道千山皆秀發。谿邊十里五里花，雲外三峰兩峰雪。君上匡山我舊居，松蘿抛擲十年餘。君行試到山前問，山鳥只今相憶無。

重訂唐詩別裁集卷九

長洲沈德潛歸愚選

五言律詩

玄宗皇帝姓李，諱隆基，睿宗子，靖内難即位。開元中，任姚崇、宋璟、韓休、張九齡諸人，治稱太平。天寶後，任李林甫、楊國忠，内寵貴妃，外寵邊將，治亂較然矣。安禄山反，幸蜀。太子即位靈武，明年還京，居西内崩，唐祚自此不復再振。太宗、高宗、中宗皆有詩，然承陳、隋之後，古律俱未諧，故以玄宗爲始，冠於唐初諸臣之上，尊君也。

經魯祭孔子而歎之

夫子何爲者，栖棲一代中。地猶鄹氏邑，宅即魯王宫。歎鳳嗟身否，傷麟怨道窮。今看兩楹奠，當與夢時同。

孔子之道，從何處贊歎？故只就不遇立言，此即運意高處。

送賀知章

遺榮期入道，辭老竟抽簪。豈不惜賢達，其如高尚心。寰中得秘要，方外散幽襟。獨有青門餞，群僚悵别深。

朱子云：『越州有石刻唐朝臣送賀知章詩，只有明皇一首好』。愛其賢、全其節，兩得之矣。

幸蜀西至劍門

至劍門而云『出狩回』，未解。

劍閣横雲峻，鑾輿出狩回。翠屏千仞合，丹嶂五丁開。灌木縈旗轉，仙雲拂馬來。乘時方在德，嗟爾勒銘才。晋張載有《劍閣銘》。

雄健有力，開盛唐一代先聲。

王績

野望

東皋薄暮望，徙倚欲何依。樹樹皆秋色，山山唯落暉。牧人驅犢返，獵馬帶禽歸。相顧無相識，長歌懷采薇。

五言律前此失嚴者多，應以此章爲首。

通首只「無相識」意，「懷采薇」，偶然興寄古人。説詩家謂感隋之將亡，毋乃穿鑿！

王勃

別薛華

送送多窮路，遑遑獨問津。悲涼千里道，悽斷百年身。心事同漂泊，生涯共苦辛。無論去與住，俱是夢中人。

杜少府之任蜀州

城闕輔三秦，己所處。風烟望五津。蜀地少府任所。與君離別意，同是宦遊人。海內存知己，天涯若比鄰。無爲在岐路，兒女共霑巾。

楊　炯

炯，華陰人。舉神童，爲弘文館學士。則天初，左遷梓州參軍，終盈川令。炯與王勃、盧照鄰、駱賓王以文詞齊名，稱『王楊盧駱』，炯曰：『我愧在盧前，耻居王後。』蓋不滿於子安也。

從軍行

烽火照西京，心中自不平。牙璋辭鳳闕，鐵騎繞龍城。雪暗凋旗畫，風多雜鼓聲。寧爲百夫長，勝作一書生。

此泛言用武效力勝於一經自守。唐汝詢爲朝廷尊寵武臣，而盈川抱才不遇，故尒心中不平，亦近於鑿。

盧照鄰

春晚山莊率題

田家無四鄰，獨坐一園春。鶯啼非選樹，魚戲不驚綸。山水彈琴盡，風花酌酒頻。年華已可樂，高興復留人。

清穩詩，自開後人風氣。

駱賓王

在獄咏蟬

西陸蟬聲唱，南冠客思侵。那堪玄鬢影，來對白頭吟。露重飛難進，風多響易沉。無人信高潔，誰爲表予心。

賓王兵敗後，史稱被誅，或云亡命，無下獄之説。意未從敬業之前，曾見縶也。原序『平反已奏』等語，見非討武后之故甚明。

蘇味道欒城人。未弱冠，成進士。延載中，歷官鳳閣侍郎。證聖初，拜天官侍郎。聖曆初，同鳳閣鸞臺三品。前後居相位數載，事持兩端，中無斷決，人號『蘇摸稜』。至賀三月雪爲瑞雪，蓋諂佞人也。後坐張易之黨，貶死郿州。

正月十五夜

火樹銀花合，星橋鐵鎖開。暗塵隨馬去，明月逐人來。遊妓皆穠李，行歌盡落梅。金吾不禁夜，玉漏莫相催。

韋承慶字延休，陽武人，以孝聞。舉進士，補雍王府參軍。長壽中，累遷鳳閣舍人，後三掌天官知政事。後貶嶺表，入爲秘書少監，封扶揚縣子，遷黄門侍郎卒。

凌朝浮江旅思一作馬周詩。

天晴上初日，春水送孤舟。山遠疑無樹，潮平似不流。岸花開且落，江鳥没還浮。羈望傷千里，長歌遣四愁。

三、四眼前真景，可悟畫理。

劉希夷

晚春

佳人眠洞房，回首見垂楊。寒盡鴛鴦被，春生玳瑁牀。庭陰幕青靄，簾影散紅芳。寄語同心伴，迎春且薄妝。

六朝風致，一語百媚。

陳子昂

晚次樂鄉縣

故鄉杳無際，日暮且孤征。川原迷舊國，道路入邊城。野戍荒烟斷，深山古木平。如何此時恨，嗷嗷夜猨鳴。前此風格初成，精華未備。子昂崛起，堅光奥響，遂開少陵之先。方虚谷云：不但《感遇》爲古調之祖，其律詩亦近體之祖也。

春日登九華觀

白玉仙臺古，丹邱别望遥。山川亂雲日，樓榭入烟霄。鶴舞千年樹，虹飛百尺橋。還逢赤松子，天路坐相邀。

度荆門望楚

遥遥去巫峽，望望下章臺。巴國山川盡，荆門烟霧開。城分蒼野外，樹斷白雲隈。今日狂歌客，誰知入楚來。

序自蜀入楚道路，結言楚有狂歌之士，今反狂歌入楚也。

春夜别友人

銀燭吐青烟，金尊對綺筵。離堂思琴瑟，别路繞山川。明月隱高樹，長河没曉天。悠悠洛陽去，此會在何年。

送魏大從軍

匈奴猶未滅，魏絳復從戎。悵别三河道，言追六郡雄。鴈山横代北，狐塞接雲中。勿使燕然上，唯留漢將功。

絳本和戎，今曰從戎，此活用之法，一結雄渾。

送别崔著作東征

金天方肅殺，白露始專征。王師非樂戰，之子慎佳兵。海氣侵南部，邊風掃北平。莫賣盧龍塞，歸邀麟閣名。

《魏志》：田疇入徐無山中，躬耕，百姓歸之。太祖北征烏丸，不得進。疇曰：可回軍，從盧龍口越白檀之險，路近而便。太祖引軍出盧龍，大斬獲。論功行封，疇不受。曰：『豈可賣盧龍塞以易賞哉！』

詩意以『慎佳兵』爲主。

杜審言

蓬萊三殿侍宴，奉敕咏終南山

北斗挂城邊，南山倚殿前。雲標金闕迥，樹杪玉堂縣。半嶺通佳氣，中峰繞瑞烟。小臣持獻壽，長此戴堯天。

初唐，五言律不用雕鏤，然後人雕鏤者正不能到，故曰『大巧若拙』，陳、杜、沈、宋足以當之。詩咏終南，而通説蓬萊，此應制體也。

秋夜宴臨津鄭明府宅

行止皆無地，招尋獨有君。酒中堪累月，身外即浮雲。霜白霄鐘徹，風清曉漏聞。坐攜餘興往，還似未離群。

『累月』『浮雲』，妙用活對！月與雲，皆活用也，故下有霜、風字而不嫌其複。

夏日過鄭七山齋

共有尊中好，言尋谷口來。薜蘿山逕入，荷芰水亭開。日氣含殘雨，雲陰送晚雷。洛陽鐘鼓至，車馬繫遲迴。

寫日中之雨，雨後之雷，有情有景。

和晉陵陸丞早春遊望

獨有宦遊人，偏驚物候新。警健。雲霞出海曙，梅柳渡江春。淑氣催黄鳥，晴光轉緑蘋。忽聞歌古調，歸思欲沾巾。末二句指陸丞之詩，言陸懷歸，并動己之歸思也。

登襄陽城

旅客三秋至，層城四望開。楚山横地出，漢水接天回。冠蓋非新里，章華即舊臺。習池風景異，歸路滿塵埃。

冠蓋里、章華臺、習郁池，皆在襄陽。弔古詩不應空寫，即此可悟。

送崔融

君王行出將，書記遠從征。祖帳連河闕，軍麾動洛城。旌旆朝朔氣，笳吹夜邊聲。坐覺烟塵埽，秋風古北平。

賦得妾薄命

草緑長門掩，苔青永巷幽。寵移新愛奪，淚落故情留。啼鳥驚殘夢，飛花攪獨愁。自憐春色罷，團扇復迎秋。

漢代后廢，每居長門；宫人廢，每居永巷。六語「攪」字，本經語「祇攪我心」，謂亂也。

沈佺期

銅雀臺

昔年分鼎地，今日望陵臺。一旦雄圖盡，千秋遺令開。綺羅君不見，歌舞妾空來。恩共漳河水，東流無重回。

雲卿近體吞吐含芳，安詳合度，不必陳之簡、老杜之渾厚，而位置其間，自難軒輊。

嘲笑魏武意於言外見之。

古人輕重之重，與重叠之重通用。

被試出塞

十年通大漠，萬里出長平。寒日生戈劍，陰雲拂旆旌。饑烏啼舊壘，疲馬戀空城。辛苦皋蘭北，胡塵損漢兵。

送金城公主適西番應制

金榜扶丹掖，銀河屬紫閽。那堪將鳳女，還以嫁烏孫。玉就歌中怨，珠辭掌上恩。西戎非我匹，明主至公存。

極周旋，正是極不堪處。

遊少林寺

長歌遊寶地，徙倚對珠林。雁塔風霜古，龍池歲月深。紺園澄夕霽，碧殿下秋陰。歸路烟霞晚，山蟬處處吟。

夜宿七盤嶺

獨遊千里外，高卧七盤西。山月臨窗近，天河入户低。芳春平仲緑，清夜子規啼。浮客空留聽，褒城聞曙雞。

平仲，木名，見《吴都賦》。『聽』與『聞』複。結處每不用力，爲昭容所抑，亦由乎此。

雜詩

聞道黄龍戍，頻年不解兵。可憐閨裏月，偏照漢家營。少婦今春意，良人昨夜情。誰能將旗鼓，一爲取龍城。

隴頭水

隴山飛落葉，隴雁度寒天。愁見三秋水，分爲兩地泉。西流入羌郡，東下向秦川。征客重回首，肝腸空自憐。

宋之問

夏日仙萼亭應制

高嶺逼星河，乘輿此日過。野含時雨潤，山雜夏雲多。睿藻光巖穴，宸襟洽薜蘿。悠然小天下，歸路滿笙歌。

扈從登封途中作

帳殿鬱崔嵬，仙遊實壯哉。晚雲連幕捲，夜火雜星回。谷暗千旗出，山鳴萬乘來。扈從良可賦，終乏掞天才。

沉雄之作。落句不免意盡。

送沙門弘景、道俊、玄奘還荆州應制

三乘歸淨域，萬騎餞通莊。就日離亭近，以謁帝言。彌天別路長。以去後言。荆南旋杖鉢，渭北限津梁。何日紆真果，還來入帝鄉。

弘景、道俊，未詳。玄奘於貞觀中歷西域，取經歸，翻譯入藏。高宗勅還荆州，群僚餞之。彌天，猶遥天，此僧家語。

奉和立春日侍宴，内出剪綵花應制

金閣妝仙杏，瓊筵弄綺梅。人間都未識，天上忽先開。蝶繞香絲住，蜂憐艷粉迴。今年春色早，應爲剪刀催。

留别之望舍弟

同氣有三人，分飛在此晨。西馳巴嶺徼，東去洛陽濱。强飲離前酒，終傷别後神。誰憐散花萼，獨赴日南春。

途中寒食

馬上逢寒食，愁中屬暮春。可憐江浦望，不見洛橋人。北極懷明主，南溟作逐臣。故園腸斷處，日夜柳條新。

此詩應謫龍州時作。結處『故園』，與四語『洛橋』相應。

登禪定寺閣

梵宇出三天，登臨望八川。開襟坐霄漢，揮手拂雲烟。函谷青山外，昆明落日邊。東京楊柳陌，少别已經年。

度大庾嶺

度嶺方辭國，停軺一望家。魂隨南翥鳥，淚盡北枝花。山雨初含霽，江雲欲變霞。但令歸有日，不敢怨長沙。

題大庾嶺北驛

陽月南飛雁，傳聞至此迴。我行殊未已，何日復歸來。江靜潮初落，林昏瘴不開。明朝望鄉處，應見隴頭梅。隴頭，疑是嶺頭。

陸渾山莊

歸來物外情，負杖閱巖耕。源水看花入，幽林采藥行。野人相問姓，山鳥自呼名。去去獨吾樂，無能愧此生。

李嶠

長寧公主東莊侍宴

別業臨青甸，鳴鑾降紫霄。長筵鵷鷺集，仙管鳳凰調。樹接南山近，烟含北渚遥。承恩咸已醉，戀賞未還鑣。

結見君恩無已。

送金城公主適西番應制

漢帝撫戎臣，絲言命錦輪。還將弄機女，比天孫。遠嫁織皮人。西戎。曲怨關山月，妝消道路塵。所嗟穠李樹，空對小榆春。用王姬事。

公主和蕃，極辱國事。雖奉詔作，亦帶諷諫，此立言之體也。

宗楚客字子敖，蒲州人。擢進士第，諂事韋后、武三思，累官中書令。陷害忠良，并與謀弑逆。中宗中毒崩，睿宗子平王以兵靖亂，誅韋后、武三思，楚客亦伏誅。

奉和人日清暉樓宴群臣遇雪應制

窈窕神仙閣，清暉樓。參差雲漢間。九重中禁啓，七日人日。早春還。太液天爲水，猶云天在水。蓬萊雪作山。遇雪。今朝上林樹，無處不堪攀。頂上作結。

長孫正隱未詳。

晦日宴高氏林亭同用華字

晦晚屬烟霞，遨遊重歲華。歌鐘雖戚里，林藪是山家。細雨猶開日，深池不漲沙。淹留迷處所，巖岫幾重花。

郭振

塞上

塞上虜塵飛，頻年出武威。死生隨玉劍，辛苦向金微。久戍人將老，長征馬不肥。仍聞酒泉郡，已合數重圍。

蘇頲

奉和登驪山高頂應制

仙蹕御層氛，高高積翠分。巖聲中谷應，天語半空聞。豐樹連黄葉，函關入紫雲。聖圖恢宇縣，歌賦少横汾。

崔湜

字澄瀾，定州人。少成進士，官左補闕，預修《三教珠英》，轉考功員外郎。附武三思，遷兵部侍郎。又附上官昭容，轉中書侍郎平章事。以事左轉襄陽刺史，韋庶人臨朝，復拜中書令。蕭至忠誅，湜流嶺外，後知湜本謀，賜死。

折楊柳

二月風光半，三邊戍不還。年華妾自惜，楊柳爲君攀。落絮縈衫袖，垂條拂髩鬟。那堪音信斷，流涕望陽關。

張説

恩敕麗正殿書院宴應制得林字

東壁圖書府，西園翰墨林。誦《詩》聞國政，講《易》見天心。位竊和羹重，恩叨醉酒深。載歌春興曲，情竭爲知音。

岳州燕別潭州王熊

縉雲通省閣，沟水遽西東。然諾心猶在，容華歲不同。孤城臨楚塞，遠樹入秦宫。誰念三千里，江潭一老翁。

深渡驛

旅宿青山夜，荒庭白露秋。洞房懸月影，高枕聽江流。猿響寒巖樹，螢飛古驛樓。他鄉對摇落，併覺起離憂。

還至端州驛前與高六別處

舊館分江口，凄然望落暉。相逢傳旅食，臨別换征衣。追叙從前會合及别離事。昔記山川是，今傷人代非。往來皆此路，生死不同歸。燕公嘗貶岳州，與高遇而旋别。及召還，而高已辭世。念及解衣推食情事，悽然。今地是人非，死生異路，不勝悼歎也。

岳州贈廣平公宋大夫

亞相本時英，歸來復國楨。朝推長孺直，野慕隱之清。傳節還閩嶂，皇華入漢京。寧思江上老自謂。，歲晏獨無成。

和魏僕射還鄉

富貴還鄉國，光華滿舊林。秋風樹不静，君子歎何深。用皋魚語，謂歸而親没也。故老空懸劍，用季子事。鄰交日散金。用疏傳事。衆芳摇落盡，獨有歲寒心。

幽州夜飲

凉風吹夜雨，蕭瑟動寒林。正有高堂宴，能忘遲暮心。軍中宜劍舞，塞上重笳音。不作邊城將，誰知恩遇深。

此種結，後惟老杜有之，遠臣宜作是想。

南中別蔣五岑向青州

老親依北海，賤子棄南荒。有淚皆成血，無聲不斷腸。此中逢故友，彼地送還鄉。願作楓林葉，隨君度洛陽。

南中贈高六戩

北極辭明代，南溟宅放臣。丹誠由義盡，白髮帶愁新。鳥墜炎洲氣，花飛洛水春。平生歌舞席，誰憶不歸人。

張九齡

望月懷遠

海上生明月，天涯共此時。情至語。情人怨遥夜，竟夕起相思。滅燭憐光滿，披衣覺露滋。

不堪盈手贈，還寢夢佳期。

旅宿淮陽亭口號

日暮荒亭上，悠悠旅思多。故鄉臨桂水，今夜眇星河。暗草霜華發，空亭雁影過。興來誰與晤，勞者自爲歌。

故鄉臨韶州之桂水，旅中念及，眇若天河。此種活對，度人無限金針。

折楊柳

纖纖折楊柳，持此寄情人。一枝何足貴，憐是故園春。遲景那能久，芳菲不及新。更愁征戍客，容鬢老邊塵。

湖口望廬山瀑布水

萬丈紅泉落，迢迢半紫氛。奔流下雜樹，洒落出重雲。日照虹霓似，天清風雨聞。靈山多秀色，空水共氤氲。

任華愛太白瀑布詩，係『海風吹不斷，江月照還空』二語，此詩正足相敵。

孫　逖

宿雲門寺閣

香閣東山下，烟花象外幽。懸燈千嶂夕，卷幔五湖秋。畫壁餘鴻雁，紗窗宿斗牛。更疑天路近，夢與白雲遊。『千嶂夕』『五湖秋』，承『象外幽』言之。五言寺之古，六言閣之高。

梁　獻未詳。

王昭君

圖畫失天真，容華坐誤人。君恩不可再，妾命在和親。淚點關山月，衣銷邊塞塵。一聞陽鳥至，思絶漢宫春。

安命語實深于怨。

唐人咏昭君者，多纖巧恬俗，此作故爲雅音，若少陵『群山萬壑赴荆門』，筆如游龍，不可方物矣。

崔顥

贈梁州張都督

聞君爲漢將，虜騎罷南侵。出塞清沙漠，還家拜羽林。風霜臣節苦，歲月主恩深。爲語西河使，知予報國心。

末語「予」字，都督自謂，欲虜地知其忠勇報國之心，不敢犯邊也。此種結法，少陵有之。

送單于裴都護赴西河

征馬去翩翩，城秋月正圓。單于莫近塞，都護欲臨邊。漢驛通烟火，胡沙乏井泉。功成須獻捷，未必去經年。

題潼關樓

客行逢雨霽，歇馬上津樓。山勢雄三輔，關門扼九州。川從陝路去，河繞華陰流。向晚登臨處，風烟萬里愁。

劉昚虛

寄江滔求孟六遺文

南望襄陽路，思君情轉親。指滔。偏知漢水廣，應與孟家鄰。在日貪爲善，昨來聞更貧。相如有遺草，爲一問家人。不負死友，古人交誼。

遺草中必無封禪書。

闕題

道由白雲盡，春與青溪長。時有落花至，遠隨流水香。閒門向山路，深柳讀書堂。幽映每白日，清輝照衣裳。

每事過求，則當前妙境忽而不領。解此意，方見其自然之趣。

張子容

子客〔一〕，襄陽人，與孟浩然同隱鹿門山。開元初，擢進士，爲樂城令。

送孟浩然歸襄陽

東越相逢地，西亭送別津。風潮看解纜，雲海去愁人。鄉在桃林岸，山連楓樹春。因懷故園意，歸與孟家鄰。

貶樂城尉日作

竄謫邊窮海，川原近惡谿。有時聞虎嘯，無夜不猿啼。地暖花長發，巖高日易低。故鄉可憶處，遥指斗牛西。

〔一〕客，爲『容』，誤。

賀知章

字季真，越州永興人。證聖初，擢進士，累遷太常博士。開元初，遷禮部侍郎，兼集賢殿學士。天寶初，乞爲道士，詔賜鏡湖一曲，御製詩送行，并令朝臣賦詩餞送，傳爲盛事。

送人之軍中

常經絶脈塞，復見斷腸流。送子成今别，令人起昔愁。隴雲晴半雨，邊草夏先秋。萬里長城寄，無貽漢國憂。

陶　翰

新安江行

江源南去永，野飯暫維梢。古戍懸漁網，空林露鳥巢。雪晴山脊見，沙淺浪痕交。自笑無媒者，逢人作解嘲。

王　維

右丞五言律有二種：一種以清遠勝，如『行到水窮處，坐看雲起時』是也；一種以雄渾勝，如『天官動將星，漢地柳條青』是也，當分別觀之。

從岐王過楊氏別業應教 岐王名範，玄宗弟。

揚子談經處，淮王載酒過。興闌啼鳥換，坐久落花多。逕轉迴銀燭，林開散玉珂。嚴城時未啓，前路擁笙歌。

揚子雲比楊氏，淮王比岐王。三、四言賞玩之久也。後言深夜始歸，餘情無盡。

同崔員外秋宵寓直 禁中直宿。

建禮門名。高秋夜，承明廬名。候曉過。九門寒漏徹，萬井曙鐘多。月迴藏珠斗，雲消出絳河。更慚衰朽質，南陌共鳴珂。

酬張少府

晚年惟好静，萬事不關心。自顧無長策，空知返舊林。松風吹解帶，山月照彈琴。君問窮通理，漁歌入浦深。

結意以不答答之。

輞川閒居贈裴秀才迪

寒山轉蒼翠，秋水日潺湲。倚杖柴門外，臨風聽暮蟬。渡頭餘落日，墟里上孤烟。復值接輿醉，狂歌五柳前。

山居秋暝

空山新雨後，天氣晚來秋。明月松間照，清泉石上流。竹喧歸浣女，蓮動下漁舟。隨意春芳歇，王孫自可留。言春芳雖歇，山中自可留也。

歸嵩山作

清川帶長薄，草木交錯曰薄。車馬去閒閒。流水如有意，暮禽相與還。荒城臨古渡，落日滿秋山。迢遞嵩高下，歸來且閉關。

寫人情物性，每在有意無意間。

輞川閒居

一從歸白社，不復到青門。時倚簷前樹，遠看原上村。青菰臨水映，白鳥向山翻。寂寞於陵子，桔槔方灌園。

三、四，天然。『青』『白』字複。

終南山

太乙近天都，連山到海隅。白雲迴望合，青靄入看無。分野中峰變，陰晴衆壑殊。欲投人處宿，隔水問樵夫。

『近天都』，言其高；『到海隅』，言其遠；『分野』二句，言其大。四十字中，無所不包，手筆不在杜陵下。

或謂末二句似與通體不配，今玩其語意，見山遠而人寡也，非尋常寫景可比。

晚春嚴少尹與諸公見過

松菊荒三徑，圖書共五車。烹葵邀上客，看竹到貧家。雀乳先春草，鶯啼過落花。自憐黃髮暮，一倍惜年華。

過香積寺

不知香積寺，數里入雲峰。古木無人逕，深山何處鐘。泉聲咽危石，日色冷青松。「咽」與「冷」，見用字之妙。薄暮空潭曲，安禪制毒龍。

登辨覺寺

竹逕從初地，蓮峰出化城。窗中三楚盡，林外九江平。軟草承趺坐，長松響梵聲。空居法雲外，觀世得無生。

送嚴秀才還蜀

寧親爲令子，似舅即賢甥。别路經花縣，將謁舅也。還鄉入錦城。歸省親也。山臨青塞斷，江向白雲平。獻賦何時至，明君憶長卿。

送張判官赴河西

單車曾出塞，報國敢邀勳。見逐張征虜，今思霍冠軍。沙平連白雪，蓬卷入黄雲。慷慨倚長劍，高歌一送君。

同崔興宗送瑗公

言從石菌閣，新下穆陵關。獨向池陽去，白雲留故山。綻衣秋日裏，洗鉢古松間。一施傳心法，唯將戒定還。

以紉綻爲綻，猶以澣爲污、以治爲亂也。

送平淡然判官

不識陽關路，新從定遠侯。黄雲斷春色，畫角起邊愁。瀚海經年到，交河出塞流。須令外國使，知飲月支頭。

匈奴破月支王，以其頭爲飲器，今借來活用。

送趙都督赴代州

天官動將星，漢地柳條青。萬里鳴刁斗，三軍出井陘。忘身辭鳳闕，報國取龍庭。豈學書生輩，窗間老一經。

送方城韋明府

遥思葭菼際，寥落楚人行。高鳥長淮水，平蕪故郢城。遠景在目。使車聽雉乳，縣鼓應雞鳴。若見州從事，無嫌手板迎。

送梓州李使君

萬壑樹參天，千山響杜鵑。山中一夜雨，樹杪百重泉。從上蟬聯而下，而本句中復用流水對，古人中亦偶見。漢女輸橦布，巴人訟芋田。文翁翻教授，不敢倚先賢。結意言時之所急在征戍，而文翁治蜀翻在教授，準之當今，恐不敢倚先賢也。然此亦須活看。

送劉司直赴安西

絶域陽關道，胡沙與塞塵。三春時有雁，萬里少行人。苜蓿隨天馬，葡萄逐漢臣。當令外國懼，不敢覓和親。一氣渾淪，神勇之技。

送賀遂員外外甥

南國有歸舟，荆門泝上流，蒼茫葭菼外，雲水與昭丘。檣帶城烏去，江連暮雨愁。猿聲不可聽，莫待楚山秋。

送楊長史赴果州

褒斜不容幰，之子去何之。鳥道一千里，猿聲十二時。官橋祭酒客，山木女郎祠。别後同明月，君應聽子規。

子規叫『不如歸去』，蓋望其歸也。

送邢桂州唐之桂州，即漢之合浦。

饒吹喧京口，風波下洞庭。赭圻將赤岸，擊汰復揚舲。日落江湖白，潮來天地青。明珠歸合浦，應逐使臣星。

三、四，當句對，復用活對。『潮來』句，奇警，末諷以不貪也。古人運意曲折微婉。《後漢書》：孟嘗，字伯周，遷合浦太守。先時宰守貪珠，徙交阯。嘗到官，去珠復還。

送丘爲落第歸江東

憐君不得意，况復柳條春。爲客黄金盡，還家白髮新。五湖三畝宅，萬里一歸人。知禰不能薦，羞稱獻納臣。反用孔融薦禰衡事。

末句自咎，言我知君，而不能薦之于朝，羞自比于獻納臣也。玄宗改理匭使爲獻納使，故有是稱。

漢江臨汎

楚塞三湘接，荆門九派通。江流天地外，山色有無中。郡邑浮前浦，波瀾動遠空。襄陽好風日，留醉與山翁。

被出濟州

微官易得罪，謫去濟川陰。執政方持法，明君無此心。亦周旋，亦感憤。閭閻河潤上，井邑海雲深。縱有歸來日，多愁年鬢侵。

使至塞上

單車欲問邊，屬國過居延。征蓬出漢塞，歸雁入胡天。大漠孤烟直，長河落日圓。蕭關逢候吏，都護在燕然。

冬晚對雪，憶胡居士家

寒夏傳曉箭，清鏡覽衰顔。隔牖風驚竹，開門雪滿山。灑空深巷静，積素廣庭閒。借問袁安舍，翛然尚閉關。

寫『對雪』意，不削而合、不繪而工，『憶胡居士』只末一見。

終南别業

中歲頗好道，晚家南山陲。興來每獨往，勝事空自知。行到水窮處，坐看雲起時。偶然值林叟，談笑無還期。

行所無事，一片化機。末語『無還期』，謂不定還期也。『無』字或作『滯』字，亦可。

登裴迪秀才小臺作

端居不出户，滿目望雲山。落日鳥邊下，秋原人外閒。遥知遠林際，不見此簷間。好客多乘月，應門莫上關。轉從遠林望小臺，思路曲折。遠林，己之家中也，故結言應門有待，莫使上關。

秋夜獨坐

獨坐悲雙鬢，空堂欲二更。雨中山果落，燈下草蟲鳴。白髮終難變，黄金不可成。翻方上語。欲知除老病，惟有學無生。

觀獵

風勁角弓鳴，將軍獵渭城。草枯鷹眼疾，雪盡馬蹄輕。忽過新豐市，還歸細柳營。回看射雕處，千里暮雲平。

章法、句法、字法，俱臻絶頂。盛唐詩中，亦不多見。

起二句若倒轉便是凡筆，勝人處全在突兀也。結亦有回身射雕手段。

孟浩然

孟詩勝人處，每無意求工，而清超越俗，正復出人意表。清淺語，誦之，自有泉流石上、風來松下之音。

臨洞庭上張丞相

八月湖水平，涵虚混太清。氣蒸雲夢澤，波撼岳陽城。下半上張丞相。欲濟無舟楫，端居耻聖明。坐觀垂釣者，徒有羡魚情。

起法高渾。三、四雄闊，足與題稱。

讀此詩，知襄陽非甘于隱遯者。語云：『臨淵羡魚，不如退而結網』，意外望張公之援引也。

晚泊潯陽望廬山

挂席幾千里，名山都未逢。泊舟潯陽郭，始見香爐峰。嘗讀遠公傳，永懷塵外踪。東林精舍近，日暮坐聞鐘。

所謂篇法之妙，不見句法者。

與諸子登峴山

人事有代謝，往來成古今。江山留勝迹，我輩復登臨。水落魚梁淺，天寒夢澤深。羊公碑尚在，讀罷淚沾襟。

清遠之作，不煩攻苦著力。

晚春

二月湖水清，家家春鳥鳴。林花掃更落，徑草踏還生。酒伴來相命，開樽共解醒。當杯已入手，歌妓莫停聲。

題義公禪房

義公習禪寂，結宇依空林。户外一峰秀，堦前衆壑深。夕陽連雨足，空翠落庭陰。看取蓮花净，方知不染心。

李氏園卧疾

我愛陶家趣，林園無俗情。春雷百卉坼，寒食四鄰清。伏枕嗟公幹，歸田羨子平。年年白社客，空滯洛陽城。《劉公幹詩》：『余嬰沉痼疾，竄身清漳濱。』張平子有《歸田賦》，向子平不知何指。

尋梅道士

彭澤先生柳，山陰道士鵝。我來從所好，停策夏陰多。重以觀魚樂，因之鼓枻歌。崔徐迹未朽，千載揖清波。

梅道士水亭

傲吏非凡吏，名流即道流。隱居不可見，高論莫能酬。水接仙源近，山藏鬼谷幽，再來尋處所，花下問漁舟。

尋天台山

吾愛太乙子，飡霞卧赤城。欲尋華頂去，不憚惡溪名。歇馬憑雲宿，揚帆截海行。高高翠微裏，遥見石梁横。處州有惡溪，應從處州至天台也。華頂，天台之巔。《一統志》謂石梁廣不盈尺，長數十丈，下臨絶澗。予遊其地，長三丈許，僧與樵人每經行焉。

歸終南山

北闕休上書，南山歸弊廬。不才明主棄，多病故人疏。白髮催年老，青陽逼歲除。永懷愁不寐，松月夜窗虛。

此浩然不第，歸來作也。時帝幸王維寓，浩然見帝，帝命賦平日詩，浩然即誦此篇。帝曰：『卿不求仕，朕何嘗棄卿？』遂放還。時不誦臨洞庭，而誦歸終南，命實爲之！浩然亦有不能自主者耶。

初出關旅亭夜坐，懷王大校書

向夕槐烟起，葱蘢池館曛。客中無偶坐，關外惜離群。燭至螢光滅，荷枯雨滴聞。永懷芸閣友，寂寞滯揚雲。

過故人莊

故人具雞黍，邀我至田家。緑樹村邊合，青山郭外斜。開軒面場圃，把酒話桑麻。待到重陽日，還來就菊花。

通體清妙，末句『就』字，作意而歸於自然。

裴司士見尋

府僚能枉駕，家醞復新開。落日池上酌，清風松下來。厨人具雞黍，稚子摘楊梅。誰道山翁醉，猶能騎馬回。

即山巨源倒載意也，山翁仍宜用山公。

和李侍御渡松滋江

南紀西江闊，皇華御史雄。截流寧假楫，挂席自生風。寮寀争攀鷁，魚龍亦避驄。坐聽白雪唱，翻入棹歌中。

宿桐廬江寄廣陵舊遊

山暝聽猿愁，滄江急夜流。風鳴兩岸葉，月照一孤舟。建德非吾土，維揚憶舊遊。還將兩行淚，遥寄海西頭。

孟公詩高于起調，故清而不寒。

送友東歸

士有不得志，栖棲吴楚間。廣陵相遇罷，彭蠡泛舟還。檣出江中樹，波連海上山。風帆明日遠，何處更追攀。

留别王維

寂寂竟何待，朝朝空自歸。客中無聊之况。欲尋芳草去，惜與故人違。當路誰相假，知音世所稀。祇應守寂寞，還掩故園扉。

閒園懷蘇子

林園雖少事，幽獨自多違。向夕開簾坐，庭陰落翠微。鳥從烟樹宿，螢傍水軒飛。感念同懷子，京華去不歸。

早寒有懷

木落雁南渡，北風江上寒。我家襄水曲，遥隔楚雲端。起手須得此高致。鄉淚客中盡，孤帆天際看。迷津欲有問，平海夕漫漫。

途中遇晴

已失巴陵雨，猶逢蜀坂泥。天開斜景遍，山出晚雲低。餘濕猶沾草，殘流尚入溪。今宵有明月，鄉思遠悽悽。

狀晚霽如畫。

赴京途中遇雪

迢遞秦京道，蒼茫歲暮天。窮陰連晦朔，積雪遍山川。落雁迷寒渚，饑烏噪野田。客愁空佇立，不見有人烟。

夜渡湘水

客行貪利涉，夜裏渡湘川。露氣聞芳杜，歌聲識采蓮。是夜渡。榜人投岸火，漁子宿潭烟。行旅時相問，潯陽何處邊。行旅，自謂。問者，問榜人漁子也。

常建

破山寺後禪院

清晨入古寺，初日照高林。曲徑通幽處，禪房花木深。山光悅鳥性，潭影空人心。『空』字平聲，此入古句法。萬籟此俱寂，惟聞鐘磬音。

鳥性之悅，悅以山光；人心之空，空因潭水。此倒裝句法。

通體幽絶，歐陽公自謂『學之未能』，古人虛心服善如是！

泊舟盱眙

泊舟淮水次，霜降夕流清。夜久潮侵岸，天寒月近城。平沙依雁宿，候館聽雞鳴。鄉國雲霄外，誰堪羈旅情。

重訂唐詩別裁集卷十

長洲沈德潛歸愚選

賈至

南州有贈

極浦三春草，高樓萬里心。楚山晴靄碧，湘水暮流深。忽與朝中舊，同爲澤畔吟。作欹側體，孑然異人。停杯試北望，還欲淚沾襟。應是貶岳州時作。與故人飲，而念京華也。

岑　參 嘉州五言多激壯之音。

高冠谷口招鄭鄠

谷口來相訪，空齋不見君。澗花然暮雨，潭樹暖春雲。門逕稀人迹，簷峰下鹿群。衣裳與枕席，山靄碧氛氳。

三、四『然』字、『暖』字，工於烹鍊。

初授官，題高冠草堂

三十始一命，宦情多欲闌。自憐無舊業，不敢耻微官。澗水吞樵路，山花醉藥欄。祇緣五斗米，辜負一漁竿。

五、六『吞』字、『醉』字，與前一首同。

送杜佐下第歸陸渾別業

正月今欲半，陸渾花未開。出關見青草，春色正東來。夫子且歸去，明時方愛才。二聯俱用流走。還須及秋賦，莫即隱蒿萊。

『芙蓉生在秋江上，不向東風怨未開』，安分語耳。此詩純用慰勉，心和氣平，盛唐人身分，故不易到。

送張子尉南海

不擇南州尉，高堂有老親。樓臺重蜃氣，邑里雜鮫人。海暗三山雨，花明五嶺春。此鄉多寶玉，慎勿厭清貧。

著眼起結。

唐人結意，虚詞游衍者多，此種規諷有體。

諷以不貪，而云勿厭清貧，忠告善道，自宜爾爾。

趙少尹南亭送鄭侍御歸東臺

紅亭酒甕香，白面繡衣郎。砌冷蟲喧座，簾疏月到牀。鐘催離思急，絃逐醉歌長。關樹應先落，隨君滿路霜。

送張子東歸

白羽緑弓絃，年年只在邊。還家劍鋒盡，出塞馬蹄穿。逐虜西逾海，平胡北到天。封侯應不遠，燕頷豈徒然。

只第三句見送歸意，下皆追叙其功。

奉送李太保兼御史大夫，充渭北節度使，即太尉光弼弟

詔出未央宫，登壇近總戎。上公周太保，副相漢司空。弓抱關西月，旗翻渭北風。弟兄皆許國，天地荷成功。

弓與旗皆隨常景，點入關西、渭北，便切渭北節度。而『抱』字、『翻』字，尤使句中有力。

虢州送天平何丞入京市馬

關樹晚蒼蒼，長安近夕陽。回風醒别酒，細雨濕行裝。習戰邊塵黑，防秋塞草黄。知君市駿馬，不是學燕王。

武威暮春，聞宇文判官西使還，已到晋昌

片雨過城頭，黄鸝上戍樓。塞花飄客淚，邊柳挂鄉愁。白髮悲明鏡，青春换弊裘。君從萬里使，聞已到瓜州。

因判官之歸，慨己之滯於武威也。武威，屬梁州；晋昌，瓜州，屬隴右道。

寄左省杜拾遺

聯步趨丹陛，分曹限紫微。岑居右省，杜居左省，紫微省居中，故云『限』。曉隨天仗入，暮惹御香歸。白髮悲花落，青雲羨鳥飛。聖朝無闕事，自覺諫書稀。下半自傷遲暮，無可建白也。感歎語以回護出之，方是詩人之旨。

登總持寺

高閣逼諸天，登臨近日邊。晴開萬井樹，愁看五陵烟。檻外低秦嶺，窗中小渭川。早知清净理，常願奉金仙。

磧西頭送李判官入京時岑留磧西爲記室。

一身從遠使，萬里向安西。漢月垂鄉淚，胡沙費馬蹄。尋河愁地盡，過磧覺天低。送子軍中飲，家書醉裏題。

陝州月城樓送辛判官入奏

送客飛鳥外，城頭樓最高。尊前遇風雨，窗裏動波濤。謁帝向金殿，隨身唯寶刀。相思灞陵月，祇有夢偏勞。

入手須不平，宋人不講此法，所以單弱。

題山寺僧房

窗影摇群動，墻陰載一峰。野爐風自爇，山碓水能舂。勤學翻知誤，爲官好欲慵。勤學則虚心，故知己之誤。高僧暝不見，月出但聞鐘。

巴南舟中夜書事

渡口欲黄昏，歸人争渡喧。近鐘清野寺，遠火點江村。見雁思鄉信，聞猿積淚痕。孤舟萬里夜，秋月不堪論。

邱中春卧寄王子

田中開白室，林下閉元關。卷迹人方處，無心雲自閒。竹深喧暮鳥，花缺露春山。佳句。勝事那能説，王孫去未還。

初至犍爲作

山色軒楹内，灘聲枕席間。草生公府静，花落訟庭閒。雲雨連三峽，風塵接百蠻。到來能幾日，不覺鬢毛斑。

高適

送劉評事充朔方判官賦得征馬嘶

征馬向邊州，蕭蕭嘶未休。思深應帶别，聲斷爲兼秋。岐路風將遠，關山月共愁。贈君從此去，何日大刀頭。

送鄭侍御謫閩中

謫去君無恨，閩中我舊過。大都秋雁少，只是夜猿多。雁少猿多，正言旅思不堪也。東路雲山合，南天瘴癘和。自當逢雨露，行矣慎風波。忠厚。

使青夷軍入居庸

匹馬行將久，征途去轉難。不知邊地別，祇訝客衣單。溪冷泉聲苦，山空木葉乾。莫言關塞極，雨雪尚漫漫。

醉後贈張九旭

世上謾相識，此翁殊不然。興來書自聖，醉後語尤顛。白髮老閒事，青雲在目前。牀頭一壺酒，能更幾回眠。

世俗交誼不親，而泛云知己，所謂漫相識也。

儲光羲

張谷田舍

縣官清且儉，深谷有人家。一徑入寒竹，小橋穿野花。碓喧春澗滿，梯倚綠桑斜。自説年來稔，前村酒可賒。

田舍之樂，由縣官清儉。欲安民，先貴得人也。

題虬上人房

禪宫分兩地，釋子一爲心。入道無來去，清言見古今。江寒池水緑，山暝竹園深。别有中天月，遥遥散夕陰。

崔　曙

塗中曉發

曉霽長風裏，勞歌赴遠期。雲輕歸海疾，月滿下山遲。旅望因高盡，鄉心遇物悲。故林遥不見，况在落花時。

緱山廟

遺廟宿陰陰，孤峰映緑林。步隨仙路遠，意入道門深。澗水流年月，山雲變古今。祇聞風竹裏，猶有鳳笙音。

奉試明堂火珠 曙以是詩得名，明年卒，惟一女名星星，是爲詩讖。

正位開重屋，凌空出火珠。夜來雙月滿，曙後一星孤。巧句。天净光難滅，雲生望欲無。遥知太平代，國寶在名都。

殷　遥

遥，句容人，天寶間終於忠王府倉曹參軍。

送友人下第歸省

君此卜行日，高堂應夢歸。莫將和氏淚，滴著老萊衣。嶽雨連河細，田禽出麥飛。到家調膳後，吟好送斜暉。

真到極處，去風雅不遠。

和氏淚、老萊衣，本屬套語，合用之，祇見其妙，有真性情流于筆墨之先也。

李頎

望秦川

秦川朝望迥，日出正東峰。遠近山河净，逶迤城闕重。秋聲萬户竹，寒色五陵松。客有歸與歎，凄其霜露濃。

綦毋潛

字季通，荆南人。開元中進士，由宜壽尉入爲集賢待詔，終著作郎。

題靈隱寺山頂院

招提出山頂，下界不相聞。塔影挂清漢，鐘聲和白雲。觀空静室掩，行道衆香焚。且駐西來駕，人天日未曛。

張謂

送裴侍御歸上都

楚地勞行役，秦城罷鼓鼙。舟移洞庭岸，路入武陵溪。江月隨人影，山花趁馬蹄。離魂將別夢，先已到關西。

同王徵君湘中有懷

八月洞庭秋，瀟湘水北流。還家萬里夢，爲客五更愁。不用開書帙，偏宜上酒樓。故人京洛滿，何日復同遊。

王　灣

灣，洛陽人。先天中進士，開元初爲滎陽簿，後爲洛陽尉。

次北固山下

客路青山外，行舟緑水前。潮平兩岸失，風正一帆懸。海日生殘夜，江春入舊年。鄉書何處達，歸雁洛陽邊。

『兩岸失』，言潮平而不見兩岸也。别本作『兩岸闊』，少味。

江中日早、客冬立春，本尋常意，一經錘鍊，便成奇絶。與少陵『無風雲出塞，不夜月臨關』一種筆墨。五、六語，張燕公手書進士堂，以示楷式。

祖　咏

咏，洛陽人。開元十三年進士，張説在并州引爲駕部員外郎。

泊揚子岸

纔入維揚郡，鄉關此路遥。林藏初霽雨，風退欲歸潮。江火明沙岸，雲帆礙浦橋。客衣今日薄，寒氣近來饒。

蘇氏別業

別業居幽處，到來生隱心。南山當户牖，澧水映園林。竹覆經冬雪，庭昏未夕陰。寥寥人境外，閒坐聽春禽。

李白

逸氣凌雲，天然秀麗，隨舉一聯，知非老杜詩，非王摩詰、孟襄陽詩也。

宮中行樂詞六首

原本齊梁，緣情綺靡中不忘諷意，寄興獨遠。

水緑南薰殿，花紅北闕樓。鶯歌聞太液，鳳吹繞瀛州。素女鳴珠佩，天人弄綵毬。今朝風日好，宜入未央遊。

寒雪梅中盡，春風柳上歸。宮鶯嬌欲醉，簷燕語還飛。遲日明歌席，新花艷舞衣。晚來移彩仗，行樂泥光輝。

繡户香風暖，紗窗曙色新。宮花争笑日，池草暗生春。緑樹聞歌鳥，青樓見舞人。昭陽桃李月，羅綺自相親。

玉樹春歸日，金宮樂事多。後庭朝未入，輕輦夜相過。笑出花間語，嬌來竹下歌。莫教明月去，留著醉嫦娥。

盧橘爲秦樹，蒲萄出漢宮。烟花宜落日，絲管醉春風。笛奏龍吟水，簫鳴鳳下空。君王多樂事，還與萬方同。中有規諷。

柳色黄金嫩，梨花白雪香。玉樓巢翡翠，金殿鎖鴛鴦。選妓隨雕輦，徵歌出洞房。宫中誰第一，飛燕在昭陽。連下首，專咏貴妃，言下有禍水滅漢之意。

小小生金屋，盈盈在紫微。山花插寶髻，石竹繡羅衣。每出深宫裏，常隨步輦歸。只愁歌舞散，化作綵雲飛。

塞下曲三首

五月天山雪，無花只有寒。笛中聞折柳，春色未曾看。四語直下，從前未具此格。曉戰隨金鼓，宵眠抱玉鞍。願將腰下劍，直爲斬樓蘭。

駿馬似風飇，鳴鞭出渭橋。彎弓辭漢月，插羽破天驕。陣解星芒盡，營空海霧消。功成畫麟閣，獨有霍嫖姚。獨有貴戚得以紀功，則勇士喪氣矣。

塞虜乘秋下，天兵出漢家。將軍分虎竹，戰士卧龍沙。邊月隨弓影，胡霜拂劍花。玉關殊未入，少婦莫長嗟。只弓如月、劍如霜耳，筆端點染，遂成奇彩。

結意亦復深婉。

秋思古琴操，商調之曲。

燕支黄葉落，妾望自登臺。海上碧雲斷，單于秋色來。胡兵沙塞合，漢使玉關回。征客無歸日，空悲蕙草摧。

單于，匈奴主號，亦是地名，李益『秋風吹入小單于』是也。四語應以地言。

侍從遊宿温泉宫作

羽林十二將，羅列應星文。霜仗懸秋月，霓旌卷夜雲。嚴更千户肅，清樂九天聞。日出瞻佳氣，葱葱繞聖君。

口號贈徵君盧鴻公時被召。

陶令辭彭澤，梁鴻入會稽。我尋高士傳，君與古人齊。雲卧留丹壑，謂徵君。天書降紫泥。謂自己。不知楊伯起，早晚向關西。

贈孟浩然

吾愛孟夫子，風流天下聞。紅顔棄軒冕，白首卧松雲。醉月頻中聖，迷花不事君。高山安可仰，徒此揖清芬。

寄淮南友人

紅顔悲舊國，青歲歇芳洲。不待金門詔，空持寶劍遊。海雲迷驛路，江月隱鄉樓。復作淮南客，因逢桂樹留。

渡荆門送别詩中無送别意，題中二字可删。

渡遠荆門外，來從楚國遊。山隨平野盡，江入大荒流。月下飛天鏡，雲生結海樓。仍憐故鄉水，萬里送行舟。太白，蜀人。江亦發源於蜀。

送友人

青山横北郭，白水遶東城。此地一爲别，孤蓬萬里征。浮雲遊子意，落日故人情。揮手自兹去，蕭蕭班馬鳴。

三、四流走。亦竟有散行者，然起句必須整齊。

蘇李贈言，多唏嘘語，而無蹶蹙聲，知古人之意在不盡矣，太白猶不失斯旨。

送友人入蜀

見説蠶叢路，崎嶇不易行。山從人面起，雲傍馬頭生。芳樹籠秦棧，春流遶蜀城。升沉應已定，不必問君平。

奇語傳出『不易行』意。『籠秦棧』『遶蜀城』，以所經言之，結用蜀人，恰好。

送麴十少府

試發清秋興，因爲吴會吟。碧雲斂海色，流水折江心。我有延陵劍，君無陸賈金。艱難此爲別，惆悵一何深。

尋雍尊師隱居

群峭碧摩天，逍遥不記年。撥雲尋古道，倚樹聽流泉。花暖青牛卧，松高白鶴眠。語來江色暮，獨自下寒烟。

或云青牛花葉上青蟲有角如牛，故名，其説似可從。

訪戴天山道士不遇

犬吠水聲中，桃花帶雨濃。樹深時見鹿，溪午不聞鐘。野竹分青靄，飛泉挂碧峰。無人知所去，愁倚兩三松。

過崔八丈水亭

高閣横秀氣，清幽併在君。簷飛宛溪水，窗落敬亭雲。猨嘯風中斷，漁歌月裏聞。閒隨白鷗去，沙上自爲群。

秋登宣城謝脁北樓

江城如畫裏，山曉望晴空。兩水夾明鏡，雙橋落彩虹。人烟寒橘柚，秋色老梧桐。二聯俱是如畫。誰念北樓上，臨風懷謝公。

人家在橘柚林，故寒；梧桐早凋，故老。

謝公亭與范雲同遊處。

謝公離别處，風景每生愁。客散青天月，言當時。山空碧水流。池花春映日，窗竹夜鳴秋。

言今日。今古一相接，長歌懷舊遊。收上二聯。

太原早秋

歲落衆芳歇，時當大火流。猶歲晚。霜威出塞早，雲色渡河秋。夢遶邊城月，心飛故國樓。思歸若汾水，無日不悠悠。

觀獵

太守耀清威，乘閒弄晚暉。江沙橫獵騎，山火遶行圍。箭逐雲鴻落，鷹隨月兔飛。不知白日暮，歡賞夜方歸。

夜泊牛渚懷古原注：此地即謝尚聞袁宏詠史處。

牛渚西江夜，青天無片雲。登舟望秋月，空憶謝將軍。余亦能高咏，斯人不可聞。明朝挂帆去，楓葉落紛紛。不用對偶，一氣旋折，律詩中有此一格。

杜　甫

杜詩近體氣局闊大，使事典切。而人所不可及處，尤有錯綜任意，寓變化于嚴整之中，斯足凌轢千古！

登兖州城樓

東郡趨庭日，南樓縱目初。公父閑爲兖州司馬。浮雲連海岱，平野入青徐。孤嶂秦碑在，荒城魯殿餘。從來多古意，臨眺獨躊躕。

三、四寫形勢；五、六寫古迹；下恰好接懷古。

房兵曹胡馬詩

胡馬大宛名，鋒稜瘦骨成。竹批雙耳峻，風入四蹄輕。所向無空闊。真堪託死生。驍騰有如此，句束住。萬里可横行。

前半論骨相，後半并及性情。萬里横行，指房兵曹方不粘著題面。

畫鷹

素練風霜起，蒼鷹畫作殊。可與「縞素漠漠開風沙」印合。攫身思狡兔，側目似愁胡。絛鏇光堪擿，軒楹勢可呼。聯寫畫。何當擊凡鳥，毛血灑平蕪。懷抱俱見。

夜宴左氏莊

風林纖月落，衣露净琴張。暗水流花徑，月落故暗。春星帶草堂。猶低也。檢書燒燭短，看劍引杯長。詩罷聞吴咏，扁舟意不忘。公曾遊吴越，故聞吴咏而思之。

春日憶李白

白也詩無敵，飄然思不群。清新庾開府，俊逸鮑參軍。渭北春天樹，江東日暮雲。何時一尊酒，重與細論文。

少陵在渭北，太白在江東，寫景而離情自見。

對雪

戰哭多親鬼，愁吟獨老翁。亂雲低薄暮，急雪舞迴風。瓢棄尊無緑，爐存火似紅。數州消息斷，愁坐正書空。

三、四對雪之景，餘俱感懷。

月夜

今夜鄜州月，閨中只獨看。遥憐小兒女，未解憶長安。香霧雲鬟濕，清輝玉臂寒。何時倚虚幌，雙照淚痕乾。

『只獨看』，正憶長安兒女無知，未解憶長安者苦衷也。反覆曲折，尋味不盡。

五、六，語麗情悲，非尋常穠艷。

春望

國破山河在，城春草木深。感時花濺淚，恨别鳥驚心。濺泪、驚心，轉因花鳥，樂處皆可悲也。烽火連三月，家書抵萬金。五、六直下。白頭搔更短，渾欲不勝簪。

喜達行在所三首肅宗時在鳳翔。

西憶岐陽信，無人遂却迴。眼穿當落日，心死著寒灰。霧樹行相引，蓮峰望忽開。二句途中。所親驚老瘦，辛苦賊中來。所親問語。

首章喜脱賊中，次章喜見人主，三章喜睹中興之業，章法井然不亂。

愁思胡笳夕，淒凉漢苑春。生還今日事，間道暫時人。司隸章初睹，南陽氣已新。喜心翻倒極，嗚咽淚霑巾。痛定思痛。

間道，本《漢書》，謂伺間隙之道而行也。

『司隸』二句，用《光武紀》中語。

死去憑誰報，歸來始自憐。猶瞻太白雪，喜遇武功天。影静千官裏，心蘇七校前。今朝漢社稷，新數中興年。

『中興』讀音衆，猶當也。

《喜達行在》三首、《收京》三首、《有感》五首，皆根本節目之大者，不宜去取。

收京三首

仙仗離丹極，指上皇。妖星照玉除。禄山。須爲下殿走，不可好樓居。暫屈汾陽駕，言入蜀。聊飛燕將書。言河北事定。依然七廟略，更與萬方初。

前半言陷京之由，後半言更新氣象。三語謂離宫闕也，四語見奉仙無益也，六語計河北易定也，難顯然直陳，故出以隱語。

生意甘衰白，天涯正寂寥。忽聞哀痛詔，又下聖明朝。十字成句。羽翼懷商老，文思憶帝堯。叨逢罪己日，灑涕望青霄。

商老，望李泌調護太子；帝堯，謂上皇。

汗馬收宫闕，春城鏟賊壕。賞應歌杕杜，歸及薦櫻桃。此還帥之詩。雜虜横戈數，功臣甲第高。萬方頻送喜，無乃聖躬勞。

此收京，而爲事後之慮也。恐虜横臣驕，復成蹂躪跋扈之勢，反詞致諷，言外可思。

天河

常時任顯晦，秋至最分明。縱被微雲掩，終能永夜清。含星動雙闕，伴月落邊城。牛女年年渡，何曾風浪生。

端午日賜衣

宫衣亦有名，端午被恩榮。細葛含風軟，香羅疊雪輕。自天題處濕，當暑著來清。意内稱長短，終身荷聖情。

春宿左省

花隱掖垣暮，啾啾棲鳥過。星臨萬户動，月傍九霄多。不寢聽金鑰，因風想玉珂。明朝有封事，數問夜如何。諫臣心事。

三、四即景名句，而註釋家謂民勞則星動，月屬陰象，指女子小人。以峭刻深心測詩人敦厚之旨，一何可笑！

送翰林張司馬南海勒碑原注：相國製文。

冠冕通南極，文章落上台。詔從三殿去，碑到百蠻開。野館濃花發，春帆細雨來。不知滄海上，天遣幾時迴。即天使。

晚出左掖

晝刻傳呼淺，春旗簇仗齊。退朝花底散，歸院柳邊迷。樓雪融城濕，宮雲去殿低。避人焚諫草，大臣心事。騎馬欲雞棲。晚出意。

樓在城上，故雪融而濕；殿高逼雲，故去殿若低。

奉贈王中允維

中允聲名久，如今契闊深。共傳收庾信，不比得陳琳。一病緣明主，三年獨此心。天寶末至乾元，乃三年也。窮愁應有作，試誦《白頭吟》。

《舊唐書》：天寶末，維歷官給事中。扈從不及，爲賊所得，服藥取痢，詐稱瘖病。禄山素憐之，遣人迎至洛陽，拘于普施寺，迫以僞署。賊平，陷賊官六等定罪。維以《凝碧詩》聞於行在，肅宗特宥之，責授太子中允。

秦州雜詩四首

滿目悲生事，因人作遠遊。遲迴度隴怯，浩蕩及關愁。水落魚龍夜，山空鳥鼠秋。西征問烽火，心折此淹留。

魚龍川、鳥鼠谷，皆秦地。

南使宜天馬，由來萬匹强。浮雲連陣没，秋草徧山長。聞説真龍種，仍殘老驌驦。哀鳴思戰鬬，迥立向蒼蒼。

殘餘也。與『山中漏茆屋』『漏』字義同。

伏櫪長鳴，隱然自寓。

莽莽萬重山，孤城山谷間。無風雲出塞，不夜月臨關。起手壁立萬仞。屬國歸何晚，樓蘭斬未還。烟塵獨長望，衰颯正摧顔。

奇景偶然寫出，或以『無風』『不夜』爲地名，不但穿鑿，亦令杜詩無味。

鳳林戈未息，魚海路長難。候火雲烽峻，懸軍幕井乾。風連西極動，月過北庭寒。故老思飛將，何時議築壇。

時郭子儀以魚朝恩譖，罷歸京師，故以築壇望之。

月夜憶舍弟

戍鼓斷人行，邊秋一雁聲。露從今夜白，月是故鄉明。有弟皆分散，無家問死生。寄書長不達，况乃未休兵。

擣衣

亦知戍不返，秋至拭清砧。已近苦寒月，况經長别心。寧辭擣衣倦，一寄塞垣深。用盡閨中力，君聽空外音。

通首代戍婦之辭，一氣旋折，全以神行。

送遠

帶甲滿天地，胡爲君遠行。親朋盡一哭，鞍馬去孤城。何等起手，讀杜詩要從此種著眼。草木歲月晚，關河霜雪清。别離已昨日，因見古人情。

此既别後作詩贈之。

江淹擬《古别離》有『送君如昨日，簷前露已團』句，言别離之情，古今有同悲也。

天末懷李白時李流竄夜郎。

凉風起天末，君子意如何。鴻雁幾時到，江湖秋水多。文章憎命達，沉鬱。魑魅喜人過。應共冤魂語，投詩贈汨羅。指屈原，李投詩贈之。

送人從軍

弱水應無地，陽關已近天。今君渡沙磧，累月斷人烟。好武寧論命，封侯不計年。馬寒防失道，雪没錦鞍韉。

西方地高，故云『近天』。岑參亦云『走馬西來欲到天』，又云『過磧覺天低』。五、六悲壯，通體皆振。

野望

清秋望不極，迢遞起層陰。遠水兼天净，孤城隱霧深。葉稀風更落，山迴日初沉。獨鶴歸何晚，昏鴉已滿林。

春夜喜雨

好雨知時節，當春乃發生。隨風潛入夜，潤物細無聲。野徑雲俱黑，江船火獨明。曉看紅濕處，花重錦官城。

『知時節』，即所云『靈雨既零』也。三、四傳出春雨之神。

江亭

坦腹江亭暖，長吟野望時。水流心不競，雲在意俱遲。不着理語，自足理趣。寂寂春將晚，欣欣物自私。物各得所。故林歸未得，排悶强裁詩。與上六句似不合。

後遊

寺憶曾遊處，橋憐再渡時。江山如有待，花柳更無私。野潤烟光薄，沙暄日色遲。客愁全爲減，捨此復何之。

『物自私』，物各遂其性也。『更無私』，物共適其天也。

不見原注：近無李白消息。

不見李生久，佯狂真可哀。世人皆欲殺，吾意獨憐才。敏捷詩千首，飄零酒一杯。匡山讀書處，頭白好歸來。

客亭

秋窗猶曙色，落木更天風。日出寒山外，江流宿霧中。聖朝無棄物，老病已成翁。一呼一應。多少殘生事，飄零似轉蓬。

比『不才明主棄』，蘊藉何如！

有感五首

將帥蒙恩澤，兵戈有歲年。至今勞聖主，何以報皇天。白骨新交戰，雲臺舊拓邊。思開國功臣。乘槎斷消息，無處覓張騫。

《錢箋》：李之芳使吐蕃，被留經年，故以張騫乘槎爲比。

此慨節鎮擁兵，不能禦寇。

幽薊餘蛇豕，乾坤尚虎狼。諸侯春不貢，使者日相望。慎勿吞青海，無勞問越裳。大君先息戰，歸馬華山陽。

此言朝廷姑息，近在内地，不脩貢職，而勤遠略於青海、越裳乎。『息戰』『歸馬』，婉詞以致諷諭。

洛下舟車入，天中貢賦均。洛陽，天下之中。日聞紅粟腐，寒待翠華春。公意只宜轉粟，不宜遷都。莫取金湯固，長令宇宙新。不過行儉德，盜賊本王臣。

時程元振勸帝遷都洛陽，公婉言以諷之，大意與郭子儀論奏之旨相合。

取『金湯固』『宇宙新』，此程元振議也。公謂莫用遷都，不過力行儉德，盜賊自服耳。後半四語直下。

丹桂風霜急，青梧日夜凋。由來强幹地，未有不臣朝。受鉞親賢往，卑宫制詔遥。終依古封建，豈獨聽簫韶。

桂，比王室，用漢成帝時童謡。梧，比宗藩，用上官儀《册殷王》文。

諷朝廷建立宗藩以懾叛臣，與房琯建分鎮討賊之議相合。

盜滅人還亂，兵殘將自疑。登壇名絶假，報主爾何遲。絶異於假攝也。領郡輒無色，之官皆有詞。願聞哀痛詔，端拱問瘡痍。歸重人君。

因當時重節制而輕郡守，故云。後藩鎮之亂，公先料之矣。

暫往白帝復還東屯

復作歸田去，猶殘穫稻功。築場憐穴蟻，拾穗許村童。即寡婦之利意。落杵光輝白，除芒子粒紅。加餐可扶老，倉廩慰飄蓬。

三、四，佛心、王政兼而有之。

移居公安山館原注：途次所作。

南國晝多霧，北風天正寒。路危行木杪，身遠宿雲端。山鬼吹燈滅，厨人語夜闌。雞鳴問前館，世亂敢求安。

江漢

江漢思歸客，乾坤一腐儒。片雲天共遠，永夜月同孤。落日心猶壯，見猶可用世。『落日』，猶云暮年。秋風病欲蘇。古來存老馬，不必取長途。取其智。

禹廟

禹廟空山裏，秋風落日斜。荒庭垂橘柚，古屋畫龍蛇。廟之内。雲氣生虛壁，江聲走白沙。

廟之外。早知乘四載，疏鑿控三巴。

『橘柚』『龍蛇』，孫莘老謂點染禹事，並非附會。

末意乘四載以治水，早知之矣！若疏鑿遺迹，必親至三巴，始知控引之方也。

旅夜書懷

細草微風岸，危檣獨夜舟。星垂平野闊，月湧大江流。名豈文章著，官應老病休。飄飄何所似，天地一沙鷗。

胸懷經濟，故云名豈以文章而著；官以論事罷，而云老病應休。立言之妙如此！

落日

落日在簾鈎，溪邊春事幽。起超然。芳菲緣岸圃，樵爨倚灘舟。名畫。啅雀争枝墜，飛蟲滿院遊。濁醪誰造汝，一酌散千愁。

刈稻了咏懷

稻穫空雲水，川平對石門。寒風疏落木，旭日散雞豚。畫寒村如見。野哭初聞戰，戰敗信歸。樵歌稍出村。『稍』字，見哭多於歌。無家問消息，作客信乾坤。

瞿塘兩崖

三峽傳何處，雙崖壯此門。入天猶石色，穿水忽雲根。猱玃鬚髯古，蛟龍窟宅尊。羲和冬馭近，愁畏日車翻。

三語狀其高，四語狀其深。結意言兩崖插天，日光不到，羲和亦畏日車之翻而避之也。

洞房

洞房環佩冷，玉殿起秋風。秦地應新月，龍池滿舊宮。繫舟今夜遠，清漏往時同。萬里黃山北，園陵白露中。

此因舟中見月，感宫掖凄凉而作。詩中無悲凉痛楚字面，而情致黯然，一結尤覺淚和墨下。

江上

江上日多雨，蕭蕭荆楚秋。高風下木葉，永夜攬貂裘。勳業頻看鏡，行藏獨倚樓。時危思報主，衰謝不能休。

吾宗原注：衛倉曹崇簡。

吾宗老孫子，質朴古人風。耕鑿安時論，衣冠與世同。在家常早起，憂國願年豐。語及君臣際，經書滿腹中。

遣憂

亂離知又甚，消息苦難真。受諫無今日，臨危憶古人。紛紛乘白馬，攘攘著黄巾。隋氏留宫室，焚燒何太頻。

三、四語，即禄山亂而思曲江意。

熟食日示宗文宗武熟食，即寒食。

消渴游江漢，羈棲尚甲兵。幾上逢熟食，萬里逼清明。松柏邙山路，故里。風花白帝城。客中。汝曹催我老，迴首淚縱横。

又示兩兒

令節成吾老，他時見汝心。他日汝之思我，猶今我之思親。浮生看物變，爲恨與年深。長葛書難得，指弟。江州涕不禁。指妹。團圓思弟妹，行坐《白頭吟》。

孤雁

孤雁不飲啄，飛鳴聲念群。誰憐一片影，相失萬重雲。望盡似猶見，哀多如夏聞。野鴉無意緒，鳴噪自紛紛。

促織

促織甚微細，哀鳴何動人。草根吟不穩，牀下夜相親。久客得無淚，故妻難及晨。即寡婦。悲絲與急管，感激異天真。

『天真』，指促織言，非絲管所能同也。

蕃劍

致此自避遠，又非珠玉裝。如何有奇怪，每夜吐光芒。虎氣必騰上，龍身寧久藏。風塵苦未息，持汝奉明王。

不粘不脱，寫一物而全副精神皆見。他人咏物，斤斤尺寸，惟恐失之，此高下之分也。

子規

峽裏雲安縣，江樓翼瓦齊。兩邊山木合，終日子規啼。眇眇春風見，蕭蕭夜色淒。客愁那聽此，故作傍人低。

喜觀即到，復題短篇 即到，尚未到也，玩詩中意自見。

巫峽千山暗，終南萬里春。十字成句。病中吾見弟，書到汝爲人。沉入。意答兒童問，公之子。來經戰伐新。即書中語也。泊船悲喜後，欵欵話歸秦。

第五弟豐獨在江左，近三四載，寂無消息，覓使寄此

聞汝依山寺，杭州定越州。定者，不定之謂。風塵淹別日，江漢失清秋。影著啼猿樹，魂飄結蜃樓。明年下春水，東盡白雲求。歷盡雲水以求之。

公安縣懷古

野曠吕蒙營，江深劉備城。寒天催日短，風浪與雲平。灑落君臣契，飛騰戰伐名。維舟倚前浦，長嘯一含情。

『灑落』二字，形得歡如魚水意，出結鬆。

泊岳陽城下

江國逾千里，山城僅百層。岸風翻夕浪，舟雪灑寒燈。留滯才難盡，艱危氣益增。圖南未可料，變化有鯤鵬。

登岳陽樓

昔聞洞庭水，今上洞庭樓。吴楚東南坼，乾坤日夜浮。親朋無一字，老病有孤舟。戎馬關山北，憑軒涕泗流。

三、四雄跨今古，五、六寫情黯淡，著此一聯，方不板滯。

孟襄陽三、四語實寫洞庭，此只用空寫，却移他處不得，本領更大。

嚴　武

字季鷹，華州人，中書侍郎挺之之子。弱冠，哥舒翰奏充判官。至德中，累遷劍南東川節度、成都尹，尋遷黄門侍郎，復拜成都尹、劍南節度等使。廣德中，破吐蕃，封鄭國公。

班婕妤

賤妾如桃李，君王若歲時。秋風一已勁，摇落不勝悲。寂寂蒼苔滿，沉沉緑草滋。繁華非此日，指輦競何辭。

張　巡

巡，南陽人，以文行名。成進士，授清河令，調真源令。安禄山反，慟哭起兵，與睢陽太守許遠分城堅守，經年乏食，忠義不衰。城陷，與南霽雲諸人俱遇害。論者謂：遮蔽江淮，沮遏賊勢，使李、郭得以成功，天下之不亡，皆巡、遠之力也。是爲篤論！

聞笛

岧嶤試一臨，虜騎附城陰。不辨風塵色，安知天地心。門開邊月近，戰苦陣雲深。旦夕更樓